U0525594

阅读之旅，没有尽头

午 夜 文 库 ——————————

喜剧·非凡的手艺人

约翰·波希德·卡扎

约翰·迪克森·卡尔
John Dickson Carr (1906—1977)

和阿加莎·克里斯蒂、埃勒里·奎因并称"推理黄金时代三大家",独以密室题材构思见长,一生设计出五十余种不同类型的密室,被誉为"密室之王"。

卡尔于一九〇六年十一月三十日出生于美国宾夕法尼亚州,青少年时期就着迷于不可能犯罪,对他影响最大的是 G.K. 切斯特顿和杰克·福翠尔。在巴黎索邦神学院(巴黎大学前身)留学期间,卡尔出版了以法国警探亨利·贝克林为主角的长篇处女作《夜行》。

一九三三年,卡尔出版基甸·菲尔博士系列首部作品《女巫角》。第二年他以笔名卡特·迪克森发表《瘟疫庄谋杀案》,亨利·梅利维尔爵士登场。这两个系列成为卡尔最具代表性的作品。三十年代是卡尔创作生涯最多产的时期,其中《三口棺材》《扭曲的铰链》(旧译《歪曲的枢纽》)和《犹大之窗》被后世评论家归入"卡尔的经典代表作"。特别是一九三五年出版的《三口棺材》以经典的"密室讲义"和"双重密室"成为推理史上不可能犯罪小说的巅峰之作,至今仍难以超越。

卡尔笔下的密室第一神探基甸·菲尔博士,是一个胖胖的字典编纂者,走路要拄两根拐杖,喜欢穿斗篷,抽着海泡石烟斗,个性相当和蔼可亲。他有着敏锐的观察力,善于分析罪犯的心理,出场代表作除《三口棺材》《扭曲的铰链》外,还有《阿拉伯之夜谋杀案》《绿胶囊之谜》《耳语之人》等。亨利·梅利维尔爵士比菲尔还要古怪——大大的秃脑袋、奇怪的表达方式,加上不修边幅的外表。他的职业是律师兼医生,登场作品有《独角兽谋杀案》《犹大之窗》《女郎她死了》等。卡尔的作品风格以不可能犯罪作为核心骨架,情节布局复杂,谋杀手法奇特,充满戏剧性和哥特式氛围。五十年代后,卡尔的健康状况始终不好,影响其创造力的发挥,作品水准有所下降。

一九五〇年和一九七〇年，卡尔先后两次获得美国推理作家协会（简称MWA）的埃德加·爱伦·坡特别奖。一九六三年，MWA一致同意向卡尔颁发"终身大师奖"，这是推理界的最高荣誉。

一九七七年二月二十七日，卡尔因病去世。当今，仍有不少推理小说作家在创作密室题材作品时会表达对卡尔的敬意。因为，只有约翰·迪克森·卡尔才配得上是真正的"密室之王"。

约翰·迪克森·卡尔重要作品年表

基甸·菲尔博士系列

1933 女巫角 (Hag's Nook)

1935 三口棺材 (The Three Coffin)

1936 阿拉伯之夜谋杀案 (The Arabian Nights Murder)

1938 扭曲的铰链 (The Crooked Hinge)

1939 绿胶囊之谜 (The Problem Of The Green Capsule)

1940 失颤之人 (The Man Who Could Not Shudder)

1941 连续自杀事件 (The Case of the Constant Suicides)

1944 至死不渝 (Till Death Do Us Part)

1946 耳语之人 (He Who Whispers)

1947 菲尔博士率众前来 (Dr. Fell Detective and Other Stories)

1965 撒旦肘之屋 (The House at Satan's Elbow)

1968 月之阴 (Dark Of The Moon)

亨利·梅利维尔爵士系列

1934 瘟疫庄谋杀案 (The Plague Court Murders)

1935 红寡妇谋杀案 (The Red Widow Murders)

1935 独角兽谋杀案 (The Unicorn Murders)

1937 孔雀羽谋杀案 (The Peacock Feather Murders)

1938 五盒之谜 (Death In Five Boxes)

1938 犹大之窗 (The Judas Window)

1940 怪奇案件受理处 (The Department of Queer Complaints)

1943 女郎她死了 (She Died a Lady)

1953 骑士之杯 (The Cavalier's Cup)

亨利·贝克林系列

1930 夜行 (It Walks By Night)

1931 骷髅城堡 (Castle Skull)

1931 失落的绞架 (The Lost Gallows)

1932 蜡像馆之尸 (The Corpse In The Waxworks)

1937 四种错误武器 (The Four False Weapons)

约翰·迪克森·卡尔重要作品年表

非系列

1937 燃烧的法庭 (The Burning Court)

1942 皇帝的鼻烟壶 (The Emperor's Sniff-Box)

1954 福尔摩斯的功绩 (The Exploits of Sherlock Holmes)

1954 第三颗子弹 (The Third Bullet and Other Stories)

1957 火焰，燃烧吧！ (Fire, Burn!)

1964 破解奇迹之人 (The Men Who Explained Miracles)

1972 饥饿的哥布林 (The Hungry Goblin)

三口棺材
The Three Coffins

[美]约翰·迪克森·卡尔 著

辛可加 译

新 星 出 版 社 NEW STAR PRESS

目录

1	**第一口棺材　教授书房谜案**
3	第一章　威胁
13	第二章　门扉
25	第三章　假面
41	第四章　绝无可能
54	第五章　谜一般的遗言
71	第六章　七座塔
83	第七章　幽灵访客
99	第八章　子弹
109	**第二口棺材　卡廖斯特罗街之谜**
111	第九章　崩裂的墓穴
124	第十章　大衣上的血迹
137	第十一章　杀人魔法
154	第十二章　油画
169	第十三章　神秘的公寓
183	第十四章　教堂钟声的线索
198	第十五章　亮着灯的窗户
215	**第三口棺材　"七座塔"之谜**
217	第十六章　变色龙大衣
231	第十七章　密室讲义
251	第十八章　烟囱
265	第十九章　空幻之人
283	第二十章　两颗子弹
303	第二十一章　真相大白

第一口粮仓 耕耘水田谣

第一章 威胁

说起葛里莫教授谋杀案以及后来卡廖斯特罗街那桩同样不可思议的案件，无论用多少稀奇古怪的形容词都不为过。菲尔博士那些钟爱不可能犯罪的朋友们绝不可能从他的案卷中找出更迷雾重重、更令人惊骇的案例了。因为这两起谋杀的手法表明，凶手不仅来无影去无踪，而且比空气更加轻盈。有证据显示，凶手杀死第一名受害者之后便凭空消失了；同样有证据显示，他在空旷的街道中央杀死第二名受害者之时，虽然那条街两头都有人在场，却没有任何人看见他，雪地上也没留下半点足迹。

自然，哈德利警长从不相信世上有什么妖精和巫术。他的观点很对，除非你对魔法深信不疑——但时机成熟时，本文自会水到渠成地揭开魔法的面纱。不过也有些人开始疑心，潜行于全案始末的那个身影，会不会只是一具空洞的躯壳？在那鸭舌帽、黑大衣，以及如同儿戏的假面具之下，会不会真的空无一物，正如 H.G. 威尔斯先生①在某篇著名科幻小说中所刻画的那个人？总之，那个身影已足以令人心惊肉跳。

请留意上文的"有证据显示"这一说法。当眼前呈现的并非第一手直接证据时，我们务必审慎对待。为避免无意义的混淆，在本案中，一开始就必须提醒各位读者：哪些人的证词可以百分之百信赖。换句话说，必须将"某人说的都是实话"视作前提——否则推理小说的合理性将不复存在，而且这个故事其实也就没必要再说下去了。

所以谨在此声明，斯图尔特·米尔斯先生在葛里莫教授一案中并未撒谎，他的证词既没有偷工减料，也没有添油加醋，而是真实再现了他在事件前后的所见所闻。同样，卡廖斯特罗街一案中三位互不相关的证人（肖特先生、布莱克文先生以及巡警维瑟）的叙述也与事实完全吻合。

根据以上前提，我们务必先仔细回顾一桩引出后续命案的事件。这一事件是一个关键点、一条导火线、一封挑战书。菲尔博士在笔记中对这一事件的复述十分精确，囊括了斯图尔特·米尔斯后来向他和哈德利警长所汇报的所有重要细节。此事发生于案发前三天，也就是二月六日星期三晚；地点则是在博物馆街沃维克酒吧的包厢里。

---

① H.G. 威尔斯 (Herbert George Wells)，英国著名小说家、记者、政治家、社会学家和历史学家，他对科幻小说领域影响深远，代表作有《时间机器》《星际战争》等。

查尔斯·维内特·葛里莫博士定居英格兰已近三十年，一口纯正的英国口音。除了情绪激动时举止略显粗鲁，以及喜好老式的方顶礼帽和黑色领结之外，他比他的英国朋友们更像个地道的英国人。葛里莫的前半生基本不为人知。他虽然生活优渥，但仍对工作十分投入，而且从中收入颇丰。他曾担任过教师，同时也是知名演说家和作家。不过近年来他已舍弃了这些身份，转而投身于大英博物馆一个权责不明的职位，纯属义务劳动，却可趁便接触一些他称之为"低级魔法"的手稿。葛里莫教授对此类"低级魔法"醉心不已，从吸血鬼传说到黑弥撒，任何活灵活现的超自然妖术都能令他频频点头，迸发出孩童般的欢笑——后来也正是这种魔法，让一颗子弹撕裂了他的肺脏。

葛里莫处事理性，眼中时时闪耀戏谑的神采。他语速很快，粗哑的嗓音仿佛是从咽喉深处挤出来的；他还有边咬牙切齿边咯咯轻笑的习惯；他身材中等，但胸膛厚实有力，浑身上下充盈着丰沛的活力；他的黑胡子修成整齐的灰色短楂；戴一副有框的眼镜；走路时身形笔挺，步伐短促迅疾，时而草草脱帽致意，时而举起雨伞以示问候。这一切早已为博物馆周边的住户所熟知。

葛里莫其实就住在拉塞尔广场西侧街角一座坚固的旧宅里。家里还有他的女儿萝赛特、管家杜蒙太太、秘书斯图尔特·米尔斯，以及身体欠佳的退休教师德瑞曼——负责管理家中的藏书，葛里莫包吃包住。

但如果想找葛里莫那寥寥几位密友，还得去博物馆街的沃维克酒吧。他们在那儿组织了一个俱乐部，每周都有四五个晚上进行非正式聚会，地点都在专为俱乐部保留的舒适包厢里。虽然那也谈不上是他们的包间，但毕竟酒吧里的其他客人极少误入；即便偶然有人走错门，也会受到他们的欢迎款待。俱乐部的常客有：鬼故事行家、生性挑剔的秃头小个子佩蒂斯，报社记者曼根，艺术家伯纳比，但葛里莫教授毫无疑问是其中的核心人物。

他是聚会的主宰。一年到头，几乎每个夜晚（留给工作的星期六、星期日除外），他都会与斯图尔特·米尔斯一同前往沃维克酒吧，坐进熊熊炉火前那张他最喜爱的扶手藤椅，啜饮一杯热腾腾的兑水朗姆酒，不容分说地展开高谈阔论，乐在其中。米尔斯表示，教授的观点可谓精彩纷呈，不过佩蒂斯或伯纳比偶尔也会与他展开激烈论战。虽然教授展现的态度十分和蔼，但他的脾气实际上相当暴躁。论及魔法或包含种种欺诈骗术的伪魔法时，教授那浩如烟海的知识储备每每令众人心悦诚服、凝神倾听；他对神秘事件和戏剧艺术怀有孩童般的热爱，屡次在讲到中世纪巫术故事的结尾时，就会骤然以侦探小说的方式将所有谜团一举击破。虽然他们身处布鲁姆斯伯里区的煤气灯后，但这一个个妙趣横生的夜晚却也不乏乡间酒馆的兴味。然而二月六日晚上，一阵突如其来的寒风吹开房门，裹挟着恐怖的征兆呼啸而入时，这种美好时光便一去不复返了。

米尔斯称，那天夜里风声劲疾，空气中嗅得出大雪将至的味道。除了葛里莫和他本人，围坐在壁炉边的就只有佩蒂斯、曼根和伯纳比。葛里莫教授正比画着手中的雪茄，口若悬河地阐发着他对吸血鬼传说的高见。

"坦白说，你对这问题的态度让我很不理解，"佩蒂斯说，"我只研究了这方面的小说，都是些从未发生过的鬼故事而已。但我却有几分相信鬼魂的真实性。而关于确凿无疑存在的事物——除非我们能予以反证，否则只能称之为'确有其事'的东西，这方面你才是专家。可是，你对这些自己倾注毕生心血的东西，却一点都不相信。打个比方，这无异于布莱德肖①撰文论述蒸汽机车纯属天方夜谭，或是《大英百科全书》的编辑在序言中声明全书的所有条目都不可信。"

"那又如何？"葛里莫几乎连嘴也不张就迅速喷出他那独特的生硬咆哮，"这在道义上说总没问题吧？"

"是不是太钻牛角尖了？"伯纳比说。

葛里莫依然盯着炉火出神。米尔斯回忆，与其说当时教授一如既往地冷嘲热讽，倒不如说他在和自己怄气。他僵坐在椅中，雪茄不偏不倚叼在嘴唇中央，那模样活像小

————
①乔治·布莱德肖，英国地图制作者、出版商，一八三九年发行英国的火车时刻表大获成功，延续至一九六一年才停刊。

孩在吸吮一支薄荷棒棒糖。

"我知道得太多了，"许久，他才开口道，"神殿的祭司不见得就是虔诚的教徒。不过，重点并不在此。真正激发我兴趣的是这些迷信背后的肇因。迷信是如何起源的？是什么因素促使受骗的人们深信不疑？举个例子！刚才我们谈到的吸血鬼传说，最早在斯拉夫民族中广为流传，对不对？一七三〇年至一七三五年间，它像风一样从匈牙利蔓延到整个欧洲，牢牢扎根。那么，匈牙利人又如何证明死人可以爬出棺材，变为稻草或绒毛飘浮在空气中，然后变成人的模样去攻击人？"

"证据在哪里？"伯纳比问道。

葛里莫夸张地耸耸肩："他们从教堂的墓地中掘出尸体，发现有些尸体姿态扭曲，脸上、手上、裹尸布上都血迹斑斑。那就是证据……这算什么？当年瘟疫肆虐，想想那些奄奄一息之际被当成死人活埋的可怜人，想想他们真正断气之前拼命挣扎要逃出棺材的场面。明白了吗，各位？这就是所谓迷信背后的肇因。也正是我的兴趣所在。"

"我也同样深感兴趣。"一个新的声音答道。

米尔斯表示，他并未听见此人进门的脚步，只是隐约感到门口飘进一股气流。他们差不多都被这位不速之客吓了一大跳，因为这间屋子很少出现陌生人，更别提开口打岔的人了；又或者是因为此人的声音刺耳、沙哑且略带外国口音，还掺杂几分诡秘的扬扬自得。总之，事发突然，众人不由都有些坐立不安。

来者并不起眼，米尔斯这样形容。他背靠壁炉，身穿破旧的黑色大衣，领口竖起；头戴邋遢的软帽，帽檐压得很低；戴手套的手掌抚摩着下巴，遮住大半张脸，令众人难以一窥他的真面目。除了身材高大、衣衫褴褛、体格消瘦这些特征之外，米尔斯找不出其他形容词了。但在他的话音、举止或是习惯动作当中，却隐隐透出几分似曾相识的异国特质。

他再次开口，话里话外卖弄着生硬的学究腔调，似是故意以模仿葛里莫取乐。

"搅扰了各位的清谈，还请多多包涵，先生们，"他趾高气扬地说，"但我想向大名鼎鼎的葛里莫教授讨教一个问题。"

米尔斯说，当时没人想要制止他，大家都异常专注；此人拥有一种寒彻骨髓的力量，顿时打破了炉火营造出的舒适和暖意。葛里莫原本安坐如山、神色阴郁，正将雪茄送往唇边，双眼在薄薄的镜片后闪烁发亮，犹如一尊出自爱泼斯坦[①]手笔的雕塑，此时竟也愣住了，只是吼道：

"干什么？"

"看来你不相信有人可以爬出棺材，"对方将挡着下巴的手套微微一挪，轻轻一指，"并且四处游荡，来去无踪，

---

①爱泼斯坦（Jacob Epstein），著名雕刻家，生于美国，后移居英国，作品常挑战禁忌题材，极富争议。

轻松穿墙而过，还拥有出自地狱般的危险力量？"

"我可不信，"葛里莫厉声答道，"你呢？"

"当然相信。我就有这种本事。这还不算！我还有个更为神通广大的兄弟，是你的致命威胁。我无意取你性命，可他就不一样了。倘若哪天他登门拜访……"

这段对话刚到高潮，便如同炉火中的爆裂声一般戛然而止。年轻的曼根当过橄榄球员，顿时一跃而起。而小个子佩蒂斯则紧张兮兮地左顾右盼。

"喂，葛里莫，"佩蒂斯说，"这人根本是个疯子，要不要——"他不安地指了指拉铃，但那陌生人打断了他。

"你做决定之前，不如先看看葛里莫教授的反应。"他说。

葛里莫注视他的目光中饱含深不见底的轻蔑："不用，不用，不用！听见没有？随他去，让他说完他的兄弟和那些棺材——"

"三口棺材。"陌生人插话。

"三口棺材，"葛里莫附和道，平静的声音中压抑着滔天怒火，"老天在上，你爱说几次就说几次！现在，总该报上尊姓大名了吧？"

陌生人从衣袋中伸出左手，把一张脏兮兮的卡片放在桌面上。这平淡无奇的名片令众人恢复了几分神智，顿时将刚才的疑惑当成笑话忘得干干净净，想必这位粗声大嗓的客人只不过是个憔悴潦倒的演员，在破帽子里藏了只蜜

10

蜂而已。因为米尔斯看见名片上写着"皮埃尔·弗雷，幻影艺术家"。名片一角还印着"W.C.1号，卡廖斯特罗街2B"，上方另有一行潦草的字样"或由学院剧院代转"。葛里莫朗声大笑，佩蒂斯则骂骂咧咧地拉铃召唤侍者。

"原来如此，"葛里莫用拇指敲了敲名片，"我就料到会有这种事找上门。所以，你是个变魔术的？"

"名片上写了吗？"

"好吧，好吧，如果贬低了阁下的身份，还请见谅，"葛里莫点点头，笑意在鼻孔中吭哧作响，"不知我们是否有幸见识一下你的魔术？"

"荣幸之至。"弗雷出其不意地答道。

他动作极快，出乎所有人的意料，乍看是要出手攻击，实则不然——没有发生物理意义上的攻击。他隔着桌子朝葛里莫一欠身，戴着手套的双手把外套衣领往下一翻，没等其他人瞄上一眼就恢复了原状。不过在米尔斯的印象中，他似乎咧嘴笑了笑。葛里莫仍然板着脸纹丝不动，只是下颌稍稍一扬，短须间的嘴唇弯成不屑一顾的弧度。他继续用拇指轻轻敲打着名片，神色愈显阴沉。

"那么临走之前，我还有最后一个问题请教这位著名教授，"弗雷唐突地说，"很快就会有人趁夜间去拜会你。一旦和我兄弟联手，我自己也将陷入危险，但我已做好冒险一试的准备。再说一次，很快有人会去找你。不知你希望是我——还是我兄弟出马？"

11

"让你兄弟来吧，"葛里莫突然起身咆哮道，"去下地狱！"

弗雷离去、房门掩上之后，众人才如梦初醒，议论纷纷。而二月九日星期六夜间那几起事件的序幕也随之被关在了门外。其余惊鸿一瞥的线索，唯有留待菲尔博士在玻璃板上将焦黑的碎片拼合起来时才能各自归位。也正是在二月九日夜里，大雪纷纷扬扬飘落在伦敦的大街小巷，空幻之人踏出了致命的第一步，预言中的三口棺材终于被填满了。

第二章 门扉

这天晚上，兄弟高台街一号菲尔博士家中的炉火旁洋溢着欢声笑语。红光满面的博士傲然端坐于他那宽大舒适的老旧椅子里；凹陷开裂的椅垫虽足以气坏家庭主妇们，坐上去却也格外舒坦。菲尔博士在那副悬着黑缎带的眼镜后面堆满笑容，边笑边频频以手杖轻叩地毯。每逢朋友到来，菲尔博士总要设宴款待——其实无论大事小事他都喜欢庆祝一番，更何况今晚可谓双喜临门。

第一喜是他的年轻朋友泰德·兰波与多萝西·兰波精神焕发地从美国来访。第二喜则是他的朋友哈德利——别忘了，他现在已经荣升伦敦警察厅刑事调查局主管——刚刚大显神威，侦破了发生在贝斯沃特的文书伪造案，正处于休假之中。泰德·兰波与哈德利分坐壁炉两侧，博士则坐在中间，面前还放着一大罐热气腾腾的潘趣酒。菲尔太太、哈德利太太、兰波太太三人在楼上促膝谈心，而菲尔、哈德利两位先生在楼下已然为某个问题争论得不可开交，怪不得泰德·兰波觉得就像在自己家里一样亲切。

13

泰德懒洋洋地深深靠在椅子里，不由追忆起往昔时光。他对面的哈德利警长蓄着齐整的髭须，一头铁灰色的头发，一边笑一边用烟斗打着挖苦的手势；菲尔博士则挥舞着酒勺，声若洪钟。

他们似乎正就科学犯罪的话题激辩不休，焦点集中在摄影方面。兰波记得从前的类似争论还被刑事调查局好一番耻笑。有一次，菲尔博士正漫无目的地寻觅新爱好之际，被老朋友马普尔汉主教引去观赏了格罗斯、杰西里奇、米切尔等人的作品，顿时大受震撼。谢天谢地，现在菲尔博士不再沉湎于科学理论，但顶楼还保留着他的化学实验室。好在每次他着手实验时，仪器总要出点毛病，所以迄今为止，除了用喷灯烧掉窗帘之外，他还不曾造成什么严重损失。不过据菲尔博士所言，他在摄影领域颇有建树。他购置了一架戴文特尔牌显微相机，搭配消色差镜头，还搞来一台诊断胃疾的 X 光仪，胡乱堆放在一起。此外，他还宣称格罗斯博士那套从纸灰上辨认字迹的方法已在他手中得到显著改进。

兰波一边听着哈德利对此大加嘲讽，一边任由思绪飘游开去。他望见炉火的光影在起伏的书墙上舞动，听见大雪在密合的窗帘后轻叩窗棂。他舒心地对自己微笑了，在这完美无缺的情境中，还能有什么烦恼萦绕心头——有吗？他微微一动，怔怔地盯着炉火。谁能料到，在这无比惬意的时刻，却有些小事如同盒中迸出的弹簧小人，突兀得令人如芒在背？

犯罪案件！当然没这回事。都怪曼根过于疑神疑鬼、添油加醋。只不过——

"我才不在乎格罗斯说什么，"哈德利拍了拍扶手，大声说，"你们这些人总以为行家的话就是真理。在大多数案件中，纸灰上的字迹通常无法透露任何信息……"

兰波平静地清了清嗓子，"对了，"他插话，"'三口棺材'这几个字，两位有印象吗？"

如他所料，沉默突然降临。哈德利狐疑地打量着他。菲尔博士则迷惑地把玩着酒勺，似乎联想到了某种香烟牌子或某个酒吧，随即眼中亮光一闪。

"嘿，"他摩拳擦掌，"嘿，嘿，嘿！你想打圆场是吗，嘿？难道是认真的？什么棺材？"

"唔，"兰波说，"严格说来也不能算犯罪案件……"

哈德利吹了声口哨。

"——但却是怪事一桩，除非曼根刻意夸大。我和博伊德·曼根很熟，他住在市区另一头好些年，为人很不错，走遍世界各地，拥有凯尔特人典型的丰富想象力。"他顿了顿，脑海中浮现出曼根那黝黑、不修边幅甚或放荡不羁的英俊脸庞。曼根虽然脾气有点急，行事却十分沉稳，个性宽宏爽朗，笑容平和亲切。"言归正传，眼下他供职于伦敦的《旗帜晚报》，今天早上我在海伊市场偶遇他，他二话不说就把我拽进一间酒吧，一口气讲完整个故

15

事。然后，"兰波语气一转，奉承道，"当他得知我认识伟大的菲尔博士时——"

"得了，"哈德利狠狠盯着他，"赶紧说案子的事。"

"嘿嘿嘿，"菲尔博士喜滋滋地说，"别多嘴好不好，哈德利？听起来还挺有趣的，孩子，后来怎么样？"

"唔，曼根似乎非常仰慕一位姓葛里莫的演讲家或是作家，而且他还钟情于葛里莫的女儿，所以他对那位老人更加尊敬。葛里莫和几个朋友习惯到大英博物馆附近的一家酒吧聚会。前几天晚上出了点事，把曼根吓个半死，比撞上发狂的疯子还可怕。据说葛里莫当时正谈及尸体爬出坟墓之类有趣的话题，突然有个外形奇特的高个子走进来胡言乱语，说什么他们兄弟俩有本事从坟墓中逃出生天、像稻草一样飘浮在空气中。"（听到此处，哈德利发出反感的嘟囔声，顿时兴味索然；但菲尔博士依旧好奇地看着兰波。）"其实这陌生人好像是来恐吓葛里莫教授的。最后威胁说他的兄弟很快就会前去拜访葛里莫。奇怪的是，虽然葛里莫当时不为所动，但曼根敢发誓，他实际上吓得脸色铁青。"

哈德利咕哝道："就这点小事？有什么大不了的？有的人本来就这么软弱怕事——"

"问题就在这里，"菲尔博士把脸一沉，吼道，"他可不是那种人。我很了解葛里莫。我说，哈德利，如果你认识葛里莫，就该明白这有多古怪了。嗯，哈，接着说，孩子，后来呢？"

"葛里莫什么也没透露。事实上，后来他借机开了个
玩笑，这起风波就虎头蛇尾地结束了。陌生人前脚刚走，
后脚就有个街头音乐家靠在酒吧门口演奏'高空秋千上的
狂放青年'，众人一阵哄笑，纷纷回过神来。葛里莫笑着
说：'好吧，先生们，看来死而复生的尸体还得更加身手
敏捷，否则又岂能从我的书房窗口翩然飘落？'

"聚会到此结束。但曼根按捺不住好奇心，遂着手查
探这位自称'皮埃尔·弗雷'的怪客是什么来历。弗雷留
给葛里莫的名片上有一家剧院的名字，于是第二天曼根以
采写新闻为名前往探查。结果发现这家剧院位于伦敦东
区，只不过是间名声不佳、萧条破落的音乐厅而已，每晚
上演各种杂剧。曼根不想和弗雷打照面，所以先与看门人
攀谈，经他引荐结识了排在弗雷之前登台的一位特技演
员。此人自称'帕戈里亚奇大师'——天知道为什么——
不过他精明得很，是个百分之百的爱尔兰人。他把自己知
道的情况都告诉了曼根。

"剧院里的人都叫弗雷'疯子'，他们对他一无所知。
他从不与人交谈，每次演出后便匆匆离去。不过——关键
是，他的演出非常出色。那位特技演员说，他搞不懂为什
么西区的那些经纪人长久以来竟然没发觉这么一号人物，
只能解释为弗雷本人毫无野心。他的魔术奇妙无比，他尤
其擅长消失戏法……"

哈德利又不以为然地咕哝了一声。

"不，"兰波坚持说，"据我所知，弗雷的魔术绝不是老掉牙的那一套。曼根说他表演时并没有配备助手，所有道具都装进一口棺材大小的箱子里。如果你对魔术师这行当有所了解，就会明白这有多么不可思议。其实，弗雷似乎对棺材之类的东西特别了解。有次'帕戈里亚奇大师'问他原因，却被出乎意料的答案吓了一跳。弗雷转身咧嘴笑道：'我们有三个人惨遭活埋，只有一人死里逃生！'帕戈里亚奇又问：'那你是怎么逃脱的？'弗雷平静地答道：'我没逃出来，知道吗，没能逃出来的两人中就有我。'"

哈德利扯扯耳垂，开始认真起来。

"喂，"他不安地说，"看来比我的预期还要严重一些。这家伙疯了，百分之百疯了。假如他果真怀有什么幻想出来的深仇大恨——你说他是外国人？要不我打个电话给内政部，派人监视他？还有，如果他想找你朋友的麻烦——"

"他已经闹出什么事端了吗？"菲尔博士问道。

兰波换了个姿势说："从星期三开始，每班邮件中都有寄给葛里莫教授的奇怪信件。而他每次都默默把信撕得粉碎。可是，有人把酒吧事件告诉了他女儿，这令她十分担心。到了昨天，情况有变，葛里莫开始表现出异状。"

"怎么回事？"菲尔博士把一直挡在眼前的手拿开了，一双小眼睛光芒凌厉，直射兰波。

"昨天他打电话给曼根说:'星期六晚上到我家来,有人恐吓我,说要前来拜访。'曼根当然建议他报警,但葛里莫置若罔闻。然后曼根又说:'该死,教授,那家伙疯疯癫癫的,恐怕很危险。你难道不该做点预防措施?'教授却答道:'哦,对,一定。我要去买一幅画。'"

"一幅什么?"哈德利坐直了身子,追问道。

"一幅画,挂在墙上的那种画。不,我可没开玩笑。他真的买了一幅风景画,上面画了些诡异的树木、墓碑,体积大得可怕,动用了两名工人才搬上楼。'大得可怕'是想当然的说法,我还没亲眼见过。作者是一位姓伯纳比的艺术家,他也是俱乐部成员之一,业余也研究犯罪学……总之,这就是葛里莫的自卫措施。"

面对哈德利疑虑重重的目光,兰波有些激动地重复了一遍。接着两人都扭头望着菲尔博士。博士端坐不动,双层下巴上方的嘴唇里吐着气,头发乱成一团,双手紧握住手杖。他点点头,注视着炉火。当他开口时,房里的舒适气息顿时淡了几分。

"孩子,你有葛里莫的地址吗?"他的声音平静无波,"很好,哈德利,你最好去发动车子。"

"好吧。不过——"

"当所谓的疯子威胁一个正常人的时候,"菲尔博士边说边又点了点头,"大可以不去管他。但如果一个正常人的举止开始变得像疯子一样不可理喻,就让我相当不安了。或许今晚什么事也不会发生，但我有种不好的预感。"他喘着气挣扎起身，"走吧，哈德利。我们过去看看，就当是巡逻吧。"

兄弟高台街附近的小路上冷风劲吹，雪已经停了。街巷与河堤旁的花园中白茫茫一片，如梦似幻。

每逢演出时间就灯火通明、空无一人的河滨大道遍地都是脏兮兮的车辙痕迹。他们转入艾德维奇路时，看见一座钟显示的时间是十点零五分。哈德利静静地坐在车里，衣领竖起。菲尔博士大吼大叫要求加速时，哈德利先看了看兰波，然后又看着挤在后座里的博士。

"依我看，这一切真是莫名其妙，"他没好气地说，"而且不关我们的事。再说如果真有人去拜访他，现在多半也已经走了。"

"我知道，"菲尔博士说，"我正是担心这一点。"

轿车飞速驶入南安普顿街。哈德利狂按喇叭，仿佛只为一泄胸中怒气——但他们的确越开越快。这条街满目凄清，但通往拉塞尔广场的下一条街愈显萧瑟。道路西侧偶有少许足迹，车辙更是稀少。刚过凯普尔街的时候，如果对北端的那个电话亭有印象，那么不必多加留意，对面那座房子就会映入眼帘。兰波眼前出现一座风格简洁的三层大宅，一楼的外墙裙漆成暗褐色，上方的房屋主体则由红砖砌成。六层台阶通向宽阔的前门，门板由黄铜镶边，门上有个投信孔，把手也是铜制的。整座房子此时沉浸在一片黑暗之中，唯有一楼的两扇百叶窗内透出灯光，照亮了通往地下室的小门。这充其量只是一座平凡宅邸，但眼下的情形却非比寻常。

有扇百叶窗被扯裂开来，歪到一旁。两扇透亮的窗户原本紧闭着，这时其中一扇忽然砰的一声被推了上去，一个身影跳上窗台，身后碎裂的百叶窗衬出了他的轮廓。他迟疑片刻，一跃而下。他这一跃越过了一排尖头栏杆，单脚落在人行道上，却在积雪上一滑，冲出路缘，险些被卷入车轮之下。

哈德利急忙踩下刹车，车子滑到路旁停下后，他立刻冲出去，趁那人还未及起身时牢牢钳住他的胳膊。借着车头灯光，兰波看清了对方的长相。

"曼根！"他喊道，"究竟怎么回事——"

曼根没戴帽子，也没穿大衣，双臂和手心里都沾满了亮闪闪的雪屑，双眼被灯光映得光芒闪烁。

"是谁？"他哑着嗓子追问道，"不，不，我没事！放开我，该死！"他拼命挣脱哈德利，使劲拍打着外套，"是谁——泰德！听我说，赶紧找人来。你跟我来，快！他把我们锁在屋里——楼上有枪声，我们刚刚都听见了。他把我们锁在屋里，你知不知道……"

兰波朝曼根身后望去，只见窗边映出一个女人的侧影。哈德利匆匆打断他零乱的叙述。

"不要慌。谁把你们锁在屋里？"

"是他，弗雷。他还在里面。我们听到了枪声，但门太厚，撞不进去。哎，你们来不来？"

话音未落，他已疾步奔上门前的台阶，哈德利与兰波紧随其后。出乎二人意料，前门居然没锁，曼根一转把手门就应声而开。玄关十分昏暗，只有远处桌子上点着一盏灯。仿佛有什么东西站在后面窥视着他们，那张面孔比想象中皮埃尔·弗雷的容貌更为怪诞；然后兰波才看清，那只不过是一副形容凶恶的日本武士盔甲。曼根一个箭步冲到右边的一扇门前，转动锁孔里的钥匙，门从屋里打开了，刚才在窗口露出身影的那个女孩站在他们面前。曼根将她一把拥入怀中。恰在此时，楼上又传来轰然巨响。

"不要紧，博伊德！"兰波大喊，心脏几乎提到了嗓子眼。"这是哈德利警长——我和你提过他。声音从哪里来？是什么东西？"

曼根指着楼梯："快上楼，我来保护萝赛特。他还在楼上，跑不了。老天在上，千万当心！"

众人跨上铺着厚厚地毯的楼梯，曼根则从墙上摘下一柄沉重的武器。二楼几乎伸手不见五指，似乎毫无人气。但通往上一层的楼梯壁龛里射下来一束光，而刚才的巨响此时又变成一连串重击声。

"葛里莫教授！"有个声音哭喊道，"葛里莫教授！答应一声，好不好？"

兰波无暇深究此地为何充满浓郁的异邦氛围，只是紧随哈德利登上第二段楼梯，穿过敞开的拱门，进入贯穿房子两端的宽阔廊厅。橡木墙板直铺到天花板，正对楼梯口的墙上有三扇挂着窗帘的窗户；厚重的黑色地毯足以吸收任何脚步声；这一长方形空间的两侧短边上各有一扇房门遥遥相对，离他们较远的左侧房门敞开着，而距楼梯口只有十呎①左右的右侧房门则紧闭着，有个男人正挥拳砸门。

他们走近时，那人猛然转过身来，虽然廊厅内本身没有任何照明，但借着来自壁龛内的光线——光源是壁龛里那尊黄铜大佛像的肚子——一切皆可尽收眼底。一个气喘吁吁的矮个男人正胡乱挥着手。他的脑袋很大，顶着一头妖怪般张牙舞爪的乱发，从硕大的镜框后审视着众人。

"博伊德？"他喊道，"还是德瑞曼？喂，是你吗？是谁？"

"警察。"哈德利边说边大步上前，那人往后跳开。

"你们进不去的，"矮个男子说，他将十指交叉，指关节啪啪作响，"但我们非进去不可。门从里面锁上了。有人和葛里莫一起被关在屋里。刚才有人开枪——他没回答我。杜蒙太太在哪里？把杜蒙太太找来！那家伙还在里面，我告诉你们！"

哈德利扭头恶狠狠地怒斥道：

"别上蹿下跳的，给我想办法弄一把钳子来。钥匙插

---

①英尺的旧称，一呎约等于零点三米。

在锁孔里，只能争取从外面转动。我要一把钳子，有没有？"

"我——我真不知道放在哪里——"

哈德利看着兰波。

"赶紧下楼去我车里翻工具箱，就在后座底下。尽量找最小号的钳子，最好再拿两把大螺丝起子来。说不定这家伙有武器——"

兰波一转身，正好瞧见菲尔博士喘着粗气穿过拱门走来。博士一言未发，脸色已不像刚才那么红润。兰波三步并作两步飞奔下楼，找钳子这点时间竟有如数小时般漫长难挨。折返时，他听见楼下那间关着门的屋子里传来曼根的说话声，还有女孩歇斯底里的尖叫。

哈德利依然镇定自若，轻轻将钳子插进锁孔，有力的大手使劲一夹，随即开始向左转动。

"里面有什么东西在动——"那矮个男人说道。

"行了，"哈德利说，"退后！"

他戴上一副手套，全神戒备，然后猛然推开门。门往里飞弹，砰然撞上墙壁，震得吊灯叮叮当当乱晃。没有东西冲出来，却又好像有什么东西正试图冲出来。除此之外，明亮的房间里空荡荡的。兰波定睛一看，只见地上有个东西倒在一片血泊之中，正手脚并用、痛苦不堪地爬在黑色地毯上，旋即，那东西喉头一噎，翻倒在一边，再也不动弹了。

24

第三章　假面

"你们两个别进来，"哈德利匆忙吩咐，"神经衰弱的人千万别看。"

菲尔博士拖着笨重的身体跟进去，兰波则守在门外，张开双臂把门挡住。葛里莫教授身躯沉重，哈德利又不敢把他翻过来。葛里莫挣扎爬向门口时，虽咬紧牙关硬撑着，可还是不免流了很多血，不过并不完全是内出血。哈德利扶起他，用一侧膝盖支撑住他。葛里莫那灰黑色胡楂下的脸庞泛着青紫，双眼紧闭，眼眶凹陷，还在努力用一条被血浸透的手帕按着胸前的弹孔。他的呼吸越来越微弱。虽然房中冷风劲吹，但寒气中浓浓的硝烟味仍挥之不去。

"死了？"菲尔博士小声问。

"奄奄一息，"哈德利说，"看见这些血了吧？子弹穿透了肺部。"他转身吩咐门后的矮个子，"打电话叫救护车，快！没多大希望了，但说不定他还来得及说点什么——"

"对，"菲尔博士的语气有点严肃，"我们最在乎的不就是这个吗？"

"是啊，现在也没有其他办法，"哈德利冷冷答道，"帮我把那边的几个靠垫拿过来，尽量让他舒服些。"

哈德利让葛里莫枕在一个垫子上，俯身凑到他眼前："葛里莫教授！葛里莫教授！听得见吗？"

葛里莫蜡黄的眼皮抽搐了两下，半睁开眼，无助、迷惘而怪异地转了转眼珠子，宛如婴儿脸上那种"聪慧""早熟"的神情一般。他似乎还没弄清楚状况，手指稍稍痉挛了两下，似乎是想伸手去够用细绳系在睡袍上的眼镜；胸口仍在微微起伏。

"我是警察，葛里莫教授。是谁干的？如果没法回答就别勉强，点点头就可以了。是不是皮埃尔·弗雷？"

葛里莫脸上先是浮现顿悟之色，旋即又转为深深的迷惑，接着明白无误地摇了摇头。

"那么凶手到底是谁？"

葛里莫急于吐露些什么，却因为过于急切，反令伤势更为恶化。他第一次，也是最后一次开口，双唇间断断续续吐出几个词语；然而旁人连究竟是哪几个词都没能听清，更不要说参详个中含义了。随即他就昏死过去。

左边的窗户开了几吋[1]，寒风接连不断地灌进来，冻得

---

[1]英寸的旧称，一时约等于二点五厘米。

兰波瑟瑟发抖。眼前这个曾经才华横溢的男人毫无生气地躺在垫子上，好似一只裂了口子的睡袋，生命力正从他身上急遽流逝；似乎唯有一座钟在体内嘀嗒作响，提醒众人他还一息尚存，但也仅止于此。这明亮、静谧的房间里，流的血实在太多了。

"上帝啊！"兰波忍不住说，"难道我们真的无能为力？"

哈德利苦涩地答道："无能为力，还是开始干活吧。'还在屋里？'一群饭桶！——噢，也包括我。"他指了指半开的窗户，"那家伙必定在我们进入宅邸之前就从那儿逃跑了，现在肯定不在这里。"

兰波环顾四周，无论在房间里，还是在他的脑海中，浓烈的硝烟味都渐渐随风而散。他第一次细细观察起这间屋子。

房间大约十五呎见方，四壁都是橡木墙板，地上铺着厚厚的黑色地毯。左边墙上（以站在门口的视角而论）有扇窗户，棕色天鹅绒窗帘随风飘舞；窗户两侧都立着书柜，柜顶摆了些大理石半身像。为了借助房间左侧的光线，在与窗户稍有距离的地方放着一张桌脚呈爪式的厚重平面大书桌。一张软垫椅被推到桌子底下；桌面最左边是一盏马赛克花纹的玻璃灯，以及一只青铜烟灰缸，烟灰缸里那支雪茄已经熄灭，但长长的灰烬还在闷燃着。桌上有一本小牛皮封套的书，底下压着干干净净的吸墨纸；一小尊古怪的黄玉水牛雕像压着的盘子里则有几支钢笔和一沓便笺纸。

兰波的目光扫过房间，只见正对窗户的那面墙上有座硕大的石壁炉，两侧同样设有书架和石像。壁炉上方挂着两柄交叉的花剑，剑的前方盖着一面饰有族徽的盾牌，当时兰波并未细看。整个房间里，只有这面墙的家具被弄得乱七八糟；长长的棕色皮沙发被推倒在壁炉前，一张皮椅则仰躺在扭成一团的炉前地毯上。沙发上还沾有血迹。

最后，兰波望向正对房门的这面墙，那幅画映入眼帘。在这面墙的两个书柜之间腾出了一大片空白，想必这几天刚刚搬走几个箱子，因为地毯上的压痕仍清晰可见。葛里莫本打算在这里挂上那幅画，可这愿望永远不能实现了。油画也倒在地上，与葛里莫相离不远，画面上被人用刀划了两道痕。加上画框，它足有七呎宽，四呎高，哈德利不得不又推又转，将其挪到房间正中，才能立起来细细察看。

"他就买了这幅画用来'保护自己'？"哈德利把画靠在沙发背上，"喂，菲尔，你不觉得葛里莫也和弗雷那家伙一样神志不清了吗？"

菲尔博士一直一脸严肃地对着窗户冥思苦想，此时才颤巍巍转过身来："凶手不是皮埃尔·弗雷，"他又戴上宽边帽，沉声说道，"嗯，我说，哈德利，你发现凶器了吗？"

"还没。既没发现任何枪械——我们要找的是一支大口径自动手枪——也没找到能把这东西划成这样的刀子。你看看！依我说这只是一幅普普通通的风景画而已。"

只怕没那么简单，兰波暗忖。画中蕴蓄着一股冲击力，仿佛是画家在狂怒之下，用油彩捕捉了扭曲的树枝被暴风抽打的瞬间，传递出无比的荒凉与恐惧。画面的主色调阴沉幽暗，在灰、黑两种底色上施以大量墨绿色泽，唯有背景中的低矮山脉被涂成白色。画面近景中，透过畸斜纷乱的枝丫，可以看到草地上有三块墓碑一字排开。那氛围与这个房间颇为神似，其间微妙的异邦气息若隐若现，难以捉摸。那些墓碑渐呈分崩离析之势，望去不免令人产生幻觉——坟墓竟似渐渐隆起、即将爆裂。两道划痕似乎对画中的一切没有产生任何影响。

一阵急匆匆的脚步声踏上台阶，穿过廊厅，兰波微微一惊。博伊德·曼根闯进门来，形容消瘦，衣冠不整，与兰波脑海中的印象大相径庭。就连他的一头黑发也像线圈一般卷曲着紧贴在头皮上，显得十分凌乱。他迅速瞥了地上的人一眼，眉头深锁，目光黯然，伸手摩挲着羊皮纸般粗糙的脸颊。他的年龄其实与兰波相当，但眼睑下方的斜纹令他看上去足足老了十岁。

"米尔斯都告诉我了，"他急促地冲葛里莫的方向示意，"他是不是——"

"救护车来了吗？"哈德利没有正面回答。

"他们带来了担架，马上就到。附近的人都很忌讳医院，没人知道该打电话给谁。我想起教授有个朋友在附近开了家疗养院，他们是——"他闪到一旁，两名穿着制服的看护走了进来，随后是一位个子不高的秃顶男子，胡须刮得很干净，神色沉稳。"这位是彼得森医生，呃——这是警察，病人在那儿——"

彼得森医生倒吸一口凉气，连忙下令：

"上担架，小伙子们，"他简单检视了一下，"在这里可不行，小心点。"

担架抬出去以后，他板着脸，狐疑地环顾四周。

"还有救吗？"哈德利问道。

"也许还能再撑几小时，这已是极限，多半还到不了几小时。他壮得像头牛，要不然早就丧命了。看样子他试图自救，却对肺部造成了进一步损伤——把肺扯裂了。"彼得森医生把手伸进衣袋，"你们准备派法医过来，对吧？这是我的名片。取出子弹后我会保管好。我估计是点三八口径的子弹，开枪的距离在十呎之外。恕我多嘴，究竟出了什么事？"

"谋杀。"哈德利答道，"找个护士守着他，无论他说些什么，都要一字不漏地记录下来。"

医生匆匆离去后，哈德利在记事本中写了点东西，递给曼根："脑子还清醒吗？很好。请你致电亨特街警局，做出这些指示，他们会与苏格兰场联系。如果他们追问，就告诉他们事情经过。华生医生会赶往那家疗养院，其他

30

人则会到这里来……谁在门口？"

那个身形瘦小、显得头重脚轻的年轻人已经在门外站了好一阵子。在明亮的灯光下，兰波看见了他那一头妖精似的暗红头发，一双无神的棕色大眼睛藏在厚厚的金边眼镜后面，瘦削的脸庞上那松松垮垮的大嘴斜斜耷拉着。这张嘴正不停蠕动着发出声音，两片嘴唇一开一合，露出两排牙齿，活像一条鱼。那张嘴像连珠炮似的说个没完，但其实每次他说话时，总像是面前不存在任何听众似的，脑袋仿佛打拍子一般有节奏地一仰一俯，那单调的频率颇具穿透力，径直贯入对方脑中。你或许以为他是个推崇社会主义的理科学士，那就对了。他身穿红格子上衣，十指交叉放在身前，已经克服了最初的恐惧，平静得有些深不可测。他微一欠身，不动声色地答道：

"我是斯图尔特·米尔斯，是葛里莫教授——或许该说是已故的葛里莫教授——的秘书。"他的大眼睛滴溜溜转个不停，"请问——凶手现在是什么情况？"

"我们推断，趁我们以为他还在屋内之时，他从窗户逃走了。"哈德利说，"那么，米尔斯先生——"

"抱歉，"那单调的声音打断了他，口气中带着几分超脱，"那他可真是特立独行。诸位检查过窗户了吗？"

"他说得对，哈德利，"菲尔博士喘着粗气，"看吧！我越来越不得要领了。说真的，我告诉你，如果凶手没有从门口离开——"

31

"当然没有，"米尔斯笑道，"证人不止我一个。从头到尾我都守着这扇门。"

"想取道窗户逃走，那他一定身轻如燕。打开窗户好好检查一下。唔，等等！最好先搜查房间。"

房里根本没藏着什么人。然后，哈德利低声咒骂着把窗户推上去，只见窗框上铺着一层完好无缺的积雪，更外侧宽阔的窗台也一样。兰波探出身子，左顾右盼。

一轮皓月高悬于西方天际，月光下的一切都如木雕一般清晰可辨。窗口离地面少说有五十呎，光滑潮湿的石墙笔直垂落。正下方是后院，和这条街的所有宅邸一样，院子周围都砌了一道矮墙。无论是院子里，还是他们目力所及之处，再加上围墙顶端，各处的积雪都平坦无瑕。房子这一面只有顶楼有窗户，下方一扇窗也没有；而离这个房间最近的窗户开在左边的廊厅上，距离足有三十呎；往右望去，邻家的窗户差不多也是这个距离。举目往前方望去，一座座房屋携后院齐刷刷排开，宛若一张巨大的棋盘，最近的房子也在数百码开外。最后，从这扇窗户往上，石墙直挺挺延伸约十五呎，便是陡峭的屋顶，莫说徒手攀爬，就连用绳索辅助都无从着力。

但哈德利也探出脑袋，得意扬扬地喊道：

"又是这一套，"他大声宣布，"看！可想而知，凶手到来之前先在烟囱或者别的什么地方系上一条绳子，让它悬到窗口，杀害葛里莫之后爬出窗外，沿着绳子攀上房顶，然后爬到烟囱旁边解下绳子，一举逃走。上面一定留下了很多痕迹，错不了。所以——"

"说得好，"米尔斯应声答道，"所以我才不得不告诉你，什么痕迹也没有。"

哈德利四下张望，米尔斯刚检查完壁炉，转身注视众人，咧嘴淡淡一笑，双眼中却闪烁着紧张的神色，前额上满是汗水。

"知道吗，"他举起一只手，竖起食指，"我刚刚得知那个戴假面具的人消失时——"

"戴着什么？"哈德利追问。

"假面具。我表达清楚了吗？"

"还是不明白。先让我们把头绪理一理吧，米尔斯先生。对了，凶手从屋顶侵入这种方式，你觉得如何？"

"请注意，屋顶上根本不存在任何足印或者其他什么东西留下的痕迹。"米尔斯答道，瞪大的双眼神采灵动。这是他特有的肢体语言：微笑和充满鼓励的注视，虽然有时这种鼓舞的效果适得其反。他又竖起食指说："诸位，我再说一次，得知那个戴假面具的人凭空消失时，我就料到麻烦来了——"

"为什么？"

"因为监视这扇门的就是我自己，所以我不得不郑重声明，那家伙没有从房门出来。很好，如此一来便可推断，他的脱逃路线应当是：(a) 用绳索攀上屋顶；(b) 从烟囱内部爬上屋顶。二者必居其一，简单的数学结论。设 $PQ=pq$，那么显然 $PQ=pq+p\beta+qa+a\beta$。"

"真的吗？"哈德利耐着性子说，"所以呢？"

"你们看到廊厅的尽头——也就是说如果门开着就能看到，"米尔斯一丝不苟，"是我的工作室。里面有扇门通往阁楼，而阁楼里有扇天窗通向房顶。只需掀开天窗，这个房间上方的屋顶两侧便可尽收眼底。积雪上没有留下丝毫痕迹。"

"你没爬上去看看？"哈德利追问。

"没有。房顶上没有能落脚的地方。说实话，就算天气干燥也办不到。"

菲尔博士满脸放光，似乎拼命克制着将米尔斯这个有如精巧玩偶的奇才吊起来细细欣赏的冲动。

"接下来呢，年轻人？"他亲切地问，"我的意思是，如果你的公式完全不成立呢？"

米尔斯笑容未减，依然高深莫测地答道："啊，那就要看情况了。先生，我是个数学家，绝不容许自己仅凭空想就得出结论。"他环抱双臂，"我只想提醒各位注意这一点：屋顶的积雪完好无瑕；但我也有百分之百的把握，凶手并未从房门离开。"

"但愿你能把今晚这里发生的一切准确地描述清楚。"哈德利抹了抹额头，坐到桌旁，掏出笔记本，"别急，一步一步来。你为葛里莫教授工作多长时间了？"

"三年零八个月。"米尔斯咔嗒咔嗒磕着牙。兰波察觉到，哈德利一摊开笔记本，调查的气氛顿时严肃起来，米尔斯的回答也变得尽量简明扼要。

"你的工作职责是什么？"

"处理往来信件，以及日常秘书工作。当然，最主要的职责是协助教授筹备他的新作，书名是'中欧迷信行为的起源与历史沿革，兼论……'"

"可以了。这座房子里住了多少人？"

"除了葛里莫教授和我自己，还有四个人。"

"好，好，那么？"

"啊，明白了！你是问他们的姓名。萝赛特·葛里莫，教授的女儿。管家杜蒙太太。教授的朋友德瑞曼，年纪比较大。还有个女仆名叫安妮，没人告诉我她姓什么。"

"今晚出事时，家里有几个人？"

米尔斯朝前挪了挪脚尖，稳住身形，随即就端详起脚尖来，花样不少。"这就说不准了，只能告诉你我所知道的情况。"他前后晃动身体，"七点三十分吃完晚饭后，葛里莫教授就上楼来工作，这是他星期六晚上雷打不动的习惯。他吩咐十一点之前不许别人来打扰，这也是没有商量余地的惯例。不过，他还说——"这个年轻人的前额忽然汗涔涔的，语气却仍平静，"不过，他还说，九点半左右可能有客人到访。"

"他没说这位客人是谁？"

"没有。"

哈德利倾身向前："得了吧，米尔斯先生！难道你没听说他被人威胁？星期三晚上的事件你竟一无所知？"

"我——呃——当然，我早就知道了。其实，那天晚上我本人也在沃维克酒吧。曼根应该告诉你了吧？"

米尔斯开始概述当时的事发始末，他虽然忐忑不安，但却讲述得活灵活现。同时，菲尔博士又晃晃悠悠四下检视起来，其实今晚他已经探察过好几次了。他似乎对壁炉尤其感兴趣。兰波早已知悉酒吧事件的大致经过，所以并未注意米尔斯的陈述，而是留神菲尔博士的一举一动。博士走到翻倒的沙发旁边，检查了沙发顶部和右侧扶手上的血迹；炉前地毯上的血迹更多，但地毯是黑色的，所以血迹很难辨识。在那里发生了打斗？不，兰波心想，火钳、炉钩等生火用具还直直插在架子上，如果有人在壁炉前搏斗，那些东西肯定免不了散落一地才对。炉子里有一小堆烧焦的纸片，纸片下那簇微弱的炭火已濒临熄灭。

菲尔博士喃喃自语，踮起脚察看那面盾牌。对于族徽、纹章方面的知识，兰波纯属门外汉，在他看来那只是一面红、蓝、银三色盾，上半部刻着一只黑鹰和一弯新月，下方则是一个楔形物，形似一只落在棋盘上的白嘴鸦。虽然色泽黯淡，但其狂野的气魄倒也与这风格粗犷的奇特房间相得益彰。菲尔博士咕哝了两声。

可他什么也没说，而是接着开始审视壁炉左边架子上的藏书。以藏书家的做派逡巡一番后，他才有所行动，一本接一本把书抽出来，瞄一眼扉页，又迅速合上塞回去。就连架上那些风评不佳的书籍他也一一过目。他不仅扬起好些灰尘，而且响动之大，一度盖过了米尔斯那颇有节奏的陈述。然后他站起身，兴奋地向众人挥舞手中的几本书。

"我说，哈德利，本来不想打岔，但这实在太离奇了，而且相当耐人寻味。加布里埃尔·多布伦泰[①]的《约里克和伊莉莎的来信》两册；来自不同版本的《莎士比亚作品集》九卷；还有一本叫作——"他停住了，"嗯。哈。你认得这些吗，米尔斯先生？只有这些书没有积灰。"

仍沉浸在回忆中的米尔斯吓了一跳："我——我不知道。想必是从葛里莫教授打算挪到阁楼去的某一捆书里拿出来的吧。昨晚我们搬走了几个书架给这幅画腾地方，德瑞曼先生发现这几本被放在其他书后面……刚才我说到哪儿了，哈德利先生？啊，对了！葛里莫教授告诉我晚上有客人来访时，我压根儿没想到会是沃维克酒吧里的那个家伙。教授也没提。"

"那他究竟是怎么说的？"

"我——哎，晚饭后我一直在楼下的大书房工作。他吩咐我，九点半时上楼到我自己的工作室，打开门坐好，然后'目不转睛地'监视着这个房间，以防万一——"

---

①加布里埃尔·多布伦泰（Gabriel Dobrentei），匈牙利语言学家、文物学家。

"以防万一？"

米尔斯清了清嗓子说："具体内容他没有透露。"

"都已经说到这种程度了，"哈德利怒斥，"你居然还没怀疑来客的身份？"

"我明白这位年轻朋友的潜台词，"菲尔博士插话，微微吐着气，"他肯定也心理斗争了好一阵。他的意思是，即便他这位年纪轻轻的理科学士本就拥有坚定的信念，即便他的心理防线像 $x^2+2xy+y^2$ 那种公式一样牢固，沃维克酒吧里那一幕引发的各种联想还是免不了让人紧张。所以职责之外的事情，他就不想过问了。是这样吧，嗯？"

"我可没这么说，先生，"米尔斯反驳道，但却松了口气，"我的想法与事实无关。请各位理解，我只是严格遵从教授的指示罢了。九点半我准时上楼——"

"那时候其他人都在什么地方？先别忙着回答！"哈德利步步紧逼，"别拿什么'说不准'这一套来敷衍我。说说你认为他们当时身在何处。"

"在我印象中，萝赛特·葛里莫小姐和曼根在客厅里玩牌。德瑞曼之前就说要出门，所以我没见到他。"

"杜蒙太太呢？"

"我上楼时遇见她了。她正从葛里莫教授房里出来，端着餐后咖啡；准确说是端着教授喝剩的咖啡……我走进工作室，敞开房门，把桌子拖出来，就可以边工作边监视廊厅了。然后——"他闭上眼，旋又睁开，"——九点四十五分时，我听见前门的门铃响了。电铃装在二楼，所以我听得一清二楚。

"两分钟后，杜蒙太太走上楼梯，端着平时盛放名片的托盘。她正要敲门时，我震惊地发现——呃——那高个男人也径直尾随她上楼来了。杜蒙太太一扭头看到他，立刻厉声说了几句话，我无法逐字复述，反正大意是质问对方为何不在楼下等候；她的声音听上去十分焦虑。但那个——呃——那高个男人置之不理。他走向门口，不慌不忙地翻下大衣衣领，脱下帽子塞进大衣口袋。我想他那时还笑了两声，杜蒙太太则叫嚷着什么，畏缩着靠到墙上，随后匆忙把门打开。葛里莫教授在门口现身，显然极不耐烦，他的原话如下：'吵什么吵？'旋即，他呆若木鸡，凝视着高个男人，原话是：'老天在上，你是谁？'"

米尔斯的声调一成不变，吐字却越来越快；虽然他竭力想让笑容更灿烂些，却适得其反，望去尤显阴森骇人。

"别急，米尔斯先生。你看清这高个男人的模样了吗？"

"看得真真切切。他走上楼梯、穿过拱门时，朝我这边望了一眼。"

"怎样？"

"他的大衣衣领向上翻起，头戴一顶鸭舌帽。但是各位，我生来视力极佳，因此巨细无遗捕捉到了他的鼻子和嘴巴的形状与颜色。他戴着一张儿童玩具般的假面，用纸板糊成的那种面具。在我印象中，那面具很长，呈粉红色，张着血盆大口；而且身处我视野中的这一小段时间里，他并未摘下来。所以我可以放心地断言——"

"完全正确，不是吗？"门口传来一个冷若冰霜的声音，"那是他的假面，而且很不走运，他根本没卸下伪装。"

第四章　绝无可能

她伫立在门口，目光依次扫过众人。兰波心中无来由地腾起一个念头：这个女人不简单。她貌不惊人，唯有漆黑的双眼中跃动着睿智与神采；这双眸子此时虽红肿干涩，饱含痛苦，却没有一滴眼泪。她的外形并不协调：个子较矮，体格结实，脸庞宽大，颧骨很高，皮肤颇有光泽。兰波顿时滋生奇特的想法：倘若她肯精心打扮，必然是个美人。她那深褐色的头发松散地盘在耳后，一身最朴素不过的深色连衣裙，只在胸前饰有两道白边，但她整个人却又丝毫不显得寒酸。

镇定自若？勇气十足？强打精神？抑或其他？"魅力四射"这个词固然说明不了问题，却也能形容她周身笼罩的气场，仿佛在电光火石间迸发出热情与力道，震慑人心。她缓步走向众人，鞋底嘎吱作响，鲜明乌黑的双眼微微一张，目光直射哈德利，双掌在身前摩擦着。兰波立刻意识到了两点：葛里莫教授之死带给她的重创恐已永难平复；若无坚定的信念支撑，她多半已经号啕痛哭，晕厥在地了。

"我是厄内丝汀·杜蒙，"她说，随即又自释来意，"我来协助各位寻找射杀查尔斯的人。"

她的语气中听不出任何重点，反显得含糊而麻木；她的双掌依然上下揉搓个不停。

"刚听到噩耗时，我简直无法上楼来——那是在一开始的时候。后来我想搭救护车陪他去医院，但医生不允许，说是警察要和我谈谈。也对，我觉得这是明智之举。"

哈德利起身将自己坐着的椅子让给她。

"请坐，太太。我们要马上听取你的证词。请务必先认真听听米尔斯先生的陈述，说不定有的地方需要你予以佐证——"

窗户大开，寒气袭人，她哆嗦了一下；一直在旁紧盯着她的菲尔博士上前将窗户关上了。随即，她瞥了壁炉一眼，在那堆纸片的灰烬下，火焰几乎已彻底熄灭。顷刻间，她便领悟了哈德利的意思，点点头，心不在焉地望着米尔斯，神情空洞，似笑非笑。

"可以，没问题。可怜的傻孩子，他也是一片好意。对不对，斯图尔特？接着说，一定要说下去。我——我先听着。"

即使米尔斯心下不悦，也没有显露出来。他眨了眨眼，环抱双臂。

"倘若这么想能令'女祭司'你宽慰几分，"他泰然自若地答道，"我也不反对。还是接着刚才的话往下说吧。呃——我说到哪儿了？"

"你说葛里莫教授看见来客时脱口而出：'老天在上，你究竟是谁？'然后呢？"

"啊！对对！当时他的眼镜没戴上，而是吊着细绳垂在胸前。他不戴眼镜时视力很差，我觉得他肯定把那张假面误认成真人的脸了。他还没来得及戴上眼镜，那陌生人就以迅雷不及掩耳之势猛冲进门。葛里莫教授想拦住他，但对方的动作实在太快。接着我就听到他放声大笑。他进屋后——"米尔斯停了下来，满面疑云，"最离奇的是，在我印象中，虽然杜蒙太太靠在墙边颤抖不已，那陌生人进屋后，她却把门关上了。我还记得她的手就放在球形门把上。"

厄内丝汀·杜蒙厉声呵斥："年轻人，你在暗示什么？"她追问道，"蠢货，想想清楚你都说了些什么！你以为我有意促成那人与查尔斯独处？分明是他进屋后自己把门踢上的。然后又转动钥匙上了锁。"

"等一下，太太……这是实情吗，米尔斯先生？"

"请各位不要误解，"米尔斯淡然应道，"我只是尽可能忠实地描述每一件事实，甚至竭力传达我本人的每一丝印象。我并没有暗示什么，也乐意接受指正。正如'女祭司'所言，那家伙在里面的确用钥匙把门锁上了。"

"这就是他所谓的'小玩笑'，喊别人'女祭司'，"杜蒙太太愤愤道,"呸!"

米尔斯笑道:"言归正传,各位,我有十足把握,'女祭司'当时激动万分。她高喊着葛里莫教授的教名,使劲晃动门把;我也听见屋里有声音,但毕竟距离有点远,而且房门十分厚重,"他指了指门,"我分不清那是什么声音。过了三十秒钟,才听到葛里莫教授气势汹汹地对'女祭司'吼道:'走开,傻瓜,我应付得来。'不难推断,那高个子男人在这三十秒钟里已经摘下面具了。"

"明白了。那他的声音听起来——是不是很害怕?或者有类似的感觉?"

秘书沉思着说:"恰恰相反,应该说听上去他松了一口气。"

"而你,太太,你遵从吩咐离开了,没有进一步——"

"是的。"

"这家伙以假面示人、肆无忌惮地闯到家里来,恐怕不像开玩笑吧?"哈德利和颜悦色地问道,"按说你事前应该知道你家主人曾遭人恐吓?"

"二十多年来,我对查尔斯·葛里莫始终唯命是从。"杜蒙太太异常平静,"主人"这个词显然戳到了她的痛处。她干涩的双眼血丝密布,目光极为专注。"我从不知道还有什么状况是他无法应付的。遵从他的吩咐!我当然不敢违抗,一切照他的吩咐办。更何况你根本不了解情况,你什么也没问过我。"她的轻蔑转为一丝微笑,"不过,按查尔斯的说

44

法，这在心理学上倒相当有趣。你可没追问斯图尔特为何遵从吩咐而不是大惊小怪。你无非是觉得他当时多半吓坏了。就当你是在拐着弯恭维我吧，谢谢，请继续。"

兰波仿佛领教了一位剑客举手之间的高明剑法。哈德利似也颇有同感，遂又转向秘书：

"米尔斯先生，你还记不记得高个男人进屋的具体时间？"

"九点五十分。因为我的桌上有钟。"

"听到枪声的时间呢？"

"正好十点十分。"

"也就是说，这期间你一直监视着房门？"

"对，我百分之百肯定。"米尔斯清了清嗓子，"尽管'女祭司'说我胆怯懦弱，但枪响后最先赶到门口的是我。门仍然从屋里反锁，各位都亲眼所见——枪响后没多久你们就赶来了。"

"他们两人共处的二十分钟里，你可曾听到任何谈话、动作或其他动静？"

"有那么一会儿我似乎听到了什么响动，非要形容的话，感觉像是撞击的声音。但毕竟距离有点远……"他撞上哈德利冷冷的目光，不由得又身躯一震，两眼圆睁，冷汗直冒，"现在我当然很清楚，这件事过于离奇，但我不能不说。各位，我郑重起誓——"他突然举起紧握的拳头，声调也陡然高昂起来。

45

"没关系，斯图尔特，"杜蒙太太好言劝慰，"我可以为你做证。"

哈德利温和地笑了笑："我看差不多了。最后一个问题，米尔斯先生，你能否具体描述一下这位客人的外形……稍等，太太！"他突然扭头，"很快就好。如何，米尔斯先生？"

"准确说来，他身着黑色长大衣，头戴棕色鸭舌帽，穿深色裤子，我没注意他的鞋。至于头发，他摘下帽子时——"米尔斯顿了顿，"真不可思议，我不想刻意夸张，但我现在记起来了，他的头发看上去黑得发亮，仿佛涂了一层油彩，光泽可鉴，不知你们领会了没有，他的整颗头颅感觉都是用纸壳糊成的。"

一直在那幅大油画周围来回踱步的哈德利闻言转身盯着他，米尔斯不禁尖叫了一声。

"各位，"他喊道，"你们要我复述所见所闻，而这正是我亲眼所见，千真万确。"

"说下去。"哈德利冷冷地催促。

"我想他应该戴着手套，不过他的双手都插在衣袋里，我不敢确定。他个子很高，比葛里莫教授还高三到四吋。以解剖学的视角来看，体格算是中等吧。我能具体确定的就是这些了。"

"他的模样像不像皮埃尔·弗雷？"

"嗯——像。也就是说，从某个角度看还挺像，换个角度又不太像。这么说吧，这家伙比弗雷还要高，但没他那么瘦，不过我也不敢保证。"

在这段询问期间，兰波一直用眼角余光关注着菲尔博士的一举一动。博士把宽边帽夹在腋下，在房中四处巡视，手杖屡屡在地毯上叩出恼人的响声。他不时俯身细看现场的物件，直到眼镜从鼻梁上滑落才肯罢休。他端详着油画，浏览了藏书，赏玩了桌上的黄玉水牛。他还气喘吁吁地蹲下身子观察壁炉，然后直起腰开始研究盾牌上的纹章。他对这面盾牌似乎情有独钟——而且兰波还发现，菲尔博士一直在观察杜蒙太太，仿佛被她深深吸引。杜蒙太太那双明亮的小眼睛里隐藏着某些相当可怕的东西，每当博士查看完一件物品，她的眼珠子就迅速转动一下。这个女人肯定知道些什么。她的双手紧握在膝盖间，竭力不去关注菲尔博士，却又无法将视线从他身上移走。一场无形的暗战似乎正在两人之间展开。

"还有其他问题，米尔斯先生，"哈德利说，"尤其是沃维克酒吧事件和那幅油画的情况。不过那些可以留待我们理出头绪之后再议……可否麻烦你下楼请葛里莫小姐和曼根先生上来？如果德瑞曼先生已经回来了，也请他一起来……多谢。等等！呃——菲尔，你有什么问题要问吗？"

菲尔博士和蔼地摇摇头。兰波却发现杜蒙太太的指节绷得发白。

"你这位朋友非得这样转来转去吗？"她突然喊道，声调异常尖锐，"w"的音都发成了"v"，"快把人逼疯了。真是——"

哈德利端详着她说："我能理解，太太。很遗憾，那就是他的作风。"

"话说回来，你是谁？公然闯进我们家……"

"容我解释一下。我是苏格兰场刑事调查局的主管。这位是兰波先生。至于这一位，或许你也听说过他的大名，基甸·菲尔博士。"

"对，对，久仰久仰。"她点点头，使劲一拍身旁的桌子，"很好，很好，很好！即便如此，你们就可以不顾礼节了吗？非得敞着窗户把房间冻成冰窖？最起码也得让我们生火取暖吧？"

"我可不赞成，"菲尔博士说，"别忘了，我们得先弄清楚壁炉里烧成灰烬的是些什么东西。原来的炉火必定非常旺盛。"

厄内丝汀·杜蒙疲惫地答道："噢，你们怎会这么傻？还干坐着做什么？凶手是谁大家都心知肚明。不就是弗雷那家伙吗，你们明白得很。对不对？对不对？对不对？怎么不去追捕他？我都说了是他干的，你们怎么还没动静？"

她宛若一位面容呆滞的吉卜赛女人，眼中怒火熊熊，似已亲眼看到弗雷在绞刑架上一命呜呼。

"你认识弗雷？"哈德利突然问道。

"不，不，我从没见过他！我是说，在这件事之前从没见过他。但查尔斯曾告诉过我他的一些情况。"

"什么情况？"

"啊，哼！弗雷是个丧心病狂的疯子。查尔斯与他素不相识，可这家伙不知吃错了什么药，竟以为查尔斯故意取笑他那些超自然的魔术。他有个兄弟——"她做了个手势，"也是一路货色，明白了吗？唔，查尔斯告诉我，今晚九点半那家伙可能会找上门，如果他来了，我得让他进屋。但九点半我去收咖啡盘时，查尔斯笑着说如果那家伙再不来，估计今晚就不会来了。查尔斯说：'怀恨在心的人总是雷厉风行。'唉，他错了。九点四十五分门铃响起，我去应门，只见一个男人站在台阶上，递过一张名片说：'麻烦你转交葛里莫教授，问问他愿不愿意见上一面？'"

哈德利倾身倚在皮沙发边沿，仔细观察着她。

"那他的假面又怎么说，太太？难道你不觉得有点怪异？"

"我没看到他的假面！你没注意到楼下玄关只有一盏灯吗？唉！他身后还有一盏街灯，我只能看清他的轮廓。他谈吐谦恭有礼，手里又持有名片，我一时没反应过来——"

"请等一下，如果你再听到他的声音，还能不能认出来？"

她耸耸肩，仿佛正卸下背上的重负。

"没问题！我不知道……可以！当然可以！可你也知

道，他的声音不太对劲；现在想来，在面具后面听起来很低沉。啊，为什么男人都这么——"她靠回椅背上，毫无来由地热泪盈眶，"这种事我哪里想得到！我句句属实，绝无隐瞒！如果有人伤害了你，很好，你蛰伏着等待时机，将他一举置于死地。然后你的朋友们就到法庭上赌咒发誓说案发时你在其他什么地方。你用不着效仿盖伊·福克斯之夜的德瑞曼，戴着油彩面具和孩子们打成一片[①]；也不会像这个可怕的男人一样，递过一张名片后就上楼杀人，然后从窗口逃得无影无踪。这简直就是小时候听来的传说……"她那孤高轻慢的姿态陡然崩塌，陷入歇斯底里的状态，"噢，老天啊，查尔斯！我可怜的查尔斯！"

哈德利冷眼静观其变。她很快就控制住情绪，正如房间对面那幅扭曲、阴暗的巨大油画一样陌生、神秘。情感的风暴转瞬即逝，她虽然呼吸沉重，但神经已松弛下来，警惕性却又随之提升。众人都听见了她用指甲刮蹭椅子扶手的声音。

"那个男人说，"哈德利紧逼不舍，"'麻烦你转交葛里莫教授，问问他愿不愿意见上一面？'很好，那么据我们所知，当时葛里莫小姐和曼根先生都在楼下前门旁边的客厅里，对吗？"

---

①一六〇五年十一月五日，包括盖伊·福克斯（Guy Fawkes）在内的一群天主教徒意图炸毁英国议院暗杀国王，从而恢复天主教在英国的地位，最终失败。后来十一月五日成为纪念日，人们以烧毁盖伊·福克斯的肖像、人偶作为娱乐。这一习俗还扩散到英国的海外殖民地。

她看着哈德利的目光十分怪异。

"这问题很奇怪，不知你是什么用意？对——没错，我想他们是在客厅，我没注意。"

"那你还记不记得客厅的门是开着还是关着的？"

"不知道。想来应该是关着的，否则大厅里的光线应该更充足才对。"

"请说下去。"

"唔，接过那人的名片后，我正想说：'请进，我去通报一声。'然后猛然惊觉，我可不能独自面对他——一个疯子！我恨不得马上上楼找查尔斯下来，所以就答道：'请在此稍候，我去通报。'然后我慌忙当着他的面把门重重撞上，弹簧锁也已扣上，这样他就进不来了。接着我回到灯光下查看那张名片。现在名片还在我这里，没来得及交给查尔斯。上面是一片空白。"

"空白？"

"既没有文字，也没有图案。我想上楼把它交给查尔斯，求他赶紧下来。但可怜的小米尔斯刚才告诉你们的场面出现了。我正要敲门，突然听到身后有人走上楼梯。我回头一看，他高大瘦削的身影正朝我步步逼近。但我发誓，对着十字架发誓，我确实把楼下的门锁上了！哎，我不怕他！不怕！我还问他上楼有何贵干。

"但我还是看不到他的假面，因为楼梯上的灯光很亮，能照到廊厅尽头以及查尔斯的房门，而他背对着光。他用法语答道：'太太，那点把戏是拦不住我的。'然后翻下衣领，将帽子塞进衣袋。我料他不敢面对查尔斯，便把门打开，恰好查尔斯也同时从屋里开门。这时我才看见那张面具，绯红的颜色就像活生生的血肉。没等我反应过来，他就突然气势汹汹地一跃进屋，一脚踢上门，转动钥匙，把门反锁了。"

她停了下来，似乎最惊险的部分已经讲述完毕，可以稍稍喘喘气了。

"然后呢？"

她木然答道："按查尔斯的吩咐，我走开了，既没大惊小怪，也没大吵大闹。可我没有走远，只是走下几级楼梯，停在仍能看见这扇门的位置，和可怜的斯图尔特一样，寸步不离。真是——太恐怖了。你知道，我可不是年轻姑娘，枪声骤响时，我还在原地；斯图尔特冲出来撞门时，我也在原地；甚至你们纷纷上楼时，我依然留在原地。但我再也坚持不住，我知道出了什么事，只觉得天旋地转，趁着还没昏死过去，赶紧回到一楼楼梯旁边自己的房间，然后就——不省人事。女人有时真不中用。"她那惨白的双唇颤抖着，光滑的脸上勉强挤出一丝微笑，"但斯图尔特说得对，没人离开那个房间。老天保佑，我们绝无半句谎言。不管那怪物是如何溜出房间的，反正他没有从门口离开……现在，求求你们，行行好，能不能让我去医院看看查尔斯？"

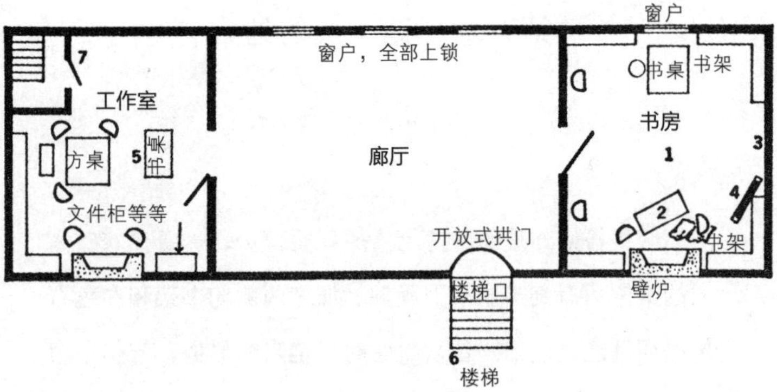

1 葛里莫陈尸处

2 散乱的沙发、椅子、炉前地毯

3 清空的墙壁，即原计划悬挂油画的地方

4 纵向摆放、靠在书架上的油画

5 米尔斯坐的位置

6 杜蒙太太站的位置

7 门后有楼梯通往房顶天窗

图 1 顶楼后部平面图

第五章　谜一般的遗言

这次答话的是菲尔博士。他背朝壁炉，一身黑衣，高大的身影后有剑与盾拱卫簇拥，加之两侧的书架和白色石像遥相呼应，恍如一位从封建时代走来的男爵，与整个房间的氛围浑然一体，却又不像弗朗特－德－博夫男爵[1]那么吓人。他将一根雪茄的尾端咬下，一扭头，驾轻就熟地吐进壁炉，眼镜也斜斜滑到鼻尖上。

"太太，"他又转过身，鼻腔里发难似的一哼，吹响了战斗号角，"不会耽误你太久。平心而论，我丝毫不怀疑你的证词，米尔斯的证词也是。正式调查开始前，我会充分证明我对你的信任……太太，你还记不记得雪是在今晚什么时候停的？"

杜蒙太太用犀利的目光冷冷逼视着他，戒心重重。显然，她听说过菲尔博士的大名。

"这很重要吗？我想大概是九点半。对！想起来了，

---

①沃尔特·斯科特爵士的小说《艾凡赫》（改编的同名电影又译《劫后英雄传》）中的人物。

我上楼来收查尔斯的咖啡盘时，不经意望了望窗外，注意到雪已经停了。这很重要吗？"

"喔，非常重要，太太。否则这桩'不可能犯罪'就要打一半折扣了……你说得对，嗯。还记得吗，哈德利？九点半左右雪停了。对吧，哈德利？"

"不错。"警长答道。他也满腹狐疑地望着菲尔博士。不过他心里有数，菲尔博士那茫然的眼神背后必有深意。"姑且认定是九点半吧，这能说明什么？"

"在那位访客从这个房间逃脱之前四十分钟，雪就已经停了。"博士沉吟道，"而且当他来到这座房子时，雪已停了十五分钟。是这样吧，太太？呃，他按门铃的时间是九点四十五分？很好……那么，哈德利，你记不记得我们赶到这里的时间？注意到了吗，你、兰波和曼根三人冲进屋子之前，通往前门的台阶上不见任何脚印，就连台阶前的人行道上也没有，我可都看在眼里。这一点留待进一步确证。"

哈德利顿时挺直身板，含混地低吼一声："老天！没错！整条人行道都干干净净。这——"他刹住话头，缓缓转向杜蒙太太，"你之所以相信她，证据就在这里？菲尔，你也神志不清了？我们岂能相信这种天方夜谭——雪停了十五分钟后，竟有人上前按响门铃、无视上锁的房门、径直穿墙而过，而且还……"

菲尔博士睁开双眼，一连串咯咯笑声像是从他的马甲里蹿了出来。

"我说，老弟，何必如此大惊小怪？既然他逃跑时有本事踏雪无痕，那飘然进屋又有什么奇怪呢？"

"我不明白。"哈德利心有不甘地承认，"可是，该死，真该死！以我侦办密室谋杀案的经验而论，进入密室与离开密室完全是两码事。如果凶手既能来无影，又能去无踪，我的世界观就该崩塌了。先别管这些！你说——"

"请听好，"杜蒙太太打断他们，脸色苍白，下颌两侧的肌肉紧绷，线条分毫毕现，"我所说的一切千真万确，苍天在上！"

"我相信你，"菲尔博士说，"别被哈德利那苏格兰佬的死脑筋吓倒。如果他敢不信，我就和他翻脸。但重点在于，既然你的证词我已照单全收，也就说明我对你万分信任，是不是？好极了。我只想提醒你千万别辜负我这份信任。我做梦也不打算质疑你刚才的证词，但据我猜测，对于接下来你要说的话，我会非常不以为然。"

哈德利半闭着一只眼睛说："我就怕这个。每次你抛出这种可恶的奇谈怪论，我的噩梦就来了。说真的，现在——"

"尽管问吧。"女人冷淡地说。

"哼，好。多谢。那么，太太，你担任葛里莫的管家多久了？不，换个说法。你在他身边有多长时间了？"

"超过二十五年，"她答道，"想当年——我可不仅仅是他的管家而已。"

她之前一直低头凝视紧扣的十指，两手里里外外翻来覆去，此时她终于抬起头，眼中情感澎湃，却又坚定不移，仿佛还在斟酌她究竟该披露多少真相。那神情好似在角落里窥视敌人，准备立即上前拼命。

"我既然肯说这些，"她平静地说，"也就希望各位能保证，绝不将我倾诉的一切泄露出去。你们大可去弓街的地方法院查阅侨民档案以核实我的证词，但那纯属多余，与本案毫无关系。这并非仅为我个人着想，请各位理解。萝赛特·葛里莫是我的女儿。她出生于此，有档案可查。但她本人并不知情——没有人知情。求求你们，拜托，能否为我保守秘密？"

渐渐地，她的目光像是换了一个人。虽然她没有抬高嗓门，但声音显得极为急切。

"哎，太太，"菲尔博士皱皱眉头，"我看这和我们一点关系也没有，对吧？我们当然会守口如瓶。"

"真的？"

"太太，"菲尔博士好言劝慰道，"我虽不认识那位小姐，但我敢打赌，你的担心纯属多余，而且这么多年一直提心吊胆更是毫无必要。她多半早就心知肚明了。可别小看孩子们。只不过她也不想说破而已。这个世界之所以纷纷扰扰，还不都是因为我们总爱佯装二十岁以下的年轻人没心没肺，四十岁以上的老家伙都像行尸走肉？哼，不说这些了。"他微笑道,"我想问的是,你与葛里莫初次邂逅是在什么地方?是在你来英国之前吗?"

她的呼吸十分沉重,仿佛脑中激起惊涛骇浪,嘴上的答话却很茫然。

"是的,在巴黎。"

"你是巴黎人?"

"呃……什么……不,不,不是土生土长的巴黎人!我来自外省。我是在巴黎工作时遇见他的,当时我是个制衣商。"

"制衣商?"哈德利停下手中忙于记录的笔,抬头问道,"你是说裁缝之类的?"

"不,不,我的意思是,怎么说好呢,我们几个女人为剧团和芭蕾舞团制作戏服,就在剧院里上班。这在档案里可以查到!还有,为了节省时间,不瞒你说,我从未结过婚,仍然保留娘家给起的名字——厄内丝汀·杜蒙。"

"那葛里莫呢?"菲尔博士突然问道,"他是哪里人?"

"好像是法国南部。但他后来到巴黎求学。他的家人都已去世,所以你们在这方面是查不出什么了。他继承了遗产。"

这些看似不经意的问题对缓解紧张的气氛全无助益。但菲尔博士接下来的三个问题更加令人摸不着头脑,哈德利不禁瞠目结舌地抬起头,而本已心平气和的厄内丝汀·杜蒙再度陷入不安,眼中又浮起警惕之色。

58

"请问你信仰什么宗教，太太？"

"我是一神教^①的信徒。问这做什么？"

"嗯，好的。葛里莫可曾去过美国？或者他在那边有没有朋友？"

"没去过，据我所知，他在美国也没有朋友。"

"'七座塔'这个词对你有什么特殊含义吗，太太？"

"没有！"厄内丝汀·杜蒙尖叫一声，面如死灰。

菲尔博士点燃雪茄，吐出烟圈，对她眨了眨眼。他缓缓从壁炉前走开，绕过沙发，杜蒙太太微微有些畏怯。但他只是用手杖指了指那幅大油画，临摹着画面背景中那白色山峦的轮廓。

"我无意追问你知不知道这幅画中的深意，"他接着说道，"不过我想问的是，葛里莫是否告诉过你他买画的原因，这幅画究竟有什么魅力？它拥有什么力量，能够抵御子弹或是邪魔的目光？它到底具备怎样的影响力——"

菲尔博士突然停住了，似乎想到了什么惊人的东西，他喘着粗气伸出双臂，一手将油画从地上提起，莫名其妙地将它转了一面。

"喔，啊呀呀！"菲尔博士一时间变得语无伦次，"老天！神啊！哇呀呀！"

"怎么回事？"哈德利一跃而起问道，"有什么发现？"

---

①新教的一个分支。

"不，什么也没有，"菲尔博士连忙辩解，"但这才是关键，对不对，太太？"

"你真是我平生所见最古怪的人，"杜蒙太太的声音在颤抖，"不，我不知道那东西有什么意义，查尔斯不会告诉我的，他只是小声嘀咕了几句，又干笑几声。你怎么不去问画家本人？是伯纳比画的，他自然清楚。不过，你们这些人做事从来不经大脑。看样子，画中是个根本不存在的国度。"

菲尔博士肃穆地点点头："恐怕你说得对，太太。我也觉得它不存在。假设有三个人被埋在这种地方，要找到他们绝非易事——不是吗？"

"拜托你别再胡言乱语行不行？"哈德利吼道，但他旋即惊呆了，因为这所谓的胡言乱语竟然重重击垮了厄内丝汀·杜蒙。她猛然起身，力图掩饰这几句含义不明的话对她的冲击。

"恕不奉陪，"她说，"别拦我。你们都疯了，只会困在这里胡言乱语——却任由皮埃尔·弗雷逃走。为什么不去追捕他？你们为什么不采取行动？"

"太太，这是因为——葛里莫自己都说了，凶手不是皮埃尔·弗雷。"见她依然怒目而视，菲尔博士一松手，油画砰的一声躺倒在沙发上。望着画中那虚无的国度，那遥立于诡奇树丛中的三块墓碑，兰波仿佛已置身于恐怖深渊的边缘。正当他的视线深陷画中之际，楼梯上传来了脚

60

步声。

贝茨警官那平凡、消瘦却热忱真挚的面容颇能振奋人心。早在伦敦塔一案①中兰波便与他相识了。贝茨身后跟着两位精神抖擞的便衣警员，带着拍照和取指纹的全套设备。另一名身着制服的警员站在米尔斯身后，他带来了博伊德·曼根，以及先前待在客厅里的那个女孩。她从众人身边经过，走进房间。

"博伊德说你们想见我，"她的声音虽然平静，却难掩惊惧，"但我当时不能不跟着救护车去。厄内丝汀阿姨，你最好尽快赶去，他们说他……他快不行了。"

她竭力表现得精明而强势，就连脱下手套的动作也十分干脆；但事与愿违，二十刚出头的年轻人那种涉世未深、缺乏历练的特征挡也挡不住。她那一头剪短了的灿烂金发卷曲在耳畔，令兰波甚感惊艳；脸型方正，颧骨略显高耸，虽称不上漂亮，但那股活力却能令你追忆起往昔岁月，即便你无法看清是哪一段时光。她的嘴很宽，双唇涂着暗红色的口红，整张脸的线条略显硬朗；相形之下，那细长的淡褐色双眼流露出的善意则带有几分不安。她迅速环顾四周，然后倚回曼根身旁，裹紧了身上的毛皮大衣。她的精神状态已接近彻底崩溃。

"能不能赶紧告诉我想问什么，"她喊道，"难道你们

---

①指的是卡尔的另一部作品《疯狂帽商之谜》。

不知道他已经奄奄一息了吗？厄内丝汀阿姨——"

"如果这几位先生问够了，"杜蒙太太冷冷地说，"我马上就走。我真得走了，各位。"

顷刻间她就变得顺从起来，但这种顺从却颇显严厉，甚至有点挑衅的意味——似乎已到了退无可退的底线。两个女人之间的气氛颇为尴尬，萝赛特·葛里莫眼中充满惶恐。她们匆匆向对方投去一瞥，但视线并未交会；两人举手投足简直是一个模子铸出来的，她们突然意识到这一点，僵住了。哈德利有意冷眼旁观，正如他在苏格兰场故意让两个嫌疑人相互对峙的策略。

"曼根先生，"他朗声道，"麻烦你把葛里莫小姐带到廊厅对面米尔斯先生的工作室好吗？多谢。我们马上就过去。米尔斯先生，请留步！稍等片刻……贝茨！"

"长官？"

"有个重要任务交给你。曼根有没有告诉你要带绳子和手电来？……很好。我要你到屋顶上认真检查一遍，每一寸都别放过，看看能否找到脚印或是其他什么痕迹，特别是这个房间正上方的位置。然后到楼下后院中，以及邻居家的院子里找有没有痕迹。米尔斯先生会向你介绍上屋顶的方法……普莱斯顿！普莱斯顿在不在？"

一个鼻子很尖的年轻人应声从廊厅里匆匆跑进来。普莱斯顿警官在勘察秘道、暗室方面颇有心得，在"索命时钟"一案中，就是他在壁板后方发现了关键证据。

"仔细搜一搜这房间里有没有秘道，明白吗？若有必要，该拆就拆。注意看看有没有可能从烟囱里爬出去……你们两个赶紧拍照取指纹。拍照前先用粉笔把每一处血迹做上记号。不过，别碰壁炉里那堆纸灰……警巡！那个警巡死到哪里去了？"

"我在，长官。"

"弓街那边查到一个名叫弗雷——皮埃尔·弗雷的家伙住在哪里了吗？有没有来电话？……好。去他的住处抓捕他，带到这里来。如果他不在，就蹲点等着。他们派人去弗雷表演的剧场了吗？……非常好。就这样。开工吧，各位。"

他一边大踏步走向廊厅，一边喃喃自语。菲尔博士亦步亦趋地跟在后头，似乎第一次被现场鬼魅般的气氛所感染。他用宽边帽碰了碰警长的胳膊。

"喂，哈德利，"他怂恿道，"不如你去楼下问话吧，我留下来帮这些笨蛋拍照说不定更能发挥作用……"

"不行，要是你再不小心曝光底片，我就死定了！"哈德利气不打一处来，"那些底片贵得要命。更何况，我们需要证据。现在我得和你私下谈谈，直接点，什么七座塔、什么埋葬在虚无国度的人，这些疯话都是什么意思？以前也不是没见过你故弄玄虚，但从没严重到这种程度。我们交换一下意见。你是不是——什么，什么？有什么事？"

63

斯图尔特·米尔斯拽了拽他的胳膊，他不耐烦地转过身去。

"呃，带那位警官上屋顶之前，"米尔斯沉着地答道，"最好先知会你一声，德瑞曼先生在家里，不知你想不想见他。"

"德瑞曼？噢，对了！他什么时候回来的？"

米尔斯皱起眉头说："按我的推断，他没回来。准确地说，他根本没出去过。刚刚我碰巧朝他房间里看了一眼……"

"为什么？"菲尔博士突然来了兴趣。

秘书漠然地眨眨眼："好奇而已，长官。我发现他正酣睡不醒，叫都叫不动，我猜他吃了安眠药。德瑞曼先生很喜欢吃安眠药，他可不是酒鬼，也没有嗑药成瘾，只是对安眠药情有独钟罢了。"

"从没听说过这么稀奇古怪的一家人，"哈德利大发牢骚，稍后又随口问道，"还有其他情况吗？"

"是的，长官。葛里莫教授的一位朋友在楼下。他刚刚才到，想见你一面。依我看没什么要紧事，不过他是沃维克酒吧俱乐部的一员，他姓佩蒂斯——安东尼·佩蒂斯先生。"

"佩蒂斯，呃？"菲尔重复道，摸着下巴，"不知是不是那位收集了很多鬼故事，还撰写过诸多精彩序文的佩蒂斯？嗯，没错，一定是他。那么他又能帮什么忙呢？"

64

"我还想问你呢，"哈德利没好气地说，"听着，我不见这家伙，除非他有重要信息通报。请你记下他的地址，就说我明天一早会去拜访。多谢。"他转向菲尔博士，"现在我们继续研究'七座塔'和'不存在的国度'。"

直到米尔斯带领贝茨警官走进廊厅对面那扇门之后，博士才开始行动。四下一片寂静，唯有葛里莫房中传来些微低语声。明亮的黄色灯光依旧从楼梯口的拱门流淌进来，照亮了整个廊厅。菲尔博士吃力地在廊厅里兜了一圈，上上下下审视一番，接着来到被褐色窗帘遮住的三扇窗户跟前。他拉开窗帘，确认了这三扇窗户都从内侧锁得结结实实。随后他示意哈德利和兰波都到楼梯口来。

"开始吧，"他说，"召唤下一位证人之前，最好先交换一下意见。不过，现在还没到讨论'七座塔'的时候，我会效仿罗兰少爷①，一步步导入正题。哈德利，我们手头上货真价实的证据，唯有那几句支离破碎的话，鉴于其出自被害人之口，极有可能会是最最重要的线索。我指的是葛里莫昏死过去之前低声吐露的只言片语。但愿我们都听见了，没遗漏什么。还记得吗，你问他冲他开枪的是不是弗雷，他摇了摇头。接着你又问他凶手是谁，他怎么回答来着——你们分别说说，觉得自己听到的是什么。"

博士望着兰波。美国人脑子里简直是一团糨糊。他的

---

①英国诗人罗伯特·布朗宁（Robert Browning）的诗作《罗兰少爷驾临黑暗塔》中的主角。

确对那几个词印象很深，但这缕记忆却与葛里莫教授血浸胸膛、脖颈弯折的残忍景象纠缠在一起，令他不由踌躇起来。

"他最先说的话，"兰波答道，"在我听来像是'翱翔'——"

"荒唐，"哈德利打断他，"我当时全都记下来了。他最先说的分明是'巴斯'①或者'浴室'，不过我也没多少把握——"

"急什么。你自己的胡言乱语连我都要甘拜下风了。接着说，泰德。"

"唔，我可不敢保证没有听错。不过我肯定听到了这些词：'不是自杀'，还有'他没法用绳子'。然后又提到'屋顶''雪''狐狸'什么的。我最后听见的好像是'光线太亮'。而且这些词的先后顺序我也不太确定。"

哈德利一副宽宏大量的模样："虽说你抓到了一两处重点，但整体上实在误差太大。"但他也十分不安，"话说回来，不得不承认，我自己的印象也好不到哪里去。'浴室'之后他说了'盐'和'酒'，'屋顶'和'雪'没错，接着是'光线太亮'，然后说'有枪'。最后他的确说了'狐狸'之类的，还有最后那句——他口中鲜血直冒，我听不清——大概是'别怪罪可怜的——'，就这么多了。"

"老天！"菲尔博士呻吟道，直瞪着他们两人，"太糟

---

①英国西南部的一个镇，拼写与"浴室"（bath）相同。

糕了。二位，看我即刻大显身手，把他所说的话一句句解释明白。你们那两对招风耳可真让人无奈。在我听来根本不是那回事，不过，你们的解读虽然离题，却也离真相不远。哇！"

"好吧，那你的高见是？"哈德利追问道。

博士来回踱步，嗓门低沉："我只听到开头的几个词，如果我所料不差，其含义已足够明朗——如果我所料不差的话。但剩下的堪称梦魇，眼前仿佛有一群狐狸在雪中跑过屋顶，或者——"

"化身为狼？"兰波揣测，"有人提到过狼人吗？"

"没有，跟狼人没关系！"哈德利怒吼道，狠狠拍打着笔记簿，"兰波，我把你印象中听到的内容都记了下来，整理一下，好做个对比……那么，清单如下：

"你的版本是：翱翔。不是自杀。他没法用绳子。屋顶。雪。狐狸。光线太亮。

"而我的版本是：浴室。盐。酒。他没法用绳子。屋顶。雪。光线太亮。有枪。别怪罪可怜的——

"就这些。至于你，菲尔，你还是那么冥顽不灵，居然对最莫名其妙的开头部分最自信。后面这些倒多少能看出点名堂，可是一个垂死之人说什么'浴室''盐''酒'，见鬼，究竟是什么意思？"

菲尔博士凝视着已然熄灭的雪茄。

"嗯，好吧，先理出一小段头绪才是上策。谜团实在太多了，唯有一步步来……首先，年轻人，葛里莫中弹之后，房间里接着发生了什么事？"

"见鬼，我怎会知道？我还想问你呢。如果不存在秘道的话——"

"不，不，我指的不是消失戏法。哈德利，你太在意这件事，完全忽视了其他情况。我们先把答案显而易见的问题理一理，然后才好继续深入。嗯。那么，葛里莫中弹之后，房间里又发生了什么呢？首先，所有迹象都指向壁炉——"

"你是说那家伙从烟囱爬上去了？"

"我百分之百确定没那回事。"菲尔博士颇不耐烦，"烟囱内部的烟道太窄，只能勉强把拳头伸进去。你好好想想。首先，壁炉前那张笨重的沙发被推开了，沙发上留有大片血迹，似乎葛里莫曾经靠在上面，或是从沙发上滑下来。其次，炉前地毯被拖到一旁——或是踢到一旁，上面也血迹斑斑；壁炉旁还有张椅子也被撞歪了。最后，我发现炉台上，甚至壁炉内侧都溅了血。顺藤摸瓜，才注意到那一大堆将炉火耗尽的纸灰。

"接着再考量一下忠心耿耿的杜蒙太太作何反应。她刚一进房间，就对壁炉高度关注，从头到尾一直盯着它，见我也对壁炉倍加留心时，她简直无法控制情绪，甚至还犯了个愚蠢的错误，要求我们生火取暖——而她本该清楚，在犯罪现场，警方不可能体贴到为了照顾证人而去点火的。不，不，老弟，有人想烧掉一批信函或者文件。她的目的则是确保那些东西片纸不留。"

哈德利沉声道："所以她是知情者？可你不是又声称相信她的证词？"

"对，从刚才到现在我都相信她——她关于那位访客和案发经过的证词。至于她本人以及葛里莫的背景，就不太可信了……回到案发经过！侵入者朝葛里莫开枪。虽然葛里莫仍然神志清醒，却既未高声呼救，也未拦阻凶手，甚至连米尔斯撞门时也没来开门。但他毕竟有所动作，其运动量之大，竟促使肺部的伤口进一步开裂，这一点医生已经说过了。

"我来告诉你他干了什么。他自知离死不远，警方即将赶到，而手头又有一大堆东西务必销毁——这项工作甚至比捉拿对他痛下杀手的敌人，乃至挽救他自己的生命还重要。他在壁炉前挣扎着忙于烧毁这些证据，所以翻倒的沙发，地毯，血迹——明白了吗？"

明亮却又凄冷的廊厅里鸦雀无声。

"那女人杜蒙呢？"哈德利语气沉重。

"她当然知情。这是他们共同的秘密。而且她深爱着葛里莫。"

"如果以上推论属实，他所销毁的东西必定至关重要，"哈德利瞪大了眼，"见鬼，你怎会知道这些？而且他们又在遮掩什么秘密？你究竟有什么依据认定他们藏有危险的秘密呢？"

菲尔博士两手按住太阳穴，揉揉一头乱发，端出了雄辩的姿态。

"虽然还有很多令人绝望的谜团，"他说，"但向你们透露一点也无妨。想想看，无论葛里莫还是杜蒙，他们都还不如我更像法国人。一个颧骨高耸的女人，一个念'honest'时会读出本不该发音的'h'的女人，绝不可能拥有拉丁血统。但这并不重要。他们都是匈牙利人。准确说来，葛里莫祖籍匈牙利，本名卡洛里·葛里莫·霍华思，或是查尔斯·葛里莫·霍华思。他的母亲很可能是法国人。他来自特兰西瓦尼亚公国，该地区原属匈牙利王国的一部分，大战后被罗马尼亚吞并。十九世纪末或二十世纪初，卡洛里·葛里莫·霍华思和他的两个兄弟都锒铛入狱。我可曾告诉你们他有两个兄弟？其中一人我们还没见过，而另一人现在自称皮埃尔·弗雷。

"我不知道霍华思三兄弟犯了什么罪，反正他们被押到塞班特曼监狱，在卡帕西恩山脉的特拉吉附近挖盐矿。查尔斯应该是越狱了。但他这辈子致命的'秘密'不可能与他曾经入狱，甚至服刑未满便越狱的经历有关。因为匈牙利王国早已土崩瓦解，政权不复存在。所以更可能是他对另两个兄弟犯下了惨无人道的罪行，其中牵涉到那三口棺材以及把人活埋的行径；纵然时隔多年，一旦事发，他也难逃绞刑……这就是截至目前我的推断。谁带了火柴？"

第六章　七座塔

哈德利沉默许久，将火柴盒丢给博士，狠狠瞪着他。

"开什么玩笑？"他问道，"难道你用了什么黑魔法？"

"没那回事。我还巴不得有这种本事呢。那三口棺材——见鬼，哈德利！"菲尔博士边小声嘀咕边用拳头捶着太阳穴，"哪怕有那么一丝灵感——是什么呢——"

"你已经很厉害了。莫非你早就掌握了这些信息，否则怎能说得这么详细？等等！"他看着笔记簿，"'Hover' 'Bath' 'Salt' 'Wine'[①]。换句话说，你的意思是——葛里莫说的其实是 'Horvath' 和 'Salt-mine'[②]？别高兴得太早！按照这种方法，剩下那些词我们也可以编出一大堆耸人听闻的理论来了。"

"你这暴躁的态度反而不打自招，表明你其实赞同我的观点。多谢。刚才你自己也机敏地提示过我们，垂死之人通常不会把'浴室''盐'这些东西挂在嘴边。倘若按你那个版本理解，我们都该到疯人院去报到了。他的确说

---

①即上文的"翱翔""浴室""盐""酒"。
②即上文的"霍华思"和"盐矿"。

了那些，哈德利。我都听见了。你不是问他名字吗？是不是弗雷？不。那究竟是谁？他的回答是'霍华思'。"

"你说这是他本人的姓氏？"

"不错，听着，"菲尔博士说，"稍稍安慰你一下，我乐意承认，这场推理较量不太公平，我所掌握的信息来自刚才在房内的探查结果，而这部分内容还没与你共享。现在听我说——老天在上，当时我就使劲提醒过你。

"是这样，我们从泰德·兰波那里得知，有个怪人威胁葛里莫，刻意强调有人'被活埋'这一点。葛里莫如临大敌；他早就认识这个怪人，对方的弦外之音他也心中有数；所以出于某种原因，他买了一幅绘有三座坟墓的油画。当你追问葛里莫是谁朝他开枪时，他的答案是'霍华思'，还提到了'盐矿'。姑且不论一位法国教授说这些话奇不奇怪，最诡异之处莫过于壁炉上方这面盾牌上竟然雕刻着：双座四轮马车，一只黑鹰的半身像，以及那最最醒目的一轮明月——"

"我们可能忽略了盾牌上的图案，"哈德利有些惭愧，正色问道，"其中有什么含义？"

"那是特兰西瓦尼亚的纹章，战后自然已经失传，但其实在战前的英法两国已鲜有人知。先是斯拉夫姓氏，再是斯拉夫纹章，然后又有刚才我拿给你看的那些书。知道那是什么书吗？翻译成匈牙利语的英文书籍。我可没法假装能看懂它们——"

"谢天谢地。"

"——不过我至少还能认出它们是：《莎士比亚全集》，斯特恩①的作品《尤里克写给伊莉莎的信》，还有蒲柏②的《人论》。震惊之余，我把它们都检查了一遍。"

"有什么可震惊的？"兰波问道，"每个人的书房里难免都有这样那样的有趣书籍，你自己就是一例。"

"话虽如此，但设想一下，一位博学的法国人想阅读英国作品时，要么直接读英文原版，要么读法文译本，总不太可能通过匈牙利译本寻觅原著的精髓吧。再说，这几本书非但不是匈牙利语原著，甚至也不是由法语转译成匈牙利语，而是由英语原著直接翻译过来的。这就意味着它们的主人以匈牙利语为母语。我浏览了一遍，满心期待能找到一个名字。而当扉页上那行褪色的'卡洛里·葛里莫·霍华思，1898'映入眼帘时，答案也就呼之欲出了。

"倘若他的姓氏是霍华思，为何多年来隐姓埋名？联想到'活埋'和'盐矿'，我顿时灵光一闪。可是，当你问他朝他开枪的是谁时，他的回答是霍华思。一个人也许只有在那种时刻才会避谈自己。所以他指的并非他本人，而是另一个姓霍华思的家伙。我刚想到这里，便听得这位杰出的米尔斯正好说到酒吧里那个名叫弗雷的男子。米尔

①劳伦斯·斯特恩 (Lawrence Sterne)，英国著名小说家。
②亚历山大·蒲柏 (Alexander Pope)，英国著名诗人、启蒙主义者。《人论》是他创作的著名哲理诗。

斯说，虽然他从未见过弗雷，但却觉得此人身上有些异常熟悉的感觉；而且弗雷谈吐间的腔调像在模仿葛里莫。其实弗雷所暗示的可不就是葛里莫吗？兄弟，兄弟，兄弟！想想看，总共三口棺材，但弗雷只提到两个兄弟，听起来他就是老三。

"我正在琢磨这个问题时，一副典型斯拉夫人相貌的杜蒙太太走了进来。如果我们能确证葛里莫来自特兰西瓦尼亚，那么追查他的背景时就可大大缩小范围。但这需要一些技巧。注意到葛里莫书桌上的水牛雕像了吗？有没有联想到什么？"

"反正我联想不到特兰西瓦尼亚，"警长咆哮道，"更贴近西部荒野、'水牛比尔'、印第安人那种感觉。且慢！所以你才问她葛里莫是不是去过美国？"

菲尔博士内疚地点点头。"这一问表面上很安全，所以她回答了。如果他是从美国的古玩店里弄到那尊雕像的——嗯，哈德利，我去过匈牙利，当时年纪尚轻，逍遥自在，刚刚读过《德古拉》[1]。特兰西瓦尼亚是欧洲唯一养殖水牛的国家，国人将水牛当作普通的牛来驱使。匈牙利国内各种宗教信仰混杂，但特兰西瓦尼亚则纯粹信奉一神教。我问了厄内丝汀太太这个问题，答案果然不出所料。接着我掷出手榴弹。倘若葛里莫和盐矿毫无关系，那

---

[1]爱尔兰作家布拉姆·斯托克（Bram Stoker）的吸血鬼故事，对后来的同题材作品影响深远。

这个问题就不会有什么杀伤力。然而我提起特兰西瓦尼亚唯一一处将囚犯发配到盐矿服劳役的监狱，也就是塞班特曼——或者'七座塔'，甚至还没明说那个地方是监狱，她就彻底崩溃了。现在你差不多明白我所谓的'七座塔'和'不存在的国度'有何含义了吧。老天在上，谁能递我一根火柴？"

"早就给你了。"哈德利说。他在廊厅里绕了几大步，从笑容可掬的菲尔博士手中接过雪茄，自言自语道："没错——截至目前都很合理。你抛出关于监狱的那一击极为致命。但你的全盘构想都建立在这三人是亲兄弟的基础上，而这一前提却纯属猜测。说实话，这是推论中最最薄弱的环节……"

"噢，我承认。还有呢？"

"这一点非常关键。假设葛里莫的意思并不是说朝他开枪的人名叫霍华思，而是指称他本人呢？如此一来任何人都有可能是凶手。但是，如果真有这三兄弟存在，而他也是这个意思，事情就简单了，大可回到这一结论：射杀葛里莫的是皮埃尔·弗雷或者弗雷的兄弟。我们随时都能逮捕弗雷，至于他的兄弟——"

"如果遇见他的兄弟，"菲尔博士反诘道，"你有把握能认出来？"

"什么意思？"

"就拿葛里莫来说吧。他讲一口纯正的英语，又把自己伪装成一个如假包换的法国人。我相信他确实在巴黎求学过，杜蒙太太也确实为剧院做过戏服。无论如何，他好歹也在布鲁姆斯伯里①摸爬滚打近三十年，虽然脾气不好，却与人为善、与世无争，胡须修得整整齐齐，头戴方礼帽，压抑着火暴性子，以一副翩翩学者风度示人。谁也没发现深藏在他心底的恶魔——可以想象到，那恶魔有多么老奸巨猾。谁也没起过疑心。他只要把脸刮得干干净净，换上一身考究得体的软呢西装，加上气色红润的脸庞，轻易就能摇身变为一个英国乡绅或者其他任何他所需要的形象……但老三呢？我的好奇心被挑起来了。说不定他就披着伪装混在我们中间，却无人识破他的真实身份呢？"

"很有可能。但我们对此人几乎一无所知。"

菲尔博士费了些工夫才点燃雪茄，目光极为专注。

"我明白。我也正为此一筹莫展，哈德利。"他低声咕哝了一阵，一口气使劲将手中的火柴吹熄，"现在理论上有两个兄弟都有个法国名字：查尔斯和皮埃尔。但还有老三。为了便于讨论，不妨称他亨利——"

"喂，难不成你还掌握了他的资料？"

"正相反，"菲尔博士有些凶恶地答道，"我恰恰要强调，我们对他的了解几乎为零。查尔斯和皮埃尔我们都认得，但这位亨利迄今为止尚未露出蛛丝马迹。虽然皮埃尔

---

①伦敦市中心的一个地区。

76

总把他挂在嘴边，甚至作为要挟葛里莫的筹码，诸如'我的兄弟更为神通广大''我的兄弟想取你性命''一旦与他联手，我也性命堪忧'等。烟幕弹放了，却没见着人影，连半点鬼影都没。老弟，我很担心啊。想必是那个丑恶的家伙躲在幕后操纵一切，利用已经半疯、可怜的皮埃尔来达到他的目的。此人对皮埃尔和查尔斯恐怕同样危险。我不免有种预感，正是他策划了沃维克酒吧的那一幕，而且他当时就在现场看好戏，那么——"菲尔博士左顾右盼一番，似乎以为空荡荡的廊厅里会突然冒出什么人影、响起什么声音。随后他才补充道："希望你派去的手下能跟上皮埃尔，牢牢盯住他。他很可能已经没有利用价值了。"

哈德利轻轻挥挥手，紧咬着修剪整齐的胡须："对，我知道，"他说，"不过还是要以事实为依据。我可得提醒你，想把事实都挖掘出来难度极大。我今晚会给罗马尼亚警方拍一封电报。但既然特兰西瓦尼亚已被吞并，动荡过后恐怕没剩几份官方文件了。那个地区战后不是被布尔什维克横扫一空了？嗯。总而言之，我们需要的是事实真相！走吧，去找曼根，还有葛里莫的女儿谈谈。说起来，我对他们的举动非常不满……"

"呃？为什么？"

"我是指，他们不断佐证杜蒙那女人说的是实话，"哈德利改口道，"你似乎也相信她。不过我可听得清清楚楚，今晚葛里莫不是要求曼根到家里来，准备对付那位不速之客吗？他可倒好，像只老老实实的看门狗，守在前门旁的客厅里，然后门铃响了——假设杜蒙没说谎——神秘人随后进屋，这段时间里曼根未曾表现出半点好奇，他待在房间里，紧闭房门，对来客的行动不闻不问，只在听见枪声并忽然察觉门被锁上之后才手忙脚乱，这难道合理吗？"

"一切都不合情理，"菲尔博士答道，"就连……这个问题可以先放一放。"

他们穿过廊厅，哈德利开门时的神态可谓极其精悍而冷峻。这间屋子比另一间略小，屋里陈设着木质的文件柜，书籍摆放得井然有序。地上铺着朴素的旧地毯，几张办公用的椅子摆在一旁，壁炉里的火苗十分微弱。米尔斯的桌子被搬到正对房门的位置，头顶有一盏绿罩吊灯；旁边的铁丝篮里整整齐齐地放着一沓空白稿纸，另一旁则是一杯牛奶、一碟李干，还有威廉森所著的《微积分》。

"我打赌他也喝矿泉水，"菲尔博士有点兴奋，"我能百分之百肯定他不仅喜欢喝矿泉水，而且就爱读这种书，我敢打包票——"正和门口的萝赛特·葛里莫打招呼的哈德利用胳膊肘使劲一推，菲尔博士顿时收声。哈德利向她介绍了三人的身份。

"葛里莫小姐，这种时候本不该再打扰你——"

"千万别这么说，"她坐在壁炉前，全身紧绷，微微一颤，"我是说……不必太客气。你也知道，我深爱着父亲，但还没到一听别人提起他就撕心裂肺的地步。我已准备好了。"

她的双手紧摁住太阳穴，肩上披着皮大衣，火光在眉眼间闪烁，明暗交织，阴晴不定。她遗传了亲生母亲那鲜明的五官特征：金发，方脸，以及斯拉夫民族艳丽而略带野性的气质。但那张脸庞时而显得异常严肃，细长的淡褐色眼眸中流动着温婉与不安，俨然像是牧师家的小姐；时而脸色缓和下来，眼神却异常凌厉逼人，仿佛化身恶魔之女。她纤细疏淡的眉毛在外眼角处略微上扬，可那张有些宽的嘴偏又透出些许诙谐。她健康而有活力，却又心绪难平、疑虑重重。在她身后，站着消沉而无助的曼根。

"不过，在你们开始逼供之前，有件事我想弄清楚，"她用拳头缓缓敲打着椅子扶手，朝对面的一扇小门点点头，呼吸急促，"斯图尔特——带你们的警探上了屋顶。我们听说有个男人闯进来，杀害了父亲，然后又逃走了，却没有……没有——是真的吗？是不是真的？"

"还是让我来应付吧，哈德利。"菲尔博士悄悄附耳言道。

兰波心中有数，博士素来给人足智多谋的印象。他的机智往往汹涌澎湃，势不可当。而他处事圆融、宽宏和善的秉性，以及毫无保留的赤子之心，带来的影响却又绝非单凭聪明才智就可得到的。在人们眼中，他平易近人、不耻下问，深具同情心，无怪乎人人在他面前都肯敞开心扉。

"嗯哼！"他吸着气说，"当然不是真的，葛里莫小姐。

即便凶手来历不明，但我们也已经看穿这家伙的行凶方法。"她迅速抬起头。"此外，根本谈不上什么逼供，令尊也还有转危为安的希望。听我说，葛里莫小姐，我们之前是不是见过面？"

"喔，你只想安慰我而已，"她惨然苦笑道，"博伊德曾提过你的事迹，不过——"

"不，我是认真的，"菲尔博士呼哧呼哧大口喘气，眯着眼冥思苦想，"嗯，对，想起来了！你就读于伦敦大学，对不对？肯定没错。你还参加了辩论队之类的社团？那次你们辩论'普世女权'问题时，我还应邀担任主席呢。对吧？"

"是萝赛特没错，"曼根闷闷不乐，"她是位激进的女权主义者。她还说——"

"嘀嘀嘀，"菲尔博士美滋滋地挥着大手，"年轻人，她或许是个女权主义者，但也有令人震惊的失言。说实话，那场辩论尾声阶段的华美和激烈程度，我还从未有幸在和平主义会议之外的场合领教过。葛里莫小姐，当时你持正方立场，与男性的霸权统治针锋相对。对，对，你入场时脸色苍白，神情严峻，不苟言笑，直至己方开始阐述立论时你的神态才稍稍缓和。对方的表现令人不敢恭维，但你也并未面露喜色。一个瘦弱的女孩花了二十分钟阐述女性需要什么才能达到理想的生存状态，你显得越发不耐烦。所以轮到你发言时，你只是站起身来，用银铃般清越的嗓音阐明：女人的理想生存状态需要少说话，多交配。"

"老天在上！"曼根惊得一跃而起。

"哎，我的确持这种立场——不过是在当时，"萝赛特连忙说，"你大可不必以为——"

"噢，也许你说的不是'交配'，"菲尔博士沉吟道，"反正那个可怕的字眼引发了轩然大波，仿佛你是在一伙纵火犯耳边小声嘀咕着'石棉'。很不凑巧，我为了装出道貌岸然的模样，只好拼命喝水。各位朋友，那可不是我的风格啊。那句话的效果，如同在水族箱里引爆炸弹，可想而知，听众们顿时炸开了锅。不过我很好奇的是，你和曼根先生平时经常讨论这类问题吗？那么谈话内容一定非常精彩。譬如说，今晚两位都讨论了些什么呢？"

两人都迫不及待张口回应，你一言我一语好不混乱。见他们旋又同时闭嘴、满面惊惶，菲尔博士不禁点头微笑。"很好，和警察说话并不可怕，现在明白了？畅所欲言才好。现在我们静下心来，针对此案好好理一理头绪，怎么样？"

"好吧，"萝赛特答道，"谁有烟？"

哈德利望向兰波："姜还是老的辣。"

曼根手忙脚乱地摸出香烟，老家伙则再次点燃雪茄，然后继续发言。

"现在有件怪事我想问清楚，"他说，"今天晚上，直到楼上闹起来之前，你们两位是不是都沉浸在二人世界里、顾不上别的？曼根，据我所知，葛里莫教授今晚把你叫来的目的是加强戒备、以防不测，你怎么失职了？难道没听见门铃？"

曼根黝黑的面庞顿时阴云密布，他使劲挥了挥手。

"喔，是我的错。可当时我根本没往那方面想。我哪能未卜先知？我当然听见门铃声了，事实上，我们俩都和那家伙说过话——"

"你说什么？"哈德利打断他的话，大步走到菲尔博士身边。

"当然了，不然你以为我会放他上楼吗？只不过，他自称是老佩蒂斯——安东尼·佩蒂斯。"

第七章 幽灵访客

"当然，现在我们明白他不是佩蒂斯，"曼根边说边恼火地用打火机为萝赛特点烟，"佩蒂斯的身高充其量只有五呎四吋。更何况我现在回想起来，音色也不太像他，不过说话的语气、用词倒很符合佩蒂斯的习惯……"

菲尔博士把脸一沉："可就算是鬼故事专家，也没必要扮成'十一月五日的盖伊'招摇过市吧？你一点都不奇怪？难道他喜欢搞恶作剧？"

萝赛特·葛里莫惊讶地抬起头，夹着烟的手指僵在半空一动不动，似乎以为被提问的人是自己；随即她又扭头望着曼根。再转头时，她细长的双眼中光芒一闪，深吸一口气，似是怒火中烧，似是忍无可忍，又似豁然醒悟。看样子他们进行了无声的交流——而曼根因此更显心烦意乱。他看着就像个与世无争的好好青年，可惜世事未必总能让人如愿。兰波预感这两人之间的秘密完全与佩蒂斯无关，因为曼根再次回到菲尔博士的问题之前，结结巴巴了好一阵。

"恶作剧?"他神经兮兮地搅弄着干硬的黑发,"喔!佩蒂斯? 天哪,不可能! 他为人一本正经,甚至有点吹毛求疵,大家都知道。不过我们也没看见访客的长相。经过是这样的:晚饭后,我们就一直待在客厅里——"

"等等,"哈德利打断他,"通往玄关的门开着吗?"

"不是。真见鬼,"曼根戒备地答道,话锋一转,"外面大雪纷飞,难道夜里还要敞着门喝西北风? 在没有中央供暖设备的情况下简直难以想象。如果门铃响了,我们肯定能听见。而且——哎,老实说,我也没料到会出事。晚饭时教授给我们的印象是,这纯属一场闹剧,不足为虑;总之他似乎根本没当一回事……"

哈德利紧盯着他,目光炯炯:"葛里莫小姐是否也有同感?"

"对,有一点……我不知道! 很难说清楚,"她有些动气(或是故意抵触?),"不管他是真烦心,还是开玩笑,或者二者兼具,都无所谓。父亲的幽默感很奇特,尤其沉迷于戏剧化的效果。他总当我还是个孩子,我长这么大,还从没见过他害怕的样子,所以我也说不清。但过去这三天里他的举止真是怪异到了极点,所以博伊德告诉我酒吧里那个男人的事情时——"她耸了耸肩。

"在哪方面举止怪异?"

"唔,比如说不停自言自语,突然为鸡毛蒜皮的小事大发脾气——非常罕见,可一转眼又笑个不停。不过最主要的还是那些信件，每次邮差送来的邮件里都有。别问我信里写了什么，早都已经被他烧掉。信封一概是普普通通的便宜货……要不是因为他改变了习惯，我很可能根本留意不到。"她略有迟疑，"怎么说呢，像父亲这样的人，如果他当着你的面收到来信，你肯定立刻就能得知寄信人的姓名，以及信的内容。他会放声喊道：'该死的骗子！'或者'厚颜无耻的家伙！'又或者快活地念叨着：'哎，哎，某某某又来信了呀！'——那震惊的语气，好像身在利物浦或者伯明翰的什么人早已搬到月球背面定居了似的。不知道这样形容你们明白了没有……"

"了解。请继续。"

"可是这几天他收到那些来信或者其他什么东西的时候，却始终闷不作声，毫无反应。还有，他从不当众烧信，而昨天吃早餐时却破了例。才粗粗扫了几眼，他就把信揉成一团，满腹心事地起身丢进炉火中。恰好那时杜——"萝赛特迅速瞄了哈德利一眼，似乎察觉到自己的迟疑，顿时乱了方寸，"呃——太太——夫人——噢，我是指厄内丝汀阿姨！恰好那时她问站在壁炉前的父亲要不要再添些熏肉，而他猛然转身吼道：'去死吧！'他的反应太过出人意料，我们还没回过神来，他就跺着脚走出房间，还嘀咕着什么'让男人消停一会儿都不行'之类的话，一副要吃人的模样。但当天他带着那幅油画回家时，又变回幽默风趣的本来面目了，兴奋得坐立不安，一直咯咯发笑，还帮着出租车司机和另外一个人把画抬上楼。我——我可不希望你们以为——"显然，纷至沓来的记忆画面搅乱了萝赛特的心绪，她开始思考，越思考越慌乱。然后她又哆嗦着补了一句："我可不希望你们认为我厌恶父亲。"

哈德利对她的心思漠不关心。"他可曾提到过酒吧里那个男人？"

"我问过，他漫不经心地回答说，那无非又是个不满他对魔术史冷嘲热讽的家伙罢了，类似的威胁三天两头都有。当然，我知道绝非如此单纯。"

"为什么，葛里莫小姐？"

她双眼一眨不眨地瞪着他好一会儿。

"因为我预感到对方要来真的。而且我也时常怀疑父亲多年前是不是做过什么事，总有一天会招来这种祸端。"

这番话可谓单刀直入。众人沉默良久，屋顶上沉闷的积雪碎裂声，以及平缓沉重的脚步声分外清晰。萝赛特的脸上有如蒙上了炉火那躁动的光影，神色难以捉摸，时而恐惧，时而仇恨，时而痛苦，时而疑惑。那股野性再度浮现，就连身上的貂皮大衣仿佛也变成了狂野的豹皮。她两腿相叠，扭动着身子向后靠进椅子里，每个动作都透着性感。火光映着她的咽喉与半开半闭的双眸，她带着生硬而微茫的笑容审视众人，颧骨在阴影衬托下更为醒目。兰波看得出她依然颤抖不休，而且她的脸似乎也变宽了些。

"怎么了？"她追问道。

哈德利露出一丝讶异："招来祸端？我不太明白。你可有什么依据？"

"喔，那倒没有！其实我也没把这种念头当真。只是这些想法——"她否认得非常快，但急遽起伏的胸脯已经平缓下来，"也许是父亲的爱好令我的想象尤为生动吧。而我的母亲……早已不在人世，她去世时我年纪还很小——据说母亲可以'预见未来'。"萝赛特再次举高手中的香烟，"但你刚才问我什么来着——"

"首先是今晚发生的一切。如果你觉得回溯令尊的过往有助于破案，苏格兰场自然愿意通力配合。"

她把香烟从唇边移开。

"不过，"哈德利的声音依旧不带一丝感情色彩，"我们先从曼根先生刚才的叙述开始。晚餐后你们二位来到客厅，通向玄关的房门关上了。那么，葛里莫教授可曾告诉你那个危险的客人什么时候会来？"

"呃——有的。"曼根答道。他用刚才掏出的手帕擦拭着脑门。炉火映照着他那清瘦、凹陷、棱角分明的脸庞，密布于前额的细小皱纹清晰可见。"那也是我没有即刻想到来客是谁的原因之一。他来得太早了。教授吩咐的时间是十点，而这家伙九点四十五分就到了。"

"十点整，知道了。你确定他是这么说的？"

"唔——错不了！至少在我印象中是这样。他说十点左右，对不对，萝赛特？"

"不知道。他什么也没对我说。"

"好的。继续说，曼根先生。"

"我们开着收音机，实在不明智。因为音量太大了。当时我们正在壁炉前玩纸牌，后来听见了门铃声。我抬头看看壁炉上的时钟，是九点四十五分。我刚起身就听见前门打开的动静，然后是杜蒙太太的声音，好像说了'请稍候，我去通报'之类的，紧接着又是前门猛然关上的响声。我大声问：'喂！是谁？'但收音机太吵了，我便走过去把它关掉。旋即，就听见佩蒂斯——我们俩都想当然地以为是佩蒂斯——也朗声答道：'嘿，年轻人们！我是佩蒂斯。要见长官一面程序还这么复杂啊？我直接上楼找他理论去。'"

"这是他的原话？"

"没错，他总是称呼葛里莫教授为'长官'，别人都没这个胆子；不过伯纳比除外，他喊教授'老爹'……所以我们就效仿你们警察，说了句'批准'，没起半点疑心。然后我们俩又坐下了。但我注意到时间越来越接近十点，所以就提高警惕，摩拳擦掌，眼看着指针一分一秒迈向十点——"

哈德利在笔记簿的空白处做了个记号。

"所以这个自称佩蒂斯的男人隔着房门和你们打招呼，却没碰面？依你之见，他怎么会知道你们俩在房间里呢？"

曼根皱皱眉头。"应该是从窗外看见的吧。从距离正门最近的那扇窗户可以直接望进客厅。其实每次我看见客厅里有人的时候都不按门铃，直接探过去敲敲窗户就行了。"

警长仍然做着记录，沉吟不语。他好像还有问题要问，却欲言又止。萝赛特目不转睛，锐利的目光紧紧盯住他。哈德利最后只说：

"接着说。你一直等到十点钟——"

"却什么事都没发生，"曼根说，"但滑稽的是，十点过后，随着时间一分钟一分钟流逝，我的紧张情绪却不减反增。刚才说过，我并不认为那家伙真的会来，也没料到会出什么麻烦。可我忍不住浮想联翩，阴暗的走廊，还有那套戴着面具的诡异铠甲，越想越不舒服……"

"我懂你的意思，"萝赛特以惊愕而奇异的表情望着他，"当时我也有同感，只是不想挑明，免得你笑我犯傻。"

"噢，我也有点神经兮兮，所以才一次次丢了饭碗。今晚没及时打电话回去抢新闻，恐怕又要被解雇咯。让编辑见鬼去吧，我可没那么卑鄙。"他转回正题，"总之，大约十点十分时，我再也忍受不了，于是把牌一甩，对萝赛特说：'这样吧，我们去喝一杯，把玄关的灯都打开——随便怎样都好。'我正要按铃召唤安妮，才想起来今天是星期六，她放假出去了……"

"安妮？就是那个女仆？嗯，我差点把她忘了。后来呢？"

"所以我去开门，却发现房门被人从外头锁上了。实在是……打个比方，你的卧室里有个很醒目的东西，譬如壁画或是某件饰品，因为早就习惯了它的存在，所以不曾真正留意。后来有一天你走进房间时，隐隐感到屋里有些不对劲，却想不出原因，所以心烦意乱、坐立不安。突然间，眼前迸出一片空白，你才惊讶万分地发现那个东西不见了。明白吗？我当时就是这种感觉。我知道有什么地方出了岔子，自从那家伙在走廊里打过招呼后，这种感觉就隐隐盘旋在心头；但直到发现门被锁上时，我才突然发觉不妙。于是我开始疯狂拉拽门把手，这时枪响了。

"枪声在房子里回荡，震耳欲聋。虽然来自楼上，却如同在我们耳畔炸响。萝赛特尖叫起来——"

"我才没有！"

"然后她说出了一直萦绕在我心头的那句话——'那人绝对不是佩蒂斯。他动手了。'"

"当时具体是什么时间？"

"嗯，恰好十点十分。然后我试图撞开房门。"曼根虽然仍沉浸在回忆里，眼中却闪过一丝扭曲的嘲弄与戏谑。他似乎不愿开口，却憋不住评头论足的欲望。"我说，你们注意过没有，在小说里把门撞开多么简单？那些小说简直是木匠的天堂。无数扇门被以微不足道的借口撞得粉碎，哪怕门里的人还来不及答话都照撞不误。可你们倒是来试试看！站着说话不腰疼。我用肩膀砰砰撞了几下，才想起来可以从窗户爬出去，再绕经前门或者地下室的小门进来。接着就遇到了你们，后来的情况你们都知道了。"

哈德利用铅笔轻轻叩击笔记簿。"前门一般都不上锁吗，曼根先生？"

"老天！我不知道！这是我当时唯一想到的办法。反正那时前门确实没锁。"

"好吧，没锁就没锁。你有什么需要补充的吗，葛里莫小姐？"

她双目低垂。"没有……其实也不是没有。博伊德所说的句句属实。不过你们不是对任何怪事都有兴趣吗？即便它们表面上与案情毫不相干？有件事可能无足轻重，不过先听我说……门铃响起之前不久，我走到两扇窗户间的桌旁取香烟；博伊德说过，那时收音机开着，但我却听到外面街道上或是门口的人行道上传来一阵闷响——砰的一声，似乎有重物从高处坠落。那可不是街上普通的噪音，感觉是有人摔了下来。"

兰波心头又掠过一阵不安。哈德利问道：

"你说砰的一声？嗯。你没探头出去看看怎么回事？"

"看了，但没有任何发现。当然，我只是将百叶窗拉开，往外扫视了一圈而已，但我敢发誓，街上空无一人——"她戛然而止，双唇微启，两眼骤然定格。"我的天哪！"

"好吧，葛里莫小姐，"哈德利不为所动，"按你的说法，百叶窗都关上了。这一点我特别留意过，因为曼根先生从窗口跳出来时被缠住了。所以，我也很奇怪，神秘人如何能透过窗户看见客厅里的你们二位呢？有没有这种可能——百叶窗并非自始至终都是关着的？"

现场一阵沉默，唯有屋顶上传来些微响动。兰波瞥了菲尔博士一眼，只见他靠在那扇坚不可摧的房门上，一手抵住下巴，宽边帽斜斜挡住双眼。兰波又瞧瞧冷漠的哈德利，随后把视线转回萝赛特身上。

"他觉得我们在撒谎，博伊德。"萝赛特·葛里莫冷冰冰地说，"看来你最好什么也别说了。"

哈德利笑道："我可没这么想，葛里莫小姐。我来解释一下原因——因为只有你能助我们一臂之力。我甚至还要把事发经过原原本本告诉你——菲尔！"

"呃？"菲尔博士吓了一跳，边大声回答边抬眼望来。

"你给我听着，"警长板着脸说，"刚才你还兴致勃勃、神秘兮兮地宣称对米尔斯和杜蒙太太那些离奇的说辞深信不疑，而且一点理由都不给。现在我倒要反将你一军。我不仅相信米尔斯他们的证词，眼前这两位的陈述我也照单全收。还有，除了解释我为何相信，我还要揭开所谓不可能犯罪的真面目。"

这时菲尔博士浑身一震，总算大梦初醒。他鼓着腮帮子，死死瞪着哈德利，好像随时要扑过来拼命似的。

"不可否认，我还无法阐释全部疑点，"哈德利说，

"但至少可以将嫌疑人的范围缩小到几人之间，而且也能揭示雪地无足迹之谜。"

"哦，那个啊！"菲尔博士轻蔑地松了口气。"我差点以为你真有什么高见呢。那个问题的答案也太显而易见了吧。"

哈德利强忍怒气。"我们要抓的人之所以没有在人行道或台阶上留下足迹，是因为雪停之后他根本没踏上过那些地方。他一直都在房子里，潜伏好一段时间了。所以有两种可能：(a) 他是家里人；(b) 今晚早些时候他用钥匙开门进来，然后藏匿于家中，这种可能性更大一些。如此一来，众人证词中的各种相互矛盾之处也就迎刃而解。他见时机一到，便换上那套奇装异服，走到已经打扫干净的门口，按响门铃。这也就不难理解为什么百叶窗已经关上了，他却仍能知晓葛里莫小姐和曼根先生待在客厅里——他亲眼看见他们走进去的。同时也能说明为什么杜蒙太太让他在外头等候当面摔上门之后，他依然不费吹灰之力就登堂入室——因为他有钥匙。"

菲尔博士缓缓摇摇头，低声嘀咕了两句。他环抱双臂，做好了论战的准备。

"嗯，不错。可是，就算他精神不太正常，为什么要不厌其烦地绕这么大的圈子？如果他是家里人，倒还可以理解：他想制造出访客是外人的假象。但如果他本来就是外人，又何必铤而走险、行动之前还躲在房子里那么久？

时间一到，直接登门不就行了？"

"首先，"哈德利扳着指头有条不紊地分析，"他务必掌握房子里众人所处的位置，以免节外生枝。其次，也是更重要的，他希望将毫无足迹的雪地作为那招消失诡计的最后高潮。这么说吧，那个名叫亨利的兄弟已经走火入魔，不惜一切代价也要将消失诡计演绎到底。所以他赶在大雪纷飞时潜入家中，一直等到雪停后才着手行动。"

"名叫亨利的兄弟？"萝赛特尖声问道，"他是什么人？"

"一个名字而已，亲爱的，"菲尔博士温和地答道，"你不认识他……哈德利，从这里开始，这起奇案的匪夷所思之处渐渐显露出来了。一会儿下雪了，一会儿雪又停了，我们说得倒轻巧，好像下雪与否能用水龙头控制似的。但我只想知道，究竟如何才能精确判断何时下雪、何时雪停？难道还有人会自说自话：'啊哈！星期六晚上我要犯罪。我想那天傍晚五点整会开始下雪，晚上九点半准时停。如此一来我就有大把时间从容溜进房子，将一切布置妥当，雪一停就行动。'啧啧！你的谜底比谜面更荒谬。我宁可相信有人能踏雪无痕，也不认为有谁可以分秒不差地预知何时降雪。"

警长顿时暴跳如雷。"我这不是正努力破解案情的关键嘛！如果你非得唱反调不可——难道你看不出我已经解答了最后那个问题？"

"什么问题？"

94

"这位曼根先生说，神秘人扬言十点钟登门，而杜蒙太太和米尔斯却说是九点三十分。等等！"他挡住了正欲开口的曼根，"谁说了谎？首先，在神秘人扬言抵达的时间这一问题上，撒谎的动机是什么？其次，有人说十点钟，有人说九点三十分，且不论谁是谁非，总有一方事先得知神秘人真正计划在什么时间现身。那么，究竟哪一方的说法符合实情？"

"都不是，"曼根瞪着眼，"正解是二者之间，九点四十五分。"

"不错。这就说明双方都没撒谎。也说明神秘人恐吓葛里莫时敲定的时间并不精确，可能是'九点三十分或十点，或这段时间前后'。葛里莫一边装出毫不畏惧的模样，一边却早已在两个时间点都做了周密部署，确保所有人届时都在场。我老婆约人打桥牌时也常来这一手……好吧，但为什么'兄弟亨利'没有给出准确的时间？因为正如菲尔所言，下雪不是关水龙头，不能说停就停。他大可赌一把今晚和前几天晚上一样会下雪，但无论如何都只能等到雪停以后才行动，就算得等到午夜也别无他法。结果老天没让他等太久，九点半雪就停了。于是他果真做出疯狂之举——等了十五分钟，确认万事俱备之后，才按响门铃。"

菲尔博士张开嘴想说什么，但他机敏地瞥了瞥全神贯注的萝赛特和曼根，便没有发言。

"好了！"哈德利双肩一挺，"我已经明确表态，二位的所有证词我都予以采信，因为还有一个最最重要的问题需要你们协助……我们要找的人与葛里莫绝非泛泛之交，他对这家人里里外外了如指掌——有多少房间，起居作息，家人生活习惯，等等。他还很熟悉你们的口头禅、小名什么的。他不光知道这位佩蒂斯先生一般怎么称呼葛里莫，还知道他怎么称呼你们。因此他绝不是教授公事上的朋友，你们一定见过他。所以我要知道有哪些人经常出入这座房子，哪些人与葛里莫教授过从甚密、足以吻合以上特征。"

萝赛特不安地动了动，满面惊惶。"你认为——那些人……噢，不可能！不，不，不！（俨然像是来自她母亲的奇特回音。）无论如何都没有这样的人！"

"此话怎讲？"哈德利厉声追问道，"难道你知道是谁向你父亲开枪？"

这突然袭击令她猛然跃起。"不，当然不知道！"

"那你心目中有没有嫌疑人？"

"没有。只不过，"她忽然露齿一笑，"我不明白你为何把嫌疑局限在外人的范围中。多谢你刚才这一番推理，确实精彩。但如果凶手本来就是家里人，行动过程也和你的描述一致，那就非常合情合理，不是吗？这更能说得通。"

"你指的是谁？"

"分析一下吧！唔——难道这不是你的工作吗？"萝

赛特竟乐在其中，看来哈德利惊醒了沉睡的老虎。"当然，你还没见过我们家其他人。你没见过安妮——还有德瑞曼先生，考虑考虑吧。不过你认为凶手是父亲在外头的朋友，这实在可笑至极。首先，父亲的朋友寥寥无几，除了住在家里的以外，只有两人符合条件，但都不可能是你的目标。仅就体型而言便可排除。第一位是安东尼·佩蒂斯，他的身高尚不及我，而我的身高也只是普通而已。第二位是杰罗姆·伯纳比，那幅怪画就出自他的手笔；他的身体有轻微残疾，不算严重，但也十分醒目，大老远就能分辨。厄内丝汀阿姨和斯图尔特一眼就能认出他们。"

"好吧，你对他们了解多少？"

她耸耸肩说："两位都是家境殷实的中年人，成天围绕他们的爱好打发时间。佩蒂斯是个秃子，为人挑剔……我倒不是说他像老妇人那样难伺候，其实他人品不错，只是精于算计。呸！这些人就不能干点正经事吗！"她双手紧握，看了看曼根，愉悦的神色中掺杂了踌躇、审慎与慵懒。"伯纳比——嗯，杰罗姆还算有点出息。作为艺术家，他可谓声名远播，但他更乐于扮演犯罪学家的角色。他身材高大，喜欢高谈阔论，总爱援引罪案为谈资，或是吹嘘他年轻时在运动场上所向披靡的战绩。杰罗姆自有其魅力，他很喜欢我，弄得博伊德大吃飞醋。"她的笑容绽放开来。

"我对那家伙没什么好感，"曼根平静地说，"事实上我对他深恶痛绝——我们俩心里都清楚。不过，萝赛特至少说对了一点：他不可能干这种事。"

哈德利又记了几笔。"他的残疾是怎么回事？"

"跛了一只脚。再怎么遮掩都不可能不暴露。"

"多谢。暂时就到此为止。"哈德利合上笔记簿，"你们可以去疗养院了，除非——呃，还有问题吗，菲尔？"

博士缓缓上前，居高临下凝视着萝赛特，脑袋微微歪向一侧。

"只有最后一个问题，"他像赶苍蝇似的撩开眼镜上的黑色缎带，"嗯哼！哈！注意！葛里莫小姐，你为何如此确信凶手就是德瑞曼先生？"

第八章 子弹

菲尔博士的问题没有得到任何回答，但并非一无所获。还没等兰波弄清状况，好戏就已收场了。由于博士的发言太过漫不经心，兰波不仅没留意到"德瑞曼"这个名字，甚至也完全没去观察萝赛特的表情。他只是有些不安，想不通为什么一向心直口快、滔滔不绝、满面笑容的曼根忽然变得吞吞吐吐、畏畏缩缩、像个白痴一样瞻前顾后。曼根以前就算说胡话，也不至于傻到这种程度。可现在——

"见鬼去吧！"萝赛特·葛里莫骤然怒喝。

她的尖叫声犹如粉笔划过黑板那么刺耳。兰波连忙转身，只见萝赛特大张着嘴，高高的颧骨愈显突兀，眼中的熊熊怒火喷薄欲出。但这只是惊鸿一瞥。她掠过菲尔博士身边，貂皮大衣迎风飘动，隐入廊厅。曼根匆匆尾随而去，门砰地关上了。不久，曼根再度现身，说了句："呃——抱歉！"旋又迅速把门再次关好。他站在门口的模样极为怪诞，弓着背，低着头，额头皱纹密布，略显神经质的漆黑双眼中满是紧张之色。他摊开双手，掌心朝下，仿佛在吩咐观众噤声。"呃——抱歉！"他话音刚落，便关门离去。

菲尔博士对这一切视若无睹。

"果然有其父必有其女，哈德利，"他喘了口气，缓缓摇头，"嗯哼，不错。她背负了巨大的精神压力，已经处在崩溃边缘。弹药筒里已经填满了火药，一触即发，然后——嗯。想必她的情绪真的有点不正常，但她很可能自以为事出有因。我很好奇，她究竟知道多少。"

"噢，哎呀，她是个外国人啊。但那不是重点。在我看来，"哈德利颇有些刻薄地说，"你总像个爱耍花样的步枪手，非要卖弄枪法，惊得别人连根烟都叼不住。言归正传，德瑞曼又是怎么回事？"

菲尔博士似乎有些烦恼。

"先等等，先等等……你对她的印象如何，哈德利？曼根呢？"他转向兰波，"我的思路有点混乱。按照之前你的说法得出的印象，曼根本来是个洒脱的爱尔兰人，正是我了解且喜欢的类型。"

"本来是的，"兰波答道，"明白了吗？"

"据我想来，"哈德利说，"萝赛特有办法心如止水地坐下来解构她父亲的一生（还有，她的脑子真他妈灵活）；但此时此刻，我敢打赌，她之所以痛哭流涕、歇斯底里地冲出去，是因为她觉得自己对父亲照顾不周。菲尔，她的身体很健康，但内心深处却潜伏着魔鬼。无论在哪一方面，她都需要一位领路人。除非曼根的智慧完全凌驾于她之上，或是干脆采纳她在伦敦大学辩论会上那套观点，否则他们俩不可能合得来。"

"自从你入主刑事调查局以来，"菲尔博士眯着眼打量哈德利，"我发现你的手段越发卑鄙了，真是令人既震惊又悲哀。听好了，老色狼，难道你真把自己那套屁话当回事？你真的认为凶手事先潜入家中，一直等到雪停后才行动？"

哈德利笑容满面："这个解答可谓天衣无缝。"他说，"除此以外我想不出更完美的。现在他们俩的脑筋肯定转个不停。永远都别让证人的脑子闲着。至少，我相信他们的证词……屋顶上一定能找到什么痕迹，你就别操心了。这个问题稍后再议也不迟。德瑞曼是怎么回事？"

"起初，杜蒙太太的一句话令我大惑不解。那句话太离奇了，由不得人不起疑心。她当时情绪彻底失控，未加斟酌便脱口而出——在谈到不明白凶手为何打扮成那种滑稽模样时，她说（如果你想杀人的话），'用不着效仿盖伊·福克斯之夜的德瑞曼，戴着油彩面具和孩子们打成一片'。我在脑海中搜索盖伊·福克斯这个幽灵，琢磨着其中的深意。后来，我在和萝赛特谈及佩蒂斯时提了个问题，无意中采用了'装扮成十一月五日的盖伊'这种表述。你注意到她的表情了吗，哈德利？一说到神秘人的装束，她便若有所悟，不仅吓了一跳，而且心中窃喜。她在脑子里暗暗盘算。她憎恨心中所想到的那个人。会是什么人呢？"

哈德利的目光扫向房间的另一侧。"对，我还记得。看得出来，她在暗示某个她自己怀疑，或是希望我们去怀疑的人。所以我才请她有话直说。实不相瞒，"他用手抹了抹额头，"这一家子太古怪了，我一度还以为她在影射自己的亲生母亲呢。"

"她煞费苦心要把德瑞曼扯进来。'你没见过安妮——还有德瑞曼先生，考虑考虑吧。'捎带而过的这句话才是重点……"菲尔博士绕过打字桌，狠狠盯着那杯牛奶，"得把他叫醒，我对此人很感兴趣。德瑞曼，既是葛里莫的老朋友，又寄住他家，常服用安眠药，不时戴上十一月五日假面具，他究竟是何方神圣？在这个家庭中处于什么地位？他在这里到底干些什么？"

"你是指——勒索？"

"太荒谬了，老弟。你听说过哪位校长沦为勒索犯？不，不。他们太在意世人的眼光。教育界并非一片净土，我也深陷其中，但这片土壤并不适宜滋养勒索犯……不，多半是葛里莫一时心软才收留他，不过——"

一阵冷风灌进喉咙，菲尔博士停住了。连接通往阁楼的小楼梯以及屋顶的那扇门打开了，接着又关上。米尔斯走了进来。他的嘴唇冻得发青，脖子上围了一条厚厚的羊毛围巾；不过神情倒还挺惬意。他顺手抄起杯子喝了一大口牛奶（他面无表情仰脖的模样，令人联想到表演吞剑的杂技演员），伸手靠近炉火取暖，打开了话匣子：

"各位，我在天窗上占据了有利地形，亲眼看着你们那位警探滑倒了好几回，但是——不好意思！难道没有什么画地形图之类的任务分派给我？啊，没错，我恨不能伸出援手，但恐怕我忘记了——"

"去把德瑞曼先生叫醒，"警长说，"如有必要，用水把他泼醒也无妨。还有……哈！佩蒂斯！如果佩蒂斯先生还在，请转告他，我想见他一面。贝茨警官有什么发现？"

贝茨自己上前答话。他活像跳台滑雪时摔了个倒栽葱，狼狈不堪，气喘吁吁、一瘸一拐地走向壁炉，掸着身上的雪花。

"长官，"他说，"我可以保证，屋顶上连个鸟窝的踪影都没有。我查遍了所有区域，没发现任何痕迹。"他摘下湿透了的手套，"我还在烟囱上捆了绳子，沿着排水槽把自己坠下去检查。屋檐边缘没有异样，烟囱周围也没什么不对劲，一切都很正常。如果今晚有人上过屋顶，那他一定比空气还轻。现在我要下去看看后院……"

"可是——"哈德利大吼。

"果然如此，"菲尔博士说，"喂，我们最好下楼看看你手下的侦探们在其他房间里进展如何。说不定可靠的普莱斯顿——"

普莱斯顿警官拉开通向廊厅的那扇门，微带愠怒地走了进来，好像刚收到法院传票似的。他看了看贝茨，然后走到哈德利身边。

"稍微花了点时间，长官，"他汇报道，"因为我们不得不把那些书架全都搬出来，再推回原位。一无所获！没有任何秘道。烟囱非常坚固，不存在什么机关，里面的烟道差不多只有两三时宽，笔直向上……还有其他指示吗，长官？弟兄们的活儿都干完了。"

"指纹呢？"

"指纹倒有一大堆，只不过——长官，你是不是亲自把窗户拉起来又放下过？你的手指按过接近窗框上沿的玻璃吧？我查出了你的指纹。"

"这种事我一贯很小心，"哈德利斥责道，"还有呢？"

"玻璃上没别的了。窗户的木质结构部分，包括窗框和窗台，都漆得发亮；如果留有手套的污痕，清晰度必定不亚于指纹。但一丁点痕迹都没有。如果有人从窗户溜走，必须得后退几步、脑袋朝前一跃而出，保证不碰触任何物体才行。"

"够了，谢谢，"哈德利说，"到楼下待命。贝茨，你去后院看看……不，先等等，米尔斯先生。普莱斯顿会去请佩蒂斯先生过来——如果他还没走。我想和你谈谈。"

"看来兜了一圈，又要质疑我的证词了，"两位警官走后，米尔斯尖声道，"我保证不说半句假话。当时我就坐在这个位置，你们自己看看。"

哈德利把门打开，面前是高耸昏暗的廊厅，遥对着三十呎开外的那扇门——在拱门里射出的灯光照耀下，那扇门可谓一览无余。

"看走眼的可能性应该不存在吧？"警长小声嘀咕，"难道他其实没进屋？诸如此类的状况？在门口施展一些掩人耳目的戏法，我听说过这一套。那女人应该不至于玩什么花样，自己戴上面具，或者——不，你看见他们同时在场，毕竟——见鬼！"

"你说的那种'戏法'纯属一厢情愿，"米尔斯固然态度积极，但也难掩对这个词的嫌恶之情，"他们三人我都看得一清二楚，而且他们彼此间都有一小段距离。杜蒙太太站在门口，没错，不过位置稍稍偏右。那高个男人更靠左，而葛里莫教授的位置介于二人之间。高个男人确实进门了，随后把门关上，再也没出来。灯光不算暗，一切想来都还历历在目。何况那人身形高大，绝不可能错认。"

"我看没什么疑点了，哈德利，"片刻后，菲尔博士说，"在房门上动手脚的可能性也应该排除了。"他转过身，"德瑞曼这个人你了解吗？"

米尔斯眯起眼，单调的嗓音中透出一丝戒备。

"说真的，先生，他的确令人好奇。嗯哼！可我对他知之甚少。反正他住在家里好几年了，比我来得还早。他已几近失明，被迫告别学术生涯，经过治疗也不见好转。

不过，光看他的……呃……光从他眼睛的外观上看不出来。他有求于葛里莫教授。"

"葛里莫教授欠他人情？"

秘书眉头微蹙："我说不准。听闻葛里莫教授是在巴黎研究课题时和他结识的。我只知道这么点信息而已。不过，有一次葛里莫教授和我——这么说吧，'小酌一杯'的时候，"米尔斯闭合的嘴角扬起一丝倨傲的笑意，眯缝的眼中闪烁着不易察觉的讥讽，"哼！他说德瑞曼先生曾救过他一命，还说德瑞曼是全天下最他妈善良的人。当然，在那种情况下——"

米尔斯有个习惯性动作，两脚一前一后晃个不停，还用前脚的鞋跟轻叩后脚的鞋尖。这个独特的动作配上他瘦小的身形、蓬松的乱发，活脱脱就是漫画版的史文朋①。菲尔博士好奇地打量着他，但嘴上只应和道："是吗？那你为什么不喜欢他？"

"谈不上喜不喜欢。可他发挥不了作用。"

"葛里莫小姐不喜欢他也是因为这一点？"

"葛里莫小姐不喜欢他？"米尔斯的眼睛瞪大了，然后又缩回原样，"果然，我早有所料。看得出来，但不太有把握。"

"嗯。那么，他为何对盖伊·福克斯之夜如此热衷？"

———————————————
①史文朋（Swinburne），英国维多利亚时代著名诗人。

"盖伊·福——啊！"米尔斯惊讶之余顿时噤声，随即连声笑道，"明白了！刚才我没跟上你们的思路。是这样的，他特别喜欢孩子。他自己有两个孩子，却都夭折了——我记得是从屋顶上摔下来的，好几年前的事了。我们在建设更广阔、更宏伟、更辽远的未来世界时，只能对此类愚蠢的悲剧视而不见。"这番高论令菲尔博士的脸色十分难看，但米尔斯仍喋喋不休，"之后他的妻子也没活多久，然后他的视力便开始衰退……他喜欢陪孩子们玩游戏，虽然精神已有些不正常，但起码还童心未泯。"他的嘴唇微微上翘，"德瑞曼最最期待的就是十一月五日，他那两个可怜的孩子中有一个的生日恰好就在这天。他一整年省吃俭用，就为了买点彩灯、饰品什么的，好装备一支游行队伍——"

一阵紧促的敲门声，普莱斯顿警官随即出现。

"楼下没人，长官，"他报告道，"你想见的那位先生肯定已经走了……有人从疗养院赶来，带了这东西给你。"

他递过一个信封和一个形似珠宝盒的方形硬纸盒。哈德利撕开信，浏览一遍，忍不住破口大骂。

"他死了，"哈德利咒骂连声，"遗言支离破碎……给，你自己看！"

兰波凑到菲尔博士身后，只见信上写道：

哈德利警长敬启：

可怜的葛里莫死于十一点三十分。我将子弹寄送给你。不出所料，是颗点三八口径的子弹。我试图联系你们警方的法医，但他因另一案件外出，所以还是直接寄给你。

他临终前仍有知觉，留了几句遗言，两名护士和我本人均可做证。但当时他可能已精神涣散，我只能尽量记录。我与他相识多年，竟不知他还有个兄弟。

他说希望能把这件事告诉我，原话如下：

"是我兄弟干的。万万没料到他会开枪。天知道他是怎么离开那个房间的。前一秒他还在，下一秒就不见了。拿纸笔来，快！我要告诉你我兄弟是谁，免得你们认为我在说胡话。"

他拼尽全力，却进出最后一口鲜血，言尽于此，气绝而亡。按你的吩咐，我仍将尸体保持原状。如有其他可效力之处，请尽管直言。

E.H. 彼得森医生

众人面面相觑。重重疑云仍然难以驱散。案情摆在眼前，证人各执一词；但空幻之人带来的恐怖感仍挥之不去。默然之后，警长的语气平添凝重：

"天知道，"哈德利复述着信中的原话，"他是怎么离开那个房间的。"

第二日 楼枓　土圭测转节气之法

第九章　崩裂的墓穴

菲尔博士漫无目的地踱着步，叹着气，坐进最大的一张椅子里。"'兄弟亨利'——"他沉声道，"嗯，不错，看来问题还得回到这个亨利身上。"

"该死的'兄弟亨利'，"哈德利沮丧地说，"我们应该先从皮埃尔入手，他是知情人！那名警巡怎么没有消息？派到剧场去逮捕皮埃尔的家伙呢？难道这群废物都在蒙头大睡——"

"不必大惊小怪，"菲尔博士连忙安抚跺脚骂街的哈德利，"亨利巴不得我们自乱阵脚呢。既然葛里莫留有遗言，好歹我们手中还有一条可以用来对照的线索……"

"什么线索？"

"他对我们说的那几个词，那几个让人摸不着头脑的词。不幸的是，既然我们只能凭着猜测去解读它们的含义，得到的结果可能并没有什么价值。现在有了新证据，我倒有点担心葛里莫会把我们引进死胡同。他的遗言并未透露任何讯息，而仅仅是向我们提了一个问题。"

"什么意思？"

"难道你没发现他百分之百是在提问吗？最后那句：'天知道他是怎么离开那个房间的。前一秒他还在，下一秒就不在了。'不妨与你那毫无价值的笔记本里记下的词对照一下。你和泰德各自理解的版本有些出入，但可以先从你们俩都认同，且显然无误的部分入手。暂不考虑最令人费解的谜团——至少可以放心断言，'霍华思'和'盐矿'这两个词错不了。本着求同存异的原则，看看二位的观点有哪些交集？"

哈德利打了个响指。"我先来——好！相同之处是：'他没法用绳子。屋顶。雪。狐狸。光线太亮。'好吧！综合起来，再结合他的遗言，其含义大致如下：'天知道他是怎么离开的。他没法用绳子爬上屋顶或下降到雪地上。前一秒他还在，下一瞬就不见了。光线太亮，我不可能漏看他的每个动作——'停！会不会——"

"现在可以开始分析分歧点了，"菲尔博士不耐烦地咕哝着，"泰德听到了'不是自杀'。这就可以看作他是为其他的话铺好了前提。'不是自杀，我没有自杀。'而你听到的'有枪'，也不难和其他几句联系起来，'万万没料到他会开枪。'呸！所有线索都兜了个圈子，兜出一个又一个问号。我还是头一次遇到这种案件，被害人和其他所有人一样一头雾水。"

"但'狐狸'这个词又怎么说？怎么看都很不协调。"

112

菲尔博士鄙夷地审视着他，眨了眨眼。

"噢，没问题，很协调。这是最最简单的一环——但也可能是最巧妙的一环，不能脱离具体语境贸然下结论。问题在于，同样的音节听起来可能产生不同理解。假设我们找来身份不同的人进行词语联想测验（该死的玩意）：当我突然对一名马术骑手低声说出'狐狸'时，他多半会回答'猎犬'，但如果对方是一位历史学家，他的回应则可能是——快！他会说什么？"

"盖伊①，"哈德利忍不住咒骂着。在压抑的气氛中，他追问道："你的意思是，我们又该回头和盖伊·福克斯的面具，或是酷似盖伊·福克斯的面具纠缠不休了？"

"唔，关于这东西，每个人都能说个没完没了。"博士挠挠额头，"如若有人在咫尺之间和它打个照面，吓得丢了魂，我可一点都不意外。莫非你想到了什么？"

"它启发我该找德瑞曼先生聊一聊。"警长厉声喝道，大步走向房门，却赫然发现米尔斯那张消瘦的脸从门口探进来，听得入神，厚厚的眼镜片折射出他专注的神情。

"别急，哈德利，"见警长正要发火，菲尔博士连忙打岔，"你这人真奇怪，谜团满天飞的时候尚且镇定，眼看离真相越来越近时却按捺不住了。留下这位小朋友又有何妨？也该让他听听，不过现在已临近尾声了。"他咯咯笑

---

①福克斯（Fawkes）的读音与狐狸（fox）很相似。

道，"所以你开始怀疑德瑞曼？哈！其实恰恰相反。别忘了，我们还没完成整张拼图，最后一块碎片依然不见踪影——也就是你自己听到的那句话。凶手戴上那张粉红色的面具，意在诱导葛里莫联想到德瑞曼，他对其他人也使用了类似伎俩。但葛里莫知道面具后的那张脸属于谁。所以你听到的最后那句'别怪罪可怜的——'也就不难补充完整了，他好像挺喜欢德瑞曼，"菲尔博士沉默半晌后，才对米尔斯说，"孩子，去带他上楼来吧。"

门刚关上，哈德利就满面倦容地坐下，从胸前的衣袋里掏出还没点过却已磨损的雪茄。他凶巴巴地将一根手指塞进领子里来回抽了抽，仿佛紧绷的衣领快要把脖子勒断了似的。

"还想玩阴谋诡计，呃？"他问道，"推理游戏还没玩够？那年轻人真是胆大包天——哼！"他瞪着地板，心烦意乱地嘟哝着，"我太失态了！刚才那些异想天开的念头一点用也没有。你还有具体建议吗？"

"有。如果你不反对，稍后我准备试验格罗斯鉴定法。"

"试验什么？"

"格罗斯鉴定法。你忘了？今晚我们才刚讨论过。我要小心地把壁炉里的纸灰，还有没燃尽的残片全都收集起来，看看能否通过格罗斯鉴定法再现上面的字迹。拜托你安静点行不行？"哈德利不屑地嘀咕了两句，立刻遭到菲尔博士当头棒喝，"我可没说全部都能还原，连还原一半

114

的希望也不大。哪怕东一点西一点看出些微端倪就够了，起码能提示我，葛里莫能把什么看得比保命还重要。呼！哈！很好。"

"要如何操作？"

"走着瞧吧。注意，我可没说那些已经彻底烧毁的纸片也能恢复如初。不过肯定能看出点文章，特别是夹在中间、只被烤焦了的残片……除此之外我也没什么高招了，除非去问问——啊，什么事？"

贝茨警官绷着脸进来回话，这次他身上的雪花少了很多。他朝门外望了望，才把门关上。

"长官，我把后院查了个遍，旁边两家的院子以及墙头也都查过了。没有脚印，也没有任何痕迹……不过，我和普莱斯顿倒是逮到了一个可疑分子。我们回到屋里时，有个个头挺高的老家伙从楼梯上跑下来，一只手还扶着楼梯栏杆。他扑向一个衣柜，翻东西的样子看上去不太熟悉家里的环境。然后他穿好大衣戴上帽子就要出门。他说他姓德瑞曼，就住在这里，可我们觉得——"

"其实他的视力不太好，"菲尔博士说，"带他进来吧。"

进门的这个人相貌奇特，令人过目难忘。他脸形很长，面色祥和，太阳穴有些凹陷，谢顶大半，灰白的头发都长在后脑勺，因此额头既高且窄，满布皱纹。他的双眼蓝得发亮，虽然眼角鱼尾纹群集，但那蓝得发亮的双眼却丝毫不显昏聩，反而显出友善与困惑。他的鹰钩鼻很醒目，亲切而不安的嘴角边刻着两道深深的法令纹；额头的皱纹衬托得眉毛微微上扬，令他的神情越发难以捉摸。他虽肩背微驼却仍显个头高大；虽身形瘦削却仍显结实有力。整体而言，他像是一位年事已高的军人，一位不修边幅的绅士。他的脸上全无笑意，但也不乏迷糊、谦逊的善意。他身穿一件深色大衣，纽扣一直扣到下颌处，站在门口颇为吃力地凝视着众人，双眉拧作一团，圆顶礼帽捂在胸口，欲言又止。

"对不起，各位先生，真对不起，"他低沉的嗓音有点奇怪，似乎不太习惯开口发言。"我明白，理应早些来见各位，但曼根先生刚才叫醒我，介绍了事发经过，我觉得务必要先去探望葛里莫才好，看看有没有能帮上忙的地方……"

兰波暗忖，这人的呆滞木讷不知是因为真没睡醒，还是安眠药效力未退；但他的眼神十分明亮，活像装了玻璃假眼。他挪过来，一只手摸索到椅背，但直到哈德利招呼他落座时才坐下。

"曼根先生告诉我——"他说，"葛里莫教授——"

"葛里莫教授死了。"哈德利答道。

德瑞曼仍尽量把驼背挺直，双手交叠按着帽子。房内的静默甚为压抑，德瑞曼闭上眼，然后又睁开，目光仿佛投向远方，呼吸沉重而迟缓。

"愿上帝保佑他的灵魂安息，"德瑞曼平静地说，"查尔斯·葛里莫，吾之挚友。"

"你知道他的死因？"

"是的，曼根先生都告诉我了。"

哈德利审视着他。"那你一定很清楚，只有告诉我们每件事，你所知道的每一件事，才能帮助我们抓住杀害你朋友的凶手。"

"我——是的，那当然。"

"想清楚，德瑞曼先生！一定得想清楚。我们想了解他的过去。你和他相交多年，初次结识是在什么地方？"

德瑞曼的长脸一片茫然，仿佛五官都已错位。"在巴黎。一九〇五年他在大学获得博士学位，那一年……就在同一年我认识了他。"陈年旧事令德瑞曼焦躁不安，他一手遮住眼睛，话音中平添一层怒意，像在质问别人把他的领扣藏到何处。"葛里莫才智过人，同年就在第戎获得一个副教授的职位。可他的一个什么亲戚去世后，留给他一大笔遗产，于是他——他不久便放弃工作来到英国。我所知仅限于此。很多年以后才与他重逢。这样的回答不知各位是否满意？"

"一九〇五年之前，你并不认识他？"

"不认识。"

哈德利倾身向前。"你救过他一命，是在什么地方？"他突然发难。

117

"救他一命？我不明白。"

"德瑞曼先生，你去过匈牙利吗？"

"我——我曾游历欧洲大陆，可能也到过匈牙利。但时隔多年，当时我还年轻，现在已记不得了。"

现在轮到哈德利施展诡计了。

"你在卡帕西恩山脉中的塞班特曼监狱附近救了他一命，当时他正亡命天涯。对不对？"

德瑞曼坐得笔直，枯瘦的双手紧紧捏着礼帽。兰波察觉到他身上蓦然腾起一股顽强的，或许对他而言已是阔别多年的气势。

"是吗？"他答道。

"这一套可不管用。我们全都知道——想查具体时间也易如反掌，这还得多谢你的配合。卡洛里·霍华思还是自由身时，在一本书上写下了'1898'。考虑到教育背景，他在巴黎拿到博士学位至少要花四年。因此他从入狱到越狱这段时间可以缩短到三年之内。根据这些信息，"哈德利冷冷地说，"我大可拍电报至布加勒斯特，十二个小时之内就能集齐所有资料。所以，你最好还是老实交代。与卡洛里·霍华思有关的一切，你了解多少，就交代多少——还有他的两个兄弟。凶手就是这两个兄弟其中一人。最后再提醒你，隐瞒此类信息是严重违法。明白吗？"

德瑞曼一直用手遮住双眼，脚底轻拍着地毯，片刻后才抬起头，众人一望之下不免吓了一跳：他那缩拢的双眼射出玻璃质的蓝光，脸上却挂着温和的笑意。

"严重违法，"他点点头，"真的？坦白说，长官，你这种威胁我可不在乎。我的视力只能勉强辨识物体轮廓，任何东西在我眼中都像一盘荷包蛋，所以惊恐、愤怒等情感也不过是浮云罢了。世界上几乎所有恐惧（以及野心）都源自有形之物——眼神，举止，姿态。年轻人都不理解这些，但我本来还期待你们会懂。我尚未彻底失明，我还能看见人们的脸、清晨的天，以及诗人们笔下一切一切令盲人心驰神往的东西。但我已无法阅读，更何况我所渴盼一见的那些面孔，也已经长眠了八年之久。有朝一日，当毕生的两大寄托都已归于尘土，我自然也就心如死灰，无所畏惧了。"他又点点头，目光望向房间对面，前额挤出皱纹，"长官，只要能帮查尔斯·葛里莫的忙，我将毫无保留地提供任何你需要的讯息。然而，窃以为尘封已久的丑闻还是长眠地下为好。"

"难道就坐视那个对他痛下杀手的兄弟逍遥法外？"

德瑞曼微微摇手，眉头深锁。"是这样的，坦白地说，我劝你们忘了这条线索，免得误入歧途。也不知道你们的消息来源是什么。他的确有两个兄弟，而且都坐过牢。"他又笑了笑，"此事不足为惧，他们都是政治犯。想来在那个年代，但凡会吞火的魔术师都难以幸免……别把他的两个兄弟当回事，他们早已辞世多年了。"

房间里静得可怕，兰波耳中只留下炉火最后的噼啪声，以及菲尔博士粗重的喘息。哈德利瞥了菲尔博士一眼，见他双目紧闭，遂又面无表情地审视着德瑞曼，仿佛感受到了后者的目光之犀利。

"你怎么知道？"

"葛里莫亲口告诉我的，"德瑞曼特意强调这个名字，"更何况当时从布达佩斯到布拉索夫，连篇累牍的相关消息见诸报端。要求证这些很容易，"他言简意赅，"他们都死于黑死病。"

哈德利循循善诱："当然了，倘若你能百分之百证明这一点——"

"你能确保丑闻不会满天飞？"那湛蓝的目光似乎没有焦点。德瑞曼枯瘦的双手时而拧在一起，时而又松开。"如果我和盘托出，你拿到证据之后，能不能就此收手，让亡者安息？"

"那要看你的情报价值几何了。"

"很好。我会把我亲眼所见一概奉上。"他陷入回忆中——相当烦躁不安（在兰波看来）。"此事可谓骇人听闻。后来葛里莫和我达成默契，将其永久封存。可我也不想欺骗你们说我已经记不得了——记不得哪怕一丁点细节。"

他沉默良久，指头没完没了敲着太阳穴，忍了半天的哈德利差点又要出言催促。最后，德瑞曼才说：

"请多包涵，各位。刚才我竭力回想事发的具体日期，

好让你们有迹可循。我最多只能将时间范围缩小到一九
〇〇年的八月或九月——也许是一九〇一年？算了，我不
妨以当代法国传奇故事的风格开篇——但接下来句句属
实。开头如此这般：'二十世纪初某年九月，一个凉气袭
人的黄昏，一名骑兵在卡帕西恩山脉东南麓一道崎岖的溪
谷中疾驰前行。'那条路真要命！然后我将描摹一番野外
风光，云云。那名骑兵正是本人，眼看山雨欲来，我的目
标是天黑前赶到特拉吉。"他笑道。

　　哈德利不耐烦地动了动，但菲尔博士只是睁开眼睛而
已，德瑞曼旋又接上话头。

　　"这种小说的氛围不可或缺，因为唯有如此，才能令
我身临其境，真切再现当年的一幕。那时我年少轻狂，一
身抱负，满腔浪漫情怀，崇尚政治自由。我之所以以马代
步，无非想让自己显得卓尔不群；我甚至还随身携带一支
手枪以对付沿途盗匪（纯属臆想），一串念珠用于驱妖御
魔，飘飘然好不得意。纵然鬼魂和强盗都不知去向，但我
坚信他们并不遥远，我自己就曾不止一次被弄得心神不
宁。那些阴冷的森林与峡谷中，弥漫着神话般的荒凉与暗
翳，就连不乏人烟的区域也暗藏诡秘。你们知道，特兰西
瓦尼亚三面环山，栖居于峰峦叠嶂的阴影中；在一个英国
人眼里，那陡峭丘陵上遍布的黑麦田与葡萄园，那红黄相
间的乡民服饰，那满是大蒜刺鼻气味的小酒吧，甚或被开
垦为盐田的贫瘠山野，目之所及，无不触目惊心。

"言归正传。我正在山脉中最最荒芜的地带，循着蜿蜒的道路前行，狂风呼啸，方圆几里内找不到一家能落脚的酒吧。当地人认为每一道树篱后都潜伏着恶魔，虑及于此，我不禁毛骨悚然；但我的恐惧另有更深一层缘由。那一年酷暑当头，黑死病暴发蔓延，整个地区的毒蚊子遮天蔽日，纵然天气转凉也势头不减。在之前经过的最后一个村庄——忘了叫什么名字——村民们说蚊虫在前方山区的盐矿地带更加肆无忌惮。但我一心想早早赶到特拉吉，与那位同样身在旅途的英国朋友会合。我的另一个目的是顺道瞻仰那座形似后方低矮山脉，得名于七座白色山峰的监狱，所以决意继续赶路。

"我知道监狱必定越来越近，因为白色山峰就在前方。然而天色过于晦暗，能见度极低，暴风几乎将树木撕成碎片。我下到一片洼地中，途经三座坟墓，它们似乎刚挖好不久，四周的脚印尚且十分清晰；但视线范围内不见半个活人。"

梦呓般的叙述渐渐营造出的诡异氛围突然被哈德利破坏了。

"葛里莫教授向伯纳比先生买来的油画，"他说，"其中的场景是否与那个地方酷似？"

"我——我不知道，"德瑞曼显然大吃一惊，"是吗？我没注意。"

"没注意？你没见过那幅画？"

"没看清楚，只瞄到大致轮廓——有树，有寻常风景——"

"还有三块墓碑？"

"伯纳比的灵感源自何处，我不得而知，"德瑞曼含糊其词，擦拭着额头，"老天在上，我从未向他透露此事。也许纯属巧合。那些墓穴上并没有墓碑。掘坟的人不愿大费周章，仅用木棍草草搭了三个十字架了事。

"不过我告诉你们，正当我安坐马背之上、打量着那些墓穴时，顿感浑身不适。在墨绿树林与白色山峰的环抱中，它们的模样很不对劲。这倒也罢了，但如果它们是用来埋葬囚犯的墓穴，为何非要挖在如此偏远之处？还没回过神来，我的马忽然往后一仰，险些将我摔下去。我连忙扯动缰绳，回马倚在一棵树下，回头一望，我顿时明白马儿为何受惊了。其中一座墓穴上的土堆渐渐隆起，土层滑落，内里传出崩裂的声音，有什么东西开始扭曲蠕动；旋即，一个黑乎乎的东西摸索着从土堆里冒了出来。那是一只手，手指还在动弹——如此恐怖的景象，毕生难得一见！"

第十章　大衣上的血迹

"一时间我也吓昏了头,"德瑞曼接着说,"我不敢下马,生怕马儿脱缰而去;何况自己也羞于落荒而逃。脑海中顷刻涌现出吸血鬼,还有传说中日落后便倾巢而出的魔鬼们。说真的,我被那东西吓傻了。还记得那时马背上的我像个被抽得团团转的陀螺,一边竭力勒住缰绳,一边掏出手枪。等我再回头一看,那东西已经爬出墓穴,径直冲我跑来。

"各位,这就是我与这位挚友邂逅的经过。他弯腰抄起一把铲子——肯定是挖墓穴的人忘记带走的——继续向我迎来。我用英语大喊:'你想干什么?'我吓得迷迷糊糊,其他语种一个词也说不上来。那人停下脚步,稍后,也以英文应答,但带有外国口音。'救命,'他说,'救救我,老爷,别害怕。'如此云云,然后把铲子丢到一旁。马儿也平静了许多,但我还惊魂未定。此人个头不高,但非常强壮;他的脸晦暗肿胀,散布着许多斑点,在暮光中呈现出粉红色。霎时大雨倾盆,而他仍站在原地,挥舞双臂。

"他伫立在雨中，对我大喊大叫。具体内容就不逐一复述了，大意无非是：'听我说，老爷，那两个可怜虫染上黑死病咽气了，我还活着，'他指了指墓穴，'我根本没感染，你看，这些会被雨水冲刷掉。这是我自己的血，是我刺破皮肤流出来的血。'他甚至伸出舌头，让雨水冲洗干净，足见舌头上原本一片乌黑是沾染煤灰的缘故。此情此景无不令人倍感疯狂。然后他又声称他不是重刑犯，而是政治犯，刚刚越狱成功。"

德瑞曼前额堆起皱纹，又微笑道：

"'救他？'我当然要伸出援手了。他的述说吊起了我的胃口。我们商量下一步计划时，他解释了来龙去脉。他们兄弟三人都就读于克劳森堡大学，也都在一场反抗奥地利、寻求特兰西瓦尼亚独立的起义中被捕——类似的运动一八六〇年之前也发生过。他们三人被关进同一间牢房，其中两人丧命于黑死病。幸得被一同囚禁的狱医相助，查尔斯伪装出同样的症状而诈死。整个监狱人人自危，谁还顾得上质疑医生的诊断？就连埋葬三兄弟的人将尸体丢进松木棺材、在棺盖上敲钉子的时候都背过脸去，避之唯恐不及。他们准备把尸体埋到远离监狱的地方，更重要的是，他们巴不得将棺盖草草钉完了事。医生便伺机往棺材里塞了一把起钉器，事后查尔斯拿给我看过。他本就身强力壮，只要被活埋后保持镇定，注意避免过早耗尽氧气，便不难用头稍稍顶高棺盖，将起钉器插入空隙，奋力求生。后来这个壮汉果然从松软的泥土中逃出生天。

"很好，当他得知我也在巴黎上学时，沟通就顺畅多了。他的母亲是法国人，所以他说得一口流利的法语。经过商议，我们都认为他最好逃往法国，在那里制造一个新身份，才不至于启人疑窦。他偷偷存了一点钱，而且在家乡还有个姑娘——"

德瑞曼忽然察觉失言，慌忙闭口。而哈德利只是点点头：

"那姑娘的身份不难猜到，"他说，"暂时不用管'杜蒙太太'。后来呢？"

"可以托她把钱带来，随他一同奔赴巴黎。遭到追捕的可能性微乎其微——事实上根本无人追来，他已被官方视作已死之人。纵然如此，查尔斯仍惊魂未定，还来不及剃干净胡子或者换上我的衣服以避人耳目，就仓皇逃离该地。我们一路顺利，毫无阻碍，当年可没有护照一说；从匈牙利出境途中，他都以我原计划在特拉吉会合的那位英国朋友的身份活动。进入法国境内之后——后来的一切都在你们掌握中了。那么，各位先生！"德瑞曼浑身战栗，莫名其妙地深吸一口气，身子一僵，那空洞冰冷的目光迎向众人，"我的每句话都经得起验证。"

"崩裂的声音是怎么回事？"菲尔博士突然刨根问底。

这一问貌似平常，却也颇出人意料。哈德利不禁扭头望着他，连德瑞曼的目光也循声而来。菲尔博士红润的脸庞茫然扭作一团，连连喘息，用手杖戳着地毯。

"这很重要，"他俨然把壁炉当成假想论敌，"真的非常重要。嗯。是这样的，德瑞曼先生，我只有两个问题。你听见一阵崩裂声——是撬开棺盖的声音，嘿？好的。所以葛里莫葬身的这个墓穴挖得比较浅？"

"对，相当浅，否则他可能永远也没机会爬出来。"

"第二个问题。那座监狱，嗯——那座监狱的管理很严格，还是很松懈？"

德瑞曼一头雾水，但下颌依旧紧绷着。"我不知道，先生。但我知道那座监狱当时正遭到一群官方人士的严厉声讨，他们猛烈抨击监狱当局坐视瘟疫横行，致使在盐矿劳作的囚犯们效率大跌。对了，我还见过公布出来的死亡名单。容我再次请教，让这些陈年丑事重见天日，究竟有何意义？对案情毫无助益。你们也听到了，葛里莫在这件事上完全问心无愧。不过——"

"不错，这就是重点，"菲尔博士低声说，好奇地审视着，"我正想强调这一点。一个人既然问心无愧，又为何要将自己的过去抹得干干净净？"

"——但对厄内丝汀·杜蒙而言可能就有点不光彩了，"德瑞曼抬高了嗓门，有些激动，"难道你们不明白我在暗示什么？葛里莫的女儿怎么办？无端猜测他的一个或两个兄弟尚在人世，就可以肆意践踏别人的前半生？他们都死了，死人是不会从坟墓里爬出来的。葛里莫死于他的一个兄弟之手？恕我冒昧，敢问这种谬论究竟从何而来？”

“来自葛里莫本人。”哈德利答道。

一瞬间，兰波以为德瑞曼还没回过神来。随即，他哆嗦着站起身，仿佛无法呼吸，笨手笨脚地解开大衣，摸着喉咙，又坐下了。唯有那玻璃状的眼珠依然如故。

“你是不是在撒谎？”他质问道——一贯的沉稳姿态消失了，取而代之的是颤抖、烦躁、透着孩子气的语调，“你为什么要骗我？”

“真相恰恰如此。自己看看！”

哈德利迅速将彼得森医生的字条递给他。德瑞曼起身接过，又缩回原位，摇着头。

“我看不清，长官。我……我……你的意思是，他留了遗言——”

“他说凶手是他的兄弟。”

“还说了什么？”德瑞曼吞吞吐吐。哈德利故意不答，任他自行想象。然后德瑞曼又说：“但是，听我说，这也太异想天开了！难不成你们在暗示那个威胁他的江湖骗子、那个与他素昧平生的家伙，居然是他的亲兄弟？看来我猜对了。可我还是搞不懂。从我获悉他被刺杀那一刻起——”

“刺杀？”

“是的。我刚才说到——”

"他中弹身亡，"哈德利说，"你怎会以为他是被刺杀的？"

德瑞曼双肩一耸，一丝扭曲、讥讽甚至绝望的神情爬上他那满布皱纹的脸。

"看来我这个证人太不称职，各位，"他的声音十分平静，"但我坚持说出这些难以取信于你们的事情，始终还是出于本心。不如直接跳到结论吧。曼根先生说葛里莫遭到袭击，命悬一线，而且凶手把油画割得乱七八糟之后就消失了。所以我以为——"他擦擦鼻翼，"各位还有什么问题吗？"

"今晚你是怎么过的？"

"睡觉。我——你们也知道，很疼，就在这儿，眼球后方。晚饭时我疼得受不了，所以没出门（原计划去亚伯特音乐厅听音乐会），吃了一片安眠药就睡下了。很遗憾，我完全不记得从七点半到曼根把我叫醒这段时间里发生了什么。"

哈德利异常冷静地端详着德瑞曼那件敞开的大衣，但他的表情透着一股危险气息，似乎做好了突袭准备。

"明白了。你上床时脱衣服了吗，德瑞曼先生？"

"你说什——脱衣服？没有。只脱了鞋而已。为何有此一问？"

"离开过房间吗？"

"没有。"

"那你大衣上的血迹从何而来？对，就是这里。站起来！别想溜。站在原地。现在请脱掉大衣。"

兰波注视着德瑞曼不知所措地站在椅子旁边，脱下大衣，一只手抚过胸口，像是匍匐在地伸手摸挈的人一样。他身穿一件浅灰色大衣，飞溅其上的污点异常醒目。深色的污渍从身侧绵延到右边的衣袋。德瑞曼的手指触到污渍，停了下来，揉了揉，又搓了搓。

"不可能是血迹，"他小声嘀咕，话音中又浮现怒意，"我不知道是什么东西，告诉你们，反正不可能是血迹！"

"这可得查一查。请脱掉大衣，我们要带走。口袋里有没有什么要拿走的东西？"

"可是——"

"这些污渍是在什么地方沾上的？"

"我不知道。对天发誓，我真的不知道，而且我也想不出来。这不是血迹，你们怎会以为是血迹？"

"请把大衣给我。很好！"哈德利目不转睛地盯着德瑞曼，后者哆嗦着从衣袋里掏出一些零钱，一张音乐会门票，一条手帕，一包伍德拜恩牌香烟，还有一盒火柴。接过外套后，哈德利将其摊在膝盖上。"我们要搜查你的房间，有没有意见？声明在先，只要你反对，我就无权这么做。"

"我没有异议。"德瑞曼木然答道，擦拭着前额，"求求你们告诉我事情经过，警长！我什么也不知道，我只

130

是在做正确的事——没错，正确的事……此案与我完全无关。"他停住了，又露出饱含讥讽的苦笑；兰波看在眼中，心头的迷惑更甚于怀疑。"我被捕了吗？嗯，这一点我也没有异议。"

好像有点不对劲，而且不对劲得毫无道理。兰波发现哈德利也和自己一样无来由地满腹狐疑。眼前这个男人闪烁其词，前言不搭后语。他所叙述的恐怖故事，无论真假与否，总之其中那朦朦胧胧的戏剧感可谓不堪一击。何况他的衣服上还沾染了血迹。但不知为何，兰波在举棋不定之际，反而倾向于相信他的说辞——至少，德瑞曼对自己那个故事的执着信念是可信的，也许因为他胸无城府（简直一览无余），单纯得像一张白纸。他呆立不动，上身只穿着衬衫，身形虽更显修长，但也更佝偻枯瘦。他的蓝色衬衫已褪成灰白色，衣袖卷到上臂处，领带歪斜，大衣搭在一只手臂上，脸上依旧挂着微笑。

哈德利压低嗓门，暗暗咒骂。"贝茨！"他高呼，"贝茨！普莱斯顿！"然后不耐烦地用鞋跟敲着地面，直到二人回话，"贝茨，把这件大衣拿去，检验一下上面的污渍。看见了吗？明天一早报告结果。今晚就到这里。普莱斯顿，陪德瑞曼先生下楼，看看他的房间。你很清楚要找什么，也别忘了注意一下有没有类似面具的东西。我马上就来……好好考虑考虑，德瑞曼先生。明天早上可能有劳你到苏格兰场走一趟。就这样。"

德瑞曼根本没认真听。他像只蝙蝠似的跌跌撞撞，连连摇头，大衣拖在身后。"我能在哪里沾到血迹呢？"他居然还边走边拽住普莱斯顿的衣袖，急切地追问："太奇怪了，哎，我究竟是在哪里沾到血迹的？"

"不知道，先生。"普莱斯顿答道，"当心别撞到门！"

阴暗的房间终于沉寂下来，哈德利缓缓摇头。

"这可难倒我了，菲尔，"他承认，"真不知我是离真相近了一步，还是远了一步。你对这家伙怎么看？他表面上温和、谦恭、好说话，但又活像个沙袋，无论怎么用力击打，到头来都不慌不忙地在原地晃荡。他好像不在乎别人把他想成什么样，也不介意别人怎么对付他。也许这就是那几位年轻人对他缺乏好感的原因。"

"嗯，也对。等我把壁炉里这些纸收齐，"菲尔博士咕哝着，"我得回家好好琢磨一下。因为现在我的设想——"

"怎样？"

"极其恐怖。"

菲尔博士一鼓作气从椅中站起身，将宽边帽的帽檐紧紧一扣，掩住双眼，使劲挥舞手杖。

"我不想急于得出结论，真相还有待进一步挖掘。哈！没错。不过，我可不相信三口棺材的故事——虽然德瑞曼可能深信不疑，天知道！除非我们的整个推论都站不住脚，否则只能设想霍华思家族的另外两个兄弟还没死。嘿？"

"问题是——"

"问题是他们出了什么事。嗯哼，很对。接下来是我的推测，前提是德瑞曼坚信他的陈述完全属实。第一！我压根儿就不信他们兄弟几人锒铛入狱是基于政治原因。葛里莫越狱时就已'存了一点钱'，蛰伏五年有余，改名换姓后，竟又以新身份忽然'继承'了一大笔来路不明的遗产。随后他又悄悄离开法国，开始坐享这笔钱给他带来的一切。第二，作为佐证！假设德瑞曼所言不虚，那么葛里莫的一生中究竟隐藏了什么危险的秘密？在许多人眼中，基督山伯爵式的逃亡既惊险又浪漫；因为英国人觉得他的罪责微不足道，充其量也只是和损毁斑马线指示灯，或者夜间赛艇时蒙住一名警察的眼睛之类的行为性质相仿罢了。该死，哈德利，这可说不通！"

"依你之见——"

"我的意思是，"菲尔博士异常镇静，"葛里莫被钉进棺材时还活着。倘若其余两人那时也还活着呢？会不会这三具'死尸'都属于葛里莫那种假死？设想一下，葛里莫爬出自己的棺材时，另两口棺材中是不是还有两个活人在挣扎？但他们出不来——因为葛里莫没有用自己手中的起钉器去救援。当时那种环境，能弄到一把起钉器已属难得。之所以由葛里莫掌管起钉器，是因为他最强壮，一旦他成功脱身，救出其他人便易如反掌，这正是他们的如意算盘。谁料想葛里莫自有打算，竟决定让他们就此长眠地下，这样一来他就可独吞三人联手偷盗得来的财富了。瞧，多么高明的犯罪。堪称聪明绝顶。"

众人哑口无言。哈德利嗓子眼里咕哝了两句，站起身时，神情将信将疑。

"唔，我就知道这事见不得光！"菲尔博士声若洪钟，"肮脏、无耻到这种地步，难怪夜夜做噩梦。然而也唯有如此才能合理解释这一无耻的案件；而且为什么一旦他的兄弟从墓穴中逃生，就会对他穷追不舍，也就有了答案……为什么葛里莫火急火燎地将德瑞曼从现场带走，自己连囚服都顾不得换掉？当地居民绝不敢靠近死于黑死病之人的墓地，有如此绝佳的藏身地，为什么他甘冒在路上被人发现的风险也要拼命逃亡？唔，那些墓穴挖得都很浅，时间一分一秒流逝，他的兄弟们快要窒息身亡，而援兵仍未到来——于是他们放声尖叫，猛捶棺壁，拼死挣扎。德瑞曼有可能当时就注意到土堆正在松动，或听见棺材里绝望的求救声了。"

哈德利摸出手帕擦了擦脸。

"难道真有人会卑鄙到——"他难以置信地拖长了声音，"不。我们的思路不对，菲尔。这些都是凭空臆想。不可能！他们没有爬出墓穴。他们已经死了。"

"是吗？"菲尔博士漠然道，"你忘了那把铲子。"

"什么铲子？"

"挖墓穴的可怜虫在惊惧交加中留下的那把铲子。无论监狱的管理水平低劣到何种程度，都不会容许这种疏忽。他们一定派人回去找过。老弟，此事的全部细节如在眼前，只不过我没有任何证据！想想疯狂的皮埃尔·弗雷在沃维克酒吧对葛里莫说的每一句话，就能看出是不是对得上……两个狱警壮着胆全副武装回来找铲子，看见或是听见了葛里莫唯恐德瑞曼看见或听见的那一幕。他们也和普通人一样吓得屁滚尿流。棺材被撬开了，兄弟俩滚了出来，昏迷不醒，浑身是血，但还没断气。"

"既然如此，为何不通缉葛里莫？哎，他们本来可以把匈牙利全国挖地三尺，找出这个逃犯……"

"嗯，不错，我也考虑过，再三追问自己。按说监狱当局理应采取行动——但他们当时正遭受严厉抨击，管理层自身难保。试想，一旦批评者得知狱方因一时粗心酿成如此大错，怎会放过他们？倒不如只字不提，将那兄弟俩打入死牢，闭口不提逃走的那个家伙。"

"都只是猜测而已，"半晌，哈德利才回应道，"不过，如果这是真的，我就不得不相信世上真有恶魔存在了。老天有眼，葛里莫总算恶有恶报。但话说回来，凶手还得照抓不误。如果这就是全部经过——"

"当然不止这些！"菲尔博士答道，"即便这是真相，也还远远不足以窥见案情全貌，最令人头痛之处莫过于此。说到恶魔，我告诉你，葛里莫的卑鄙邪恶，世间罕有人敌；唯有那个神秘的 X，那个'空幻之人'，那个'兄弟亨利',才能与他一争高下。"他挥了挥手杖,"为什么?为什么皮埃尔·弗雷承认他也害怕那个人?葛里莫害怕他无可厚非,可为什么连弗雷都对他的兄弟,这位与他同仇敌忾的盟友也忌惮三分?技巧过人的魔法师为什么也恐惧魔法?难不成这位斯斯文文的'兄弟亨利',心态堪比癫狂的罪犯,聪明程度又不亚于撒旦?"

哈德利将笔记本塞进衣袋,扣好外套。

"想回家就请自便吧,"他说,"我们收工了。不过我还要去追捕弗雷。另一个兄弟是什么来路都无所谓,弗雷知道就行。而且他肯定会交代,我敢保证。我先去看看德瑞曼的房间,估计不会有什么收获。弗雷才是破解谜团的关键,他必将引领我们找到凶手。走吧?"

其实此刻弗雷已经丧命,而他们直到次日清晨才得以知悉。夺去弗雷性命的,正是杀死葛里莫的同一支手枪。凶手在证人们众目睽睽之下有如隐身,而且雪地上依然没留下任何足迹。

第十一章　杀人魔法

次日清晨九点，菲尔博士嘭嘭擂门时，他的两位客人仍沉醉在梦乡。兰波前一晚几乎彻夜未眠：他和博士到家时已经凌晨一点半，多萝西迫不及待地追问案情细节，他也乐得畅谈一番。两人准备了香烟啤酒回到卧室，多萝西效仿歇洛克·福尔摩斯，在地上堆了小山一样的沙发靠垫，手捧一杯酒席地而坐，一脸大惊小怪又不失机敏的神情，聆听着她的丈夫边踱步边讲述。她的观点十分犀利，立场却很模糊。她对杜蒙太太和德瑞曼印象很好，但对萝赛特·葛里莫则异常反感。甚至当兰波援引了萝赛特在辩论会上的发言——那句早已被他们夫妻奉为座右铭的箴言——之时，她也不以为然。

"反正我把话说在前头，"多萝西精明地用香烟指着他，"那个长相奇特的金发女郎一定有问题，她绝非善类，老兄。我是指，她想脚踩两条船。呸！我敢打赌，她连个称职的交际花都算不上。假如我像她使唤博伊德·曼根那样对你，而你还不一拳狠狠揍扁我的下巴的话，我们之间就没什么可说的了——明白我的意思吗？"

"别管人家的私事，"兰波说，"再说，她也没把曼根怎么样啊？反正我看不出来。你该不会真的以为，如果她没被锁在客厅里，就会跑去杀害亲生父亲吧？"

"不，因为我想不出她怎么能用那套夸张的装束骗过杜蒙太太，"多萝西明亮的黑眼睛里漾着深邃的光芒，"告诉你，杜蒙太太和德瑞曼都是清白的。至于米尔斯——唔，这人听上去确实像个书呆子，但鉴于你素来不喜欢科学、'未来之梦'这些东西，所以难免对他存有偏见。不过你也承认他的话可信度很高？"

"没错。"

她若有所思地吸着烟。"嗯。现在我的灵感源源不断。我最最怀疑的人，同时也是理论上最适合作为凶手的人，就是你还未见过的——佩蒂斯与伯纳比。"

"什么？"

"是这样，排除佩蒂斯的理由，无非是他个头太矮，对不对？我早该想到，以菲尔博士的博学，恐怕早已考虑到这一因素。我正在回忆一个故事——记不清是在哪儿读到的了，好像是一本中世纪故事的合集。你有印象吗？故事中有个身披铠甲的巨人，戴着头盔，在骑马剑术大赛中技压群雄。随后有一位更为勇猛的骑士前来挑战，只见他翻身上马，招招直取那高个骑士的头盔，在众人的惊呼声中一举将对方的头盔击落。然后，伴随一声欢呼，围观者才惊觉，偌大一副盔甲中，竟然是一位身形并不魁梧的英俊少年……"

"亲爱的，别说傻话了。"兰波望着她，正色答道，"毫无疑问，这种想法太过荒诞——喂喂，难道你当真认为佩蒂斯会顶着假面具、假肩膀闯进去？"

"你太保守了，"多萝西鼻头一皱，"依我看这个方向准没错。想要证据？没问题！米尔斯自己不是提到过，那人的后脑黑得发亮，整颗头颅感觉是用纸壳糊成的？你说这是怎么回事？"

"要我说，那是一场噩梦。你就不能来点实际的吗？"

"能！"多萝西显然刚冒出灵感，却偏要硬撑着装出深谋远虑的样子，"说到这场不可能犯罪，凶手为何不愿留下脚印？你们总爱寻求最复杂最惊人的理由，到头来只得归结于凶手故意戏弄警方。别胡说了，亲爱的！暂且脱离谋杀案的背景，一个人刻意避免留下脚印，我们最先想到的会是什么理由？哎，因为他的脚印与众不同，会直接暴露他的身份！因为他腿脚不灵便什么的，一旦留下脚印，无异于自投罗网……"

"那么——"

"明明是你告诉我伯纳比这家伙是个跛子的。"

天快亮的时候，兰波终于睡着了。在他脑海中，伯纳比的跛足竟比戴着那假面的人更为邪恶骇人。真荒唐，可这种荒谬感与三座坟墓之谜交织在一起，搅得他的梦境混沌不清。

直到星期日早晨九点左右菲尔博士来敲门时，兰波才挣扎着从被窝里爬出来。他匆匆洗漱穿衣，跌跌撞撞下楼，房子里一片寂静。菲尔博士（换了任何人也一样）在这个时间弄出这么大动静未免太不寻常，但兰波明白，夜里必定又有新的怪事发生。大厅里寒气袭人，就连原本炉火熊熊的宽敞书房也透出不真实的感觉，似乎主人为了赶火车，破晓时分就早早起床。俯瞰露台的飘窗上摆好了三份早餐。天色阴沉，雪花纷飞，穿戴齐整的菲尔博士正坐在桌旁，双手托着下巴，两眼紧盯着面前的报纸。

"'兄弟亨利'——"他喃喃自语，拍打着报纸，"唔，没错，他又出手了。哈德利刚刚来电话透露了不少细节，他很快就到。你先看看这个。如果说昨晚我们遇到的难题多么棘手——喔，上帝啊，看看这个！我就像德瑞曼——完全无法相信。葛里莫之死竟也被此案挤出了头版。幸好他们还没挖掘出两起案件的联系，不过也不排除是哈德利勒令他们不得多嘴。看吧！"

兰波倒了杯咖啡，一眼瞄见头版头条赫然写道："魔术师遭魔术夺命！"作者想必从这行字当中汲取了莫大的快感。"卡廖斯特罗街谜案""第二颗子弹赏给你！"

"卡廖斯特罗街？"兰波重复道，"老天，卡廖斯特罗街在哪里？我自诩听过不少有趣的街名，可这——"

"你没听说过也很正常，"菲尔博士低声道，"它属于那种隐于条条大道中的小街，除非你偶然抄近路才会与之不期而遇，随即惊讶地发觉在伦敦市中心居然隐藏了这么一片天地……言归正传，卡廖斯特罗街距离葛里莫家步行不到三分钟路程，是吉尔福德街后面的一条死路，位于拉塞尔广场另一侧。我印象中街上有不少从蓝姆康迪街蔓延过来的杂货店，剩下的都是公寓。'兄弟亨利'开枪行凶后离开葛里莫家，步行至这条街，逗留片刻，又奉献了一桩杰作。"

兰波继续读下去：

昨晚，一名男子陈尸于卡廖斯特罗街 WC1 号门前。经查证，死者名为皮埃尔·弗雷，一位法国魔术师暨幻术艺人。虽然他在东区商业大道一间音乐厅演出已达数月之久，但搬进卡廖斯特罗街的公寓仅仅两周。昨晚十点半左右，有人发现他中枪身亡；根据现场情况，这名魔术师竟似遭魔术夺命。现场未发现任何异状，并未留有足迹——可做证的目击者共有三人——但他们都清楚地听见有人说"第二颗子弹赏给你"。

卡廖斯特罗街长两百码，街尾是一堵空荡荡的砖墙。街头有几家商店，当时已经关门了，但还亮着几盏夜灯，店门前的人行道扫干净了。但是，从街口往里约二十码开始，人行道上和街上的积雪都完好无缺。

案发前后，来自伯明翰的杰西·肖特先生与R.G.布莱克文先生正欲前往租住在街尾的朋友处拜访。二人沿右侧人行道前行，背对街口。布莱克文先生转身查看门牌号码时，留意到身后不远处有一名男子徒步而行。此人步伐迟缓，十分紧张，左顾右盼，似是等候某人现身。他走在街道正中，但因光线暗淡，除依稀可知他个头颇高、头戴宽边软帽之外，肖特先生与布莱克文先生均未注意到其他情况。与此同时，沿蓝姆康迪街一路巡逻而来的亨利·维瑟警巡恰好抵达卡廖斯特罗街口，亲眼望见那人踣在雪地上，但并未多加留意就挪开了视线。紧接着事情就发生了，前后充其量三四秒钟。

肖特先生与布莱克文先生听得身后传来近乎尖叫的呼喊，接着清清楚楚听见有人说"第二颗子弹赏给你"，然后是一阵狂笑，旋即传来沉闷的枪声。他们慌忙转身，只见那人步履蹒跚，再次发出尖叫后扑倒在地。

在他们视野之内，整条街从头至尾空无一人。此外，死者原本走在路中央，除了他本人的脚印之外，雪地上再无其他足迹。从街口赶来的维瑟警官亦予以佐证。借着珠宝店窗户反射的微光，他们看见死者俯卧于地，双臂张开，鲜血从左肩胛骨下的弹孔喷涌而出。凶器是一支长管点三八柯尔特左轮手枪，属于三十年前的老式型号，躺在尸体后方十呎处。

尽管证人都听到了那句话，而且手枪与尸体有一定距离，但由于街上不见人影，他们便一致认定被害人系举枪自尽。他们发觉此人一息尚存，便连忙将其送到位于街尾的M.R.詹金斯医生诊所抢救，警官则留在现场，确认周围并无其他任何足迹。然而被害人不久便咽了气，没有留下遗言。

最令人震惊之处在尸检中浮现。死者大衣上的伤口有灼烧后的焦黑痕迹，说明开枪时枪口必然紧贴着死者的后背，或者最多距离几吋而已。詹金斯医生做出结论——后来亦得到警方支持——死者绝无自杀的可能。他强调，无人能从这种角度在背后朝自己开枪，更何况用的还是长管枪支。这是谋杀，但却是不可思议的谋杀。倘若开枪的距离较远，譬如窗口或门后，凶手消失且不留足迹便不足为奇。但杀害他的却是个贴身紧逼、打过招呼、随后又凭空消失的人。

死者的衣物中没有任何文件或是可供辨认身份的物品，似乎也无人认识他。耽搁一段时间后，尸体被移送至太平间——

"哈德利不是派人去抓他了吗？"兰波问道，"连那名警员也没认出死者？"

143

"他确认死者身份是后来的事了，"菲尔博士吼道，"那名警员赶到现场时，乱成一团的场面已告一段落。据哈德利说，警员遇上了正挨家挨户询问情况的维瑟，于是根据现场案情进行了推理。与此同时，哈德利派去音乐厅寻找弗雷的警员来电话回报，说弗雷已不在那里。弗雷曾冷冷地告诉剧院经理当晚他不准备演出，随即吐出一串莫名其妙的话，飘然离去……唔，为确认太平间里那具尸体的身份，他们找来了弗雷在卡廖斯特罗街的房东。而且为了进一步查证，又请音乐厅派人一同前往。于是有个起了意大利艺名的爱尔兰人自告奋勇，原本当晚他也有演出任务，但受了点轻伤，无法登场。嗯哼，没错，确实是弗雷，他这一死，我们的推论全都泡汤了。呸！"

"那么这件事是千真万确的？"兰波惊呼。

哈德利亲自回答了他的疑问。警长大人按门铃的气势俨然如奔赴战场般杀气腾腾，他大踏步走进门，拎着公文包的架势就像手持战斧，还没碰熏肉和煎蛋，就发起了牢骚。

"是真的，如假包换。"他冷冷答道，三步并作两步走到壁炉前，"我让报纸把消息放出去，如此一来我们便可呼吁任何认识皮埃尔·弗雷或他的——'兄弟亨利'的人向警方提供线索。老天！菲尔，我真是晕头转向！你随口编造的那个绰号真该死，牢牢钉在我脑子里，甩都甩不掉。每每我提起'兄弟亨利'时，简直都已将其视作他的真名，甚至还在脑中刻画他的长相。至少，我们很快就会知道他的真名，我已拍电报到布加勒斯特。'兄弟亨利'！'兄弟亨利'！原本我们已经摸到头绪，现在又前功尽弃了。兄——"

"老天在上，安静点！"菲尔博士不悦地呼哧喘气，"胡言乱语有什么用，局面已经够糟了。你昨晚忙了通宵吧？有进一步消息吗？嗯，有的话就坐下来填填肚子，然后才能——嗯哼——让理智重新占据大脑。嘿？"

哈德利说他一点胃口也没有，但最后他还是吃掉了双人份的早餐，灌下好几杯咖啡，又点燃一支雪茄，才恢复至舒心惬意的正常状态。

"好吧！"他下定决心，摆开架势，从公文包里掏出一沓报纸，"现在开始逐条核对这些报道的要点——还包括没有见诸报端的内容。哼！首先看看布莱克文和肖特这两个年轻人。他们为人可靠，而且可以肯定都不是'兄弟亨利'假扮的。我们拍电报到伯明翰进行查证，发现他们在各自的领域中都小有名气，事业有成、口碑甚佳，不至于在这种事上做证时出什么差错。维瑟警巡也值得信赖，其实他的吃苦耐劳简直算是坏习惯了。如果这些人声称没有看见任何人，当然不排除受到蒙蔽的可能性，但至少他们真实表述了自己的所见所闻。"

"蒙蔽——怎么个蒙蔽法？"

"我怎么知道？"哈德利咆哮道，深吸一口气，郁闷地摇摇头，"反正他们肯定受骗了。我虽然还没进入弗雷的房间，但已简单勘察过那条街的地形。虽然不如皮卡迪利广场那样灯火通明，但起码不至于幽暗到让人分不清眼前虚实的地步。阴影处——我不知道！至于足迹，既然维瑟发誓说没有发现，我就相信他。就这样。"

菲尔博士只是咕哝了一声，哈德利又说："然后是凶器。杀死弗雷的子弹来自点三八柯尔特手枪，与杀死葛里莫的是同一支。弹匣内有两颗弹壳，仅有的这两颗子弹都被——都被凶手完美利用了。你们也知道，新式左轮手枪可以自动退掉弹壳，但这支枪的款式太过陈旧，其来历几乎无从追溯。它的性能极佳，可以用来击发新型钢铁弹药，不知是在谁手中蛰伏了这么些年。"

"看来亨利一点也没忘记过去的事。那么，你查到弗雷的行踪了吗？"

"是的，当时他正要去找亨利。"

菲尔博士陡然瞪大双眼："呃？喂喂喂，你是说已经有了线索——"

"只有这一条线索而已，而且，"哈德利流露出狡黠的满足感，"两小时后如果还没见分晓，我就把这公文包生吞了。还记得我在电话里说弗雷昨晚拒绝演出之后就离开剧院了吗？不错，我手下便衣得知这条讯息的渠道有二：一是剧院经理艾萨克斯泰因；二是杂技演员欧洛克，他和弗雷相对熟悉一点，后来去认尸的也是他。

"莱姆豪斯区的星期六夜晚通常都热闹非凡。剧院从下午一点至深夜十一点接连推出一场又一场演出，晚间的生意尤为兴隆。昨晚弗雷的第一场表演安排在八点十五分。开演前五分钟，因摔断腕骨无法登台的欧洛克偷偷溜到地窖过一把烟瘾，那里有个煤炉用来烧水吸水烟。"

哈德利摊开一张写得密密麻麻的纸："这是由欧洛克口述、索莫斯笔录的证词，末尾有欧洛克的签名。"

我正经过石棉板门下楼时，听到像是有人在劈柴的声音。我吓了一跳，只见暖炉的门敞开着，"疯子"手握一柄斧头，把他自己的一些东西砍得稀烂，一股脑塞进炉子里。我说："天哪，'疯子'，你在干什么？"他的回答一如既往地古怪："我在摧毁吃饭的家伙，帕戈里亚奇大师。"（"帕戈里亚奇大师"是我的艺名，可他总爱那么称呼我，真没办法！）哎，他又说："我已大功告成，再也不需要它们了。"然后，妈呀！他又把柜子里的假绳索、空心竹棍通通拿了出来。我连忙劝说："'疯子'大神，冷静点，马上就该你上场了，现在你连衣服都还没换。"他答道："我没告诉你吗？我要去见我的亲兄弟，我们之间的恩恩怨怨也该做个了断了。"

唔，他走上楼梯，又猛然转身，脸色惨白得能吓死人。上帝保佑，炉子的火光照在他脸上，更显得

147

惊悚诡异。他说："他的事情办妥后，一旦我有个三长两短，你可以在我住的那条街上找到我兄弟。他其实不住在那里，只是临时租了一个房间。"此时老艾萨克斯泰因正好下来找他，听说"疯子"拒绝登台，简直不敢相信自己的耳朵。于是两人起了争执，艾萨克斯泰因咆哮道："你知不知道不上场会有什么后果？""疯子"笑嘻嘻地应道："是啊，我很清楚后果。"然后恭恭敬敬地脱帽致意，又说，"晚安，先生们，我要回坟墓去了。"话音刚落，这个狂人就默不作声上楼离去了。

哈德利把纸折好放回公文包里。

"不错，他是一名出色的艺人，"菲尔博士绞尽脑汁想点燃烟斗，"很遗憾，'兄弟亨利'不得不……后来呢？"

"哎，无论在卡廖斯特罗街搜捕亨利的行动结果如何，起码我们可以端掉他的临时栖身之处。"哈德利说，"我想不通的是，弗雷中弹时要去哪里？他的目的地是什么地方？不是他本人的住处。他的门牌号是2B，就在街头，而他却往反方向走去。中弹时他已经走过了半条街，位于右侧的十八号和左侧的二十一号之间——当然，他走在街道中央。这条线索值得一查，我已派索莫斯负责跟进。他的任务是探访街道后半段的每户居民，查找是否有新搬来的、形迹可疑的，或是任何值得注意的房客。难免要对付很多难缠的房东太太，但那并不重要。"

菲尔博士无精打采地把他那庞大的身躯尽可能塞进椅子里，搅弄着头发："不错，但我不想被街道的问题分散过多注意力。要我说，先放一放也无妨。你想想，弗雷中弹前会不会正在逃跑？想躲开什么人？"

"逃进一条死胡同？"

"错！告诉你，大错特错！"菲尔博士半支起身怒吼道，"不仅仅因为我看不到哪怕一线曙光（毋庸讳言），更因为此案的情节简单得令人发疯。这可不是密室里的戏法，一条街，一个人走在雪地里，惊叫，低语，砰！目击者转身时，凶手已经神奇消失？消失去了哪里？莫非手枪像飞刀一样从天而降，贴着弗雷的后背开火，然后又弹飞出去？"

"一派胡言！"

"我也知道这是一派胡言，但我还是要问。"菲尔博士点点头，取下眼镜，用双手按摩眼睛，"我说，这一新进展与拉塞尔广场那一家人有何关联？我的意思是，鉴于所有人在警方眼中都难脱嫌疑，难道不能先排除其中几位？就算他们在葛里莫家里撒了谎，也不至于跑到卡廖斯特罗街中央来摆弄柯尔特手枪吧。"

警长脸上浮起可怕的挖苦之色："这么好的主意我怎么早没想到！先排除一两位——如果卡廖斯特罗街一案晚一点发生就好了，甚至早一点发生也行。但事与愿违，弗雷中弹的时间是十点二十五分。也就是说，恰在葛里莫遇害的十五分钟后。'兄弟亨利'不愿冒险，他预见到了我们的下一步行动——派人紧急逮捕弗雷。只有'兄弟亨利'（或是其他什么人）猜到我们会双管齐下，所以他再次上演了消失诡计。"

"或是其他什么人？"菲尔博士重复道，"你的思考方式很有意思。'其他什么人'如何理解？"

"我正朝这个方向调查——倒霉的是，葛里莫遇袭后那十五分钟，凶手的行动没有任何障碍。凶手又给我上了一堂犯罪学课程，菲尔。如果你想犯下两桩精心设计的谋杀案，第一击得手后万不能坐等戏剧性的良机到来才再次行动。务必趁诸多当事人还一头雾水、围着第一桩谋杀兜圈子的时候迅速出手；混乱中，包括警方在内，谁也记不清某个时间点上什么人在什么地方了。对不对？"

"行了，行了，"菲尔博士只能用咆哮表示他也不可能记得清，"列出时间表应该不难。试试看。我们到达葛里莫家——是几点？"

哈德利在一张纸上做摘要："那时曼根正好跳窗出来，距离枪响最多两分钟。就算是十点十二分吧。我们冲上楼，发现房门紧锁，拿来钳子把门打开，暂且算是花了三分钟。"

"只用了这么点时间？"兰波提出异议，"感觉我们手忙脚乱了好一会儿。"

"有这种感觉很正常，"哈德利答道，"以前我也这样，直到解决了凯纳斯顿一案之后（还记得吧，菲尔？）才改变观念。当时那个狡猾至极的凶手利用证人往往容易多估时间的习惯制造了不在场证明。奥妙在于我们对时间的感知一般以分钟为单位，而不是秒。你自己试试，把手表放在桌上，闭上眼睛，估算过了一分钟之后再睁眼，极有可能发现自己少算了三十秒。不用争，就按三分钟算！"他脸色阴沉，"曼根去打电话，救护车很快就赶来了。你留意疗养院的地址了没，菲尔？"

"没有。这些细枝末节就交给你吧，"菲尔倨傲地答道，"我记得有人说过就在附近。哼。哈。"

"在吉尔福德街，毗邻儿童医院。"哈德利说，"实际上它背后紧邻卡廖斯特罗街，所以疗养院的后院应该……唔，暂定救护车赶到拉塞尔广场用了五分钟，也就是十点二十分。接下来的五分钟，也就是第二起谋杀发生前的五分钟——此后的五分钟、十分钟甚或十五分钟都非常关键——涉案诸人的行踪如何？萝赛特·葛里莫独自在救护车里陪伴父亲，过了一段时间才回家。曼根独自下楼帮我打电话，萝赛特回来后才和她一起上楼。我并未认真考量这两人作案的可能性，纯粹为周全起见才将他们列入。德瑞曼？这段时间里没人见过德瑞曼，而且又过了好一阵他才现身。至于米尔斯和杜蒙太太……嗯，好吧，恐怕他们二人可以排除在外了。从一开始米尔斯就在和我们谈话，至少谈到十点三十分；杜蒙太太没多久也加入讨论，两人都和我们共处了好一会儿。我无计可施了。"

菲尔博士咯咯发笑。

"说实在的，"他沉吟道，"我们本来就很清楚当时的行动过程。经你这么一梳理，所澄清的无非是我们本就不怎么怀疑的几个人罢了。他们说的到底是不是实话，得等我们理出点头绪以后才好判断。哈德利，这起案件的复杂程度，连我也不得不甘拜下风。对了，昨晚你搜查德瑞曼的房间有什么收获？那些血迹是怎么回事？"

"噢，是人的血迹，错不了。不过德瑞曼的房间里没有任何有价值的线索。几个厚纸板做的面具都是那种吹胡子瞪眼的精致玩意，只能哄小孩玩。总之，没有那种——没有那种粉红色的东西。还有不少给孩子们过家家演戏的道具，焰火啦，纸风车啦，诸如此类。还有个玩具剧场……"

"不值几个钱、花花绿绿的小玩意，"这番话勾起了菲尔博士的往日情怀，"童年的欢乐时光一去不复返啦。哇！伟大的玩具剧场！哈德利，在我天真无邪的孩提年代，开始追逐舞台上的光荣与梦想之时（结果却和父母爆发了严重的争执），我就拥有一座玩具剧场，可以变换十六种布景。可喜的是，其中有一半是模拟监狱的场景。为什么我那稚嫩的想象力会对监狱场景如此钟情呢？为什么？"

"你发什么神经？"哈德利瞠目结舌地质问，"突然变得多愁善感？"

"因为我突然来了灵感，"菲尔博士温和地答道，"噢，天助我也，多么精彩的灵感！"他频频对哈德利眨眼，"德瑞曼怎么样了？你是不是要去逮捕他？"

"不。首先，我看不出他的作案手法，也就无法申请逮捕令。其次——"

"你不相信他有罪？"

"嗯，"哈德利嘟哝着，与生俱来的谨慎令他对所有人都有所怀疑，"这话可不是我说的，但我觉得他的嫌疑比其他人都低一些。反正我们总要找个突破口！先从卡廖斯特罗街入手，然后约谈几个人，最后——"

门铃响了，一名睡意未消的女仆手忙脚乱地去应门。

"先生，楼下有位先生来访，"女仆维达探头进来，"他说想见见你或是警长。他自称是安东尼·佩蒂斯先生。"

第十二章 油画

菲尔博士低声窃笑，像火山之神倾倒火山灰那样信手抖掉烟斗中的灰烬，热情洋溢地起身相迎，令安东尼·佩蒂斯先生大大宽心。佩蒂斯先生向三人微微欠身致意。

"真不好意思，各位先生，一大早就贸然打扰，"他说，"然而，如果不一吐为快，我是无法心安的。我了解到昨晚你们——嗯——一直在找我，而且不瞒各位，整夜我都坐立不安。"他微笑道，"我犯过一次法，忘了给养狗许可证续期，导致我浑身上下充满了负罪感。每次我牵着那条可恶的小狗出门时，都觉得自己暴露在全伦敦所有警察凶狠的目光中，天天提心吊胆。所以，关于此案，我认为主动配合调查更为妥当。苏格兰场的人给了我这个地址。"

话音未落，菲尔博士早已殷勤地帮客人脱下大衣，拉到椅子里坐好。佩蒂斯先生受宠若惊，顿时喜笑颜开。他身材矮小，穿戴整洁，举止略显拘谨，有个光溜溜的秃头，嗓门却惊人地洪亮；双眼微凸，眉间的皱纹透出专注与精明。他的嘴形有些滑稽，方方正正的下颌中央有一道浅沟；精瘦的脸上表情丰富，虽然十分克制，却掩饰不住紧张情绪。每当他开口说话时，总习惯倾身向前，紧握双手，眉头深锁，目视地面。

"葛里莫太惨了，"他欲言又止，"如有用得着我的地方，请尽管吩咐。这话虽然俗，但对于这件案子可不是客套。"他又笑道，"呃——我该不会被拉去逼供什么的吧？除了写小说，我还是头一次和警察打交道。"

"言重了，"菲尔博士逐一介绍在场人士。"早就想和你见一面，毕竟我们的创作路线有共通之处。喝点什么？威士忌，白兰地掺苏打水？"

"现在喝这些早了点吧，"佩蒂斯犹疑着，"不过客随主便——多谢！博士，你那部研究英国小说中超自然现象的著作，我可是烂熟于心；你的大作之畅销更是我无法企及的。这很正常，"他皱皱眉头，"可想而知。不过，我对你（或是詹姆斯博士）每每把鬼魂的形象刻画得那么邪恶，却有些不能认同……"

"鬼魂当然是邪恶的，而且越邪恶越好。"菲尔博士声若洪钟，故意挤出鬼脸、面露凶光，"在我笔下，不需枕边的浅吟低唱，不需要伊甸园的甜言蜜语。我要的是鲜血淋漓！"他盯着佩蒂斯，令这位客人坐立不安，仿佛菲尔博士索取的正是他的鲜血。"哼哼，哈哈。送你几条铁律，先生。鬼魂必须邪恶，绝不可开口说话；绝不能是透明的，而应是看得见摸得着的实体。所占篇幅不宜过长，但每次惊鸿一瞥的出场都要做足效果，例如拐角处突然探出的一张脸。它们不能在光天化日下现身，唯有积淀了经年累月的历史尘埃、散发着修道院或拉丁文手抄本气息的学术性、宗教性场所才是宜居之地。今时今日有一股不良风气，人们对古老的图书馆和古代遗迹嗤之以鼻，转而鼓吹真正恐怖的幽灵应当现身于糖果店或卖柠檬水的小摊之类去处。他们还美其名曰'当代试验流'。好得很，好一个现实生活的试验。现实生活中的人也只有在尘封的废墟和墓园中才会吓得魂飞天外，这是不争的事实。除非真有活生生的人在卖柠檬水的小摊前（当然，重点不在饮料本身）目睹了什么东西就惊声尖叫甚至昏迷不醒，否则这种谬论也就与一堆垃圾无异了。"

"也许有人会说，"佩蒂斯扬起一边眉毛，"遗址废墟什么的才是垃圾。难道你认为当代作者写不出精彩的鬼故事？"

"当然写得出来，而且还会涌现更多杰出的作者——只要他们有心。问题是，他们对所谓通俗戏剧心存忌惮。所以，如果无法抹去通俗戏剧的特质，他们就竭力运用幽深隐晦、颠三倒四的手法来遮遮掩掩，结果是普天之下无人看得懂他们想表达什么。他们不肯直接点明人物的所见所闻，而是拼命营造所谓的'印象'。打个比方，舞会上管家通报到场的客人时，一把推开客厅大门，高呼道：

'高礼帽闪闪发亮，令人眼花缭乱，抑或是我错看了雨伞架所反射的微光？'他的主人想必会大为不满，因为他只关心客人究竟是谁。如果用解代数题的方式来剖析故事，那恐怖也就称不上恐怖了。试想，有人星期六晚上听了一个笑话，星期日早上在教堂做礼拜时才哈哈大笑，岂不可悲？但更可悲的是有人星期六晚上读了一个惊悚鬼故事，两周之后才突然打了个响指，意识到自己当时就该吓得汗毛倒竖。先生，依我说——"

两人你来我往，浑然不觉警长大人在一旁早已怒火中烧，一次次清喉咙以示抗议。终于，哈德利一拳捶在桌面上，才稳住了局面。

"适可而止吧，两位？"他呵斥道，"现在我们对演讲没有兴趣。既然佩蒂斯先生想谈谈案件，那么——"眼见菲尔博士鼓起腮帮子、似笑非笑，他又不动声色地说，"其实，我们想了解星期六晚上，也就是昨晚的情况。"

"关于鬼魂？"佩蒂斯怪声怪气地问道。菲尔博士一番高谈阔论已彻底让他放松了神经。"昨晚找上可怜的葛里莫的那个鬼魂？"

"正是……首先，例行公事，必须请你说明昨晚的行踪。尤其是——九点三十分至十点三十分这段时间。"

佩蒂斯放下杯子，又显得不知所措："哈德利先生，你的意思是——到头来，我的嫌疑还没解除？"

"那个鬼魂自称是你，难道你还不知道？"

"自称——上帝啊，不！"佩蒂斯惊呼一声，触电般跳起来，活像从盒子里弹出的秃头小丑，"他自称是我？我是说——呃——他自称是——语法怎么这么乱哪！你究竟在说什么？什么意思啊？"当哈德利开始解说前情时，他才肯安安静静坐下，但仍然没完没了地拉拉袖口、扯扯领带，屡次意欲插话。

"所以，如果你能提供昨晚的具体行踪，将对破案大有帮助——"哈德利拿出笔记簿。

"昨晚可没人说过这件事。葛里莫遇袭后我去了他家，但也没人知会我一声，"佩蒂斯郁闷地说，"昨晚我去了剧院，国王剧院。"

"那你应该有证据可以证明吧？"

佩蒂斯眉头紧锁："不清楚，但愿有。我可以描述一下剧情，虽然情节水准令人不敢恭维。噢，对了，我还留着票根和节目单。不过你们要问的应该是我可曾巧遇什么熟人，呃？不，恐怕没有——除非有谁记得我。我是一个人去的。是这样，我朋友不多，而且大家的生活起居都很有规律。大多数时候不问也知道葛里莫在什么地方，尤其是星期六晚上。而且我们都不会打乱这些习惯。"他眼中微露讥讽之意，"这种超凡脱俗的生活方式非但不乏味，反而令人仰慕呢。"

"凶手想必对此颇感兴趣，"哈德利说，"具体是哪些习惯？"

"葛里莫是个工作狂——哎，我还没适应他已不在人世的事实——总要工作到夜里十一点。之后就可以随心所欲地打扰他，他是只夜猫子——但十一点以前说什么也不行。伯纳比一般都在他的俱乐部玩纸牌。曼根某种程度上是葛里莫小姐的跟班，几乎每晚都和她形影不离。至于我，除了上剧院，就是看电影，但也不太固定。我在这群人之中算是特立独行的。"

"了解。昨晚从剧院出来之后呢？几点离开剧院？"

"接近十一点，或者十一点过几分。我毫无倦意，所以想顺路去葛里莫家里和他小酌两杯。然后——哎，后来的事不说你们也知道。听了米尔斯介绍的情况，我就想见你一面，或是随便哪位负责侦办此案的长官都行。我在楼下等了好久，却无人理会，"他颇有些愤愤不平，"所以我直接去疗养院探望葛里莫，前脚刚进门，他就断气了。那么，哈德利先生，我明白此案的严重性，但我可以发誓——"

"找我有什么急事？"

"弗雷威胁葛里莫那天我也在场，所以我想也许能帮点忙。当然，本来我认定杀害他的人就是弗雷，但今天一早报纸上又说——"

"等等！那件事暂时不用管。冒充你的那家伙，模仿起你的说话方式还挺惟妙惟肖，对不对？很好！那么，在你们这群人里（或者你所能想到的任何人当中），谁有能力做到这一点？"

"倒不如说是谁想做到这一点。"佩蒂斯厉声答道。

他坐回椅中，小心翼翼保护着笔直的裤线，紧张情绪已烟消云散，好奇心反而占据上风；这难解的问题吊起了他的胃口。只见他双掌相抵，怔怔地望着落地窗之外的远方。

"请别误会，我没有回避问题，哈德利先生，"他突然轻咳一声，"老实说，我想不到任何人。但这个谜团给我带来的困扰，与个人安危关系不大。倘若你觉得我的观点过于晦涩、废话连篇，我可以直接和菲尔博士讨论。方便起见，姑且先假设我就是凶手。"

哈德利顿时挺直身子，佩蒂斯则啼笑皆非地看着他。

"慌什么！我绝非凶手，这只是假设而已。假设我穿戴一身怪里怪气的装束去取葛里莫的性命（说句题外话，我宁可杀人，也不愿打扮成那副模样）。哼！我陶醉在这一系列愚蠢之举中不能自拔。请问，接下来我会公然向那两位年轻人自报家门吗？"

他边歇口气边敲着指头。

"这第一种观点，可谓鼠目寸光。然而才智过人的侦探也许会说：'会，聪明的凶手有可能来这一招，想要骗过那些急急忙忙得出第一种结论的人，这一招效果奇佳。他稍稍改变了声音，刚好足以令证人在事后回忆起来。他之所以模仿佩蒂斯的语气，目的恰恰是让别人认为他不是佩蒂斯。'你是不是想到这一层了呢？"

"噢，不错，"菲尔博士笑道，"这是我的第一反应。"

佩蒂斯点点头："那答案就很明显了，无论如何都能证明我的清白。如果我选择这种动手方式，绝不会仅仅微调自己的声音而已。倘若听者一开始便认准了我的声音，事后就未必能如我所愿产生应有的怀疑了。话说回来，"他着重强调，"我应当采取的手段，是在言语中故意留下破绽，说些反常、奇特、显然有违我个人风格的话，才能保证他们事后回想起来。这名来客的做法则不然，他的模仿过于彻底，反而有为我开脱之嫌。无论你倾向于更直接还是更曲折的解释，我都有办法自证无罪——理由是我没那么傻，或者我傻得要命。正说反说都说得通。"

哈德利朗声大笑，目光饶有兴致地从佩蒂斯移向菲尔博士，满面愁容一扫而空。

"真是棋逢对手，"他说，"我就喜欢这种论战。不过，佩蒂斯先生，以我的实际经验来看，凶手但凡想玩这类把戏，到头来都只会弄巧成拙。警方根本不在乎他到底傻不傻，二话不说就会采纳更直接的解释，将他送上绞架。"

"所以如果你掌握了重要证据，我就死定了？"佩蒂斯说。

"一点没错。"

"哎，呃，还真坦率啊，"佩蒂斯一惊，顿时惶恐不已，"呃，我可以接着说吗？被你吓晕了。"

"请继续说，"警长和蔼地安抚道，"从聪明人身上也能得到不少灵感。你还有什么想法？"

无论他是不是故意讽刺，都收到了出乎意料的效果。佩蒂斯微笑着，神情专注，脸庞似乎又瘦了一圈。

"说得对，"他答道，"甚至还能提醒你们本该想到的问题。举个例子，你——或是其他人——引述了今早各家报纸争相报道葛里莫谋杀案的部分内容，描述凶手煞费苦心上演踏雪无痕的消失诡计——具体是什么诡计无所谓——的过程。他可能算准了昨晚必定会下雪，便策划了完美的计划，耐心等到雪停才着手实施。不管怎样，他都有理由相信昨晚多少总会下点雪，对不对？"

"嗯，我说过类似的话。有什么不妥吗？"

"那你应该还记得，"佩蒂斯平静地说，"天气预报会打消他的念头。昨天的天气预报宣称根本不会下雪。"

"噢，神明在上！"菲尔博士声如雷鸣，呆望着佩蒂斯，随后一拳砸在桌面上，"干得漂亮！我从未想到这一点。哈德利，一切都得推倒重来了！这——"

佩蒂斯放松了许多，掏出烟盒并打开："当然，其中还有一处障碍。我是指，你显然可以反驳：凶手明知必下雪无疑，因为天气预报声称不会下雪。倘若如此，你差不多可以去演滑稽剧了。我没那么深谋远虑。事实上，我认为天气预报和电话服务一样，蒙受了过多不应有的冷嘲热讽。我举的这个例子中，天气预报确实出了洋相——但无碍大局。你不信？自己翻翻昨晚的报纸。"

哈德利咒骂了两声，旋又笑道：

"抱歉，我并非刻意和你过不去，但幸好有了这个收获。你说得对，案情至此出现了大转折。活见鬼，如果凶手的计划取决于降雪与否，必然要将天气预报列为重要参考才对。"他敲着桌面，"算了，你先说你的。我现在急需听取建议。"

"恐怕我没有其他想法了。伯纳比在犯罪学方面的造诣远胜于我。我无非偶然关注了天气预报，好决定该不该穿套鞋而已。"佩蒂斯不无自嘲地看着身上的衣服，"习惯使然……至于模仿我声音的那家伙，为什么要把我牵扯进来？我保证，我只不过是个与世无争的老怪物，哪能胜任那种苦大仇深的复仇者？唯一能想到的理由是，这群人中只有我星期六晚上没有固定安排，可能无法提供不在场证明。至于谁能模仿到这个程度——随便找个擅长模仿的演员都不成问题。关键是，谁会知道我平时怎么称呼这些人？"

"莫非此人就在沃维克酒吧聚会的小圈子之中？除了已知的几位，还有其他人吗？"

"噢，还有两位不定期参加的成员，但依我之见，两人都不符合条件。老莫宁顿就职于博物馆五十余年，声音很嘶哑，要模仿我难于登天。另一位是斯维尔，昨晚他应该是在广播里做'蚂蚁的一生'之类的讲座，不在场证明很牢靠……"

"讲座的时间是？"

"没记错的话，九点四十五分左右，但也不敢百分之百确定。而且，他们俩都没去过葛里莫家——酒吧里其他偶然出现过的家伙？唔，虽然没有其他人加入讨论，但不排除一旁有其他听众，也可能坐在后面没引起注意。这条线索固然过于薄弱，但估计在现阶段已是最有价值的了。"佩蒂斯抽出一支烟，啪的一声盖上烟盒。"好了，最好下个结论，究竟凶手是不知名的神秘人物，还是就在我们之中，呢？葛里莫的密友只有伯纳比和我，但我没干这事，而伯纳比当时在玩牌。"

哈德利注视着他："案发时伯纳比先生是不是真的在玩牌？"

"不知道，"佩蒂斯坦承，"不过我敢打赌，他肯定照玩不误。伯纳比也不傻，星期六晚上他如果没出现在牌友面前，不可能不引起注意；除非他大脑短路，否则怎可能特意选在这种时候跑去杀人？"

佩蒂斯这番话对警长的杀伤力盖过此前他的一切证词。哈德利猛捶桌面，脸色阴郁。菲尔博士则自顾自沉浸在不为外人所知的纷繁思绪中。佩蒂斯好奇地来回扫视着他们俩。

"不知我是否对二位的思路有所启发，先生们——"

他话音未落，哈德利便抖擞精神道：

"不错，不错！非常有意思！现在来谈谈伯纳比：你知不知道葛里莫教授带回家防身用的那幅画是他画的？"

"防身？怎么防？防什么？"

"不清楚。我还指望你有办法解释一下呢。"哈德利审视着佩蒂斯，"葛里莫一家人讲话似乎都没头没脑。说起来，你对他的家庭情况了解多少？"

佩蒂斯显然不明所以。"唔，萝赛特是个很迷人的姑娘。呃——但恕我直言，她总喜欢发表一些奇谈怪论。怎么说呢，以我的审美观，她有些过于新潮。"他皱皱眉头，"我对葛里莫的妻子一无所知，她去世有些年头了。但我不太明白——"

"不要紧。德瑞曼这人如何？"

佩蒂斯笑道："哈伯特·德瑞曼是我生平所见最不擅长耍滑头的人。但也有人认为他看着太老实，说不定城府极深、老奸巨猾呢。抱歉，难道他也在嫌疑人名单里？倘若如此，就当我没说。"

"那就再回到伯纳比身上。他画这幅画是出于什么契机，大概什么时间提笔完工，这些相关情况你了解吗？"

"我想是一两年前画的。之所以有特别印象，是因为这是他画室里最大的一幅油画，他需要时会把它竖起来充当屏风或隔断。有一次我问他，这幅画表现了什么意境，他答道：'一种从未目睹、仅存于想象中的概念。'它还有个法语名字叫作'在盐矿山的阴影中'什么的。"他不再弹叩烟盒上那支尚未点燃的香烟，好奇而不知疲倦的脑筋又开始转动，"啊哈！现在我想起来了，伯纳比说过：'你不喜欢？葛里莫看见的时候简直吓得失魂落魄。'"

"为什么？"

"我没在意，想当然地认为伯纳比是在开玩笑或者吹牛皮而已。他边说边笑个不停，伯纳比就是这种性格。不过那幅画在画室里闲置多时，积了厚厚一层灰，所以星期五早上葛里莫冲进来嚷嚷着要买的时候，我很惊讶。"

哈德利骤然倾身向前："你也在场？"

"在画室？对，我一大早就去了，因为……原因我忘了。葛里莫急急忙忙冲进来——"

"心烦意乱地？"

"没错。不，不对，应该说相当兴奋，"佩蒂斯一边回想一边偷偷留意哈德利的表情，"葛里莫连珠炮似的说：'伯纳比，那幅盐矿山的油画呢？我要了。你开个价？'伯纳比莫名其妙地看着他，然后一瘸一拐走过去指着油画答道：'想要的话就归你，老兄，拿去吧。'葛里莫说：'不行，这画我有用，一定得花钱买。'于是，伯纳比随口开了个十先令的象征性价码，葛里莫却煞有介事地拿出支票簿开了张十先令的支票给他。之后葛里莫没多说什么，只解释说他已经在书房的墙壁上腾出一块挂画的地方。就这样。他把画搬下楼，我还帮他叫了一辆出租车……"

"画是不是包起来的？"菲尔博士突然发问，吓了佩蒂斯一跳。

菲尔博士此时对佩蒂斯的关注猛然提高了一个数量级，即便算不上全神贯注，至少也是兴致勃勃。他双手紧握手杖头部，上半身大幅前倾，佩蒂斯则以异样的目光打量着他。

"这有什么好问的？"他答道，"我正要说到这里——葛里莫真是小题大做，非得把画包起来不可。他问伯纳比要纸，伯纳比说：'你想想，我到哪里去找这么大一张纸啊？太不像话了吧？直接拿走得了。'可是葛里莫顽固得很，跑到楼下商店里买来好几码棕色的包装纸，伯纳比好像气坏了。"

"葛里莫是不是拿着画直接回家去了？你知不知道？"

"不太清楚——估计他可能拿去找人装裱画框，我没把握。"

菲尔博士长叹一声，不再发问，对佩蒂斯的示意也无动于衷。虽然哈德利接着又盘问了一阵，但在兰波看来，迄今为止并未获得重要信息。谈及私人关系时，佩蒂斯出言谨慎，但他同时也自称绝无隐瞒。葛里莫的家庭关系中没有什么冲突；除了曼根和伯纳比彼此看不顺眼之外，好友间也都相处融洽。伯纳比虽然年过三十，却对萝赛特·葛里莫青睐有加，他自己急于展开攻势，偏又十分忌妒与萝赛特关系亲密的曼根。葛里莫教授从未过问此事，大致想来，他对伯纳比追求萝赛特应该是抱持鼓励的态度；

不过在佩蒂斯看来，葛里莫也不反对曼根与萝赛特交往。

"先生们，想必你们会发现，"大本钟敲响十点时，佩蒂斯起身告辞，"我们始终在细枝末节上兜圈子。要把冷血谋杀和我们这群人联系到一起，可谓难于登天。至于财务方面的问题，我也爱莫能助。葛里莫可以说非常富有，我碰巧知道，他的律师是格雷律师学院的坦纳特和威廉姆斯……对了，如此百无聊赖的星期日，不知有没有这个荣幸邀请各位共进午餐？我就住在拉塞尔广场另一边，在帝国大厦有一套房，住了十五年。反正你们也在那附近查案，方便得很。再说，如果菲尔博士有兴趣交流一下鬼故事——"

佩蒂斯满脸堆笑，菲尔博士则抢在哈德利拒绝之前满口应承下来。佩蒂斯离开时，表情比刚进门那会儿欢快得多。屋内众人面面相觑。

"嗯？"哈德利吼道，"我看案情已经很明朗了。当然，我们还要再查一查。重点在于——最该关注的重点在于：既然昨晚一旦缺席就难保不引人注意，为什么他们之中还有人非得选择这一时机动手？伯纳比这家伙得引起重视，但他看样子嫌疑也不大，除非是因为……"

"天气预报说不会下雪，"菲尔博士固执己见，"哈德利，这把一切都打乱了！整个案子彻底逆转了，可我还是想不通——卡廖斯特罗街！赶紧去卡廖斯特罗街。与其留在黑暗之中，不如随便去什么地方走走。"

他气势汹汹地抄起斗篷和宽边帽，摇摇晃晃走了出去。

第十三章 神秘的公寓

正值隆冬时节，星期日清晨的伦敦笼罩在灰茫茫的阴霾中，几英里之内的大街小巷一片萧条，鬼气森然。而哈德利的轿车行将驶入的卡廖斯特罗街，也宛如一片长眠不醒的疆域。

菲尔博士所言不虚，卡廖斯特罗街沿途皆是脏兮兮的小商店与出租公寓，这条街位于蓝姆康迪街附近，位置偏僻。既长且窄的蓝姆康迪街本身就是周围街区的购物中心，往北延伸至房屋简陋且静谧的吉尔福德街，往南通向交通干道席欧波德路。吉尔福德街的路尾西侧，便是卡廖斯特罗街的入口，文具店和肉铺分居两旁。这条街从入口望去很像一条小巷，倘若不留意路标，极有可能与之擦肩而过。但只要一走过这两间店面，视野便豁然开朗，宽敞得出人意料的街道长达两百码，直抵路尽头那堵空荡荡的砖墙。

每当徘徊于伦敦街头时，街巷间影影绰绰的阴森怪诞感，抑或整排楼房亦真亦幻、虚实莫辨的诡谲气息，总在兰波心头挥之不去。这就好比你踏出自家大门时心中暗暗思量，整条街会不会在一夜之间神秘地改头换面？门口冲着你微笑的，会不会是一张素昧平生的面孔？他与哈德利、菲尔博士并肩站在街口，直视前方，只见拥挤局促的商店仅仅占据两侧各一小段距离，全都拉下百叶窗，或在窗户外装上一层封闭的雕花铁框，俨然一座座战事堡垒，拒顾客于千里之外。就连那些镀金的招牌也流露出不屑一顾的气息。一扇扇橱窗尽皆整洁醒目，从右侧远处那家亮闪闪的珠宝店，到最近处那家幽暗阴郁的烟草店，莫不如是。这家烟草店售卖的货色枯萎干瘪，似乎比陈年烟叶还逊色三分；店面蜗居一隅，半掩于海报栏后；而海报栏上张贴的已不知是何年何月的新闻。两侧的商店往后，便是两排深红色的三层砖房，窗框有白有黄，一楼的其中几扇窗户拉着窗帘，还依稀可见有趣的花边。这几座公寓楼清一色被煤烟熏得灰头土脸；若不是每座门前都有从地下室延伸至前门的栏杆，望去几乎不分彼此、连成一体，门口各自张贴着"有房出租，配备家具"的广告。房顶上耸立着的乌黑烟囱直指铅灰色的天空，积雪早已化为一摊摊灰黑的烂泥，冷风毫不留情地从街口长驱直入，裹起一张被人遗弃的报纸，绕着路灯飒飒扑腾。

"振作点！"菲尔博士边抱怨边晃晃悠悠朝前走，沉重的脚步激起阵阵回音，"趁我们还没引起注意，赶紧行动。弗雷遇袭时处在什么位置？指给我看看。且慢！他住在哪里？"

哈德利指了指不远处的烟草店。

"就在街口，那间店楼上，我说过。我们一会儿上楼看看情况——虽然索莫斯来检查过，但他一无所获。那么，大致估算一下街道的中心位置……"他走在前头，以一步一码的长度测量着距离，"街道和两侧的人行道差不多只清扫到这里为止，差不多一百五十呎。接下来是毫发无损的雪地。往前延伸一大段，又是一百五十呎左右——在这里。"

他停住脚步，缓缓转过身来。

"整条街一半长度之处，街道正中央。这条路的宽度有目共睹，两侧任何一座房子距离他的步行路线都至少有三十呎。如果他走在人行道上，我们兴许还能异想天开地揣测有人从窗口或是地下室天窗探出身子，把枪固定在一根长棍之类的东西前端，然后——"

"荒唐！"

"好吧，确实荒唐，但还有其他可能性吗？"哈德利使劲挥舞公文包，恶狠狠质问道，"你自己也说了，整条街就这么长，一目了然，一清二楚，不可能要什么花招！我知道没有那种鬼把戏，但究竟出了什么事？几位目击者也没看见任何情况；而且如果真有什么情况，他们一定看在眼里。喂！站着别动，保持现在的方向。"他又往前走了几步，然后回头计算着距离，随即走到后侧人行道上，

"这里是布莱克文和肖特听到尖叫声时所处的位置。你沿街道正中前进，我走在你前头，我匆匆转身——像这样。现在我离你有多远？"

走在最后的兰波望着菲尔博士那硕大的身躯孤零零立于呈矩形的空旷街道中央。

"这个距离很近，"博士把宽边帽往后推了推，"那两人在弗雷前方不足三十呎！哈德利，此案的古怪程度远远超乎我的预料。他处在茫茫雪地正中央，可两位证人听见枪声、立即回头时——嗯——嗯……"

"完全正确。然后考虑一下灯光的因素。你扮演弗雷，在你右前方不远处，十八号的大门往前一点，有一盏路灯。右后方不远处是珠宝店的橱窗，看见了吗？很好。橱窗里有盏灯亮着，亮度不高，但聊胜于无。现在请你解释一下，当时两位证人就站在我现在所处的位置，他们有可能看走了眼，没发现别人接近弗雷吗？"

他抬高了嗓门，街上也荡起挖苦般的回音。那张废报纸又被寒风激起的旋涡揽入怀中，一惊之下慌忙挣扎逃窜；狂风呼啸着灌入烟囱，宛如穿越隧道时的凄厉呼号。菲尔博士的黑色披风随风飘扬，眼镜上的黑缎带也在风中狂舞。

"珠宝店——"他重复道，瞪大了眼，"珠宝店！橱窗里亮着灯……当时店里有人吗？"

"没有。维瑟早就考虑到这一点，前去查证过了。那盏灯是用于展示的。商店的门窗都在铁框保护之下，和现在一样。无人能够进出。更何况那个位置距离弗雷未免太远了点。"

菲尔博士伸长脖子，探进戒备森严的窗口，像只猫头鹰似的左顾右盼。橱窗内陈列着几个盛放廉价戒指与手表的天鹅绒托盘，一排烛台，中央还有一座带硕大弧形顶盖的德国座钟，指针形似两只眼睛，即将敲响十一点。菲尔博士瞪着那双"移动的眼睛"；它们亲眼见证了一桩谋杀，却依然喜笑颜开地观望着杀人现场，无疑令人心生不快。卡廖斯特罗街也因此平添一层恐怖气息。菲尔博士又晃晃悠悠地回到街道正中。

"可是，"他那不容分说的口气，似乎还沉浸在论战之中，"橱窗位于街道右侧，而弗雷却被人从左后方射杀。如果我们假设，显然我们只能这么假设，凶手是从左侧接近他的——或者退一步说，那支手枪也该是从左侧飞来的——我也不知道！即便凶手有踏雪无痕的本事，我们好歹也得判定他从何而来吧？"

"从这里。"一个声音答道。

这句话恍若出自虚空，伴随一阵寒风骤然在他们耳畔盘旋。一瞬间，兰波的心脏仿佛停跳了半拍，惊骇的程度比起切特汉姆监狱一案[1]时有过之而无不及。恍惚之中，

---

①见卡尔的另一部作品《女巫角》。

他似乎望见什么东西从眼前飞过，耳畔也传来昨夜那个隐身凶手传入两名证人耳中的低语。顷刻间不知什么东西扼住了他的咽喉——然后随着他一转身，噩梦顿时烟消云散，答案就在眼前。一个身材矮胖、面色红润、帽檐压住前额（这赋予他一丝邪恶的气息）的年轻人正从十八号公寓敞开的大门口走下来。年轻人向哈德利敬了个礼，露齿一笑。

"这就是他的现身之处，长官。我是索莫斯，长官，还记得吗，你让我查一查那个死掉的法国人遇害时正要去什么地方，还要查访哪位房东太太家里招待了我们要找的那种奇怪房客……唔，奇怪的房客这个问题很容易，我已经查到了。他来自这里。刚才打断了各位，不好意思。"

为了遮掩刚才那一惊带来的尴尬，哈德利连忙大声表扬他，同时将视线移向门口，只见另有一人站在那里，迟疑不定。索莫斯顺着他的目光望去。

"噢，不不，长官，不是他。"他又笑道，"那是欧洛克先生，也在音乐厅演出，昨晚他来辨认那个法国人的尸体。早上我又请他来协助调查。"

那人从暗处走出，下了楼梯。虽然他身穿厚重的大衣，望去却仍显得瘦削而矫健，步履轻快平稳，以脚尖着地，显见是位高空秋千或走钢丝的好手。他态度友善，平和亲切，说话时微微后仰，似乎需要腾出空间来打手势。就外形而言，他那黧黑的肤色颇似意大利人，鹰钩鼻下两撇抹了蜡的卷曲八字胡更给人加深了这种印象。他嘴角叼着一根弯弯的大烟斗，正怡然自得地吞云吐雾；鱼尾纹衬托下的蓝色双眼流露着诙谐的光芒；自我介绍时，他将那顶精致的淡黄褐色帽子往后推了推。这位仁兄本来是爱尔兰人，起了个意大利艺名，谈吐又像美国人，而他自己又解释：其实他是加拿大人。

"敝姓欧洛克不假，"他说，"约翰·L.苏利文·欧洛克。有人知道我的中名是什么吗？嗯，就是那个——"他挺直胸膛，右手在空中迅猛一挥，"普天之下最伟大的名字？我不知道，我老爹给我起名时也不知道。只有L这个字母。各位莫怪我多嘴，是这样，我和'疯子'很熟——"他突然住嘴，微微一笑，拨弄着唇边的胡髭，"原来如此，先生们！你们都盯着我这两撇胡子呀，看来人人都不例外。这全是拜那首倒霉透顶的歌所赐。哎，经理觉得我打扮成歌词里那个家伙的模样很不错。喔，真的！瞧瞧——"他扯了扯八字胡，"如假包换，看见没？我刚才说到哪儿来着？可别怪我多嘴。'疯子'死得真冤……"他的表情凝重起来。

"不要紧，"哈德利说，"多谢你肯帮忙。也省得我去剧院找你——"

"反正我现在没上班，"欧洛克垂头丧气地从大衣袖子里伸出左手，只见手腕上打着石膏，缠了纱布。"我昨晚要是多长个心眼，就该跟着'疯子'才对。谁知出了这种事！对了，你们请继续，别管我……”

"嗯，长官请跟我来，"索莫斯严肃地打断他，"有些很重要的东西请你过目，另有新情况汇报。楼下的房东太太正在更衣，有关那位房客的情况就由她来介绍吧。毫无疑问，那就是你要抓的人。不过我想先请你看看他的房间。"

"房间里有什么东西？"

"唔，长官，有血迹，这是一方面，"索莫斯答道，"还有一条非常古怪的绳子……"哈德利的反应也令他随之扬起志得意满之色，"那条绳子和其他东西，你一定会感兴趣。从这家伙的家当来看，多半是个飞贼，最起码也是扒手之流。他在门上加了一道特制的锁，所以赫克小姐（也就是房东）进不去。不过我动用了自己的一把钥匙——这可不犯法，长官；那家伙已经搬走了。赫克小姐说他租下房间好些时日，但只来住过一两回而已——"

"上楼。"哈德利下令。

索莫斯带头走进阴暗的走廊，随后关上门，领众人上到三楼。房子里空间逼仄，每层都只有一套公寓，从房子的正面通到背面。顶楼的门敞开着，门边有一架梯子通向屋顶，那特制的门锁在原来的锁孔上方闪闪发亮。索莫斯将众人引进一条并排着三扇门的昏暗走道。

"先看这里，长官，"他边说边指着左侧第一扇门，"这是浴室，得先往电表里投一先令，才能开灯——好了！"

176

他按下开关。眼前这间浴室其实是由邋遢的储藏间改造而成的，墙壁上贴着光滑的壁纸，刻意模拟出瓷砖的质感；地上则铺着陈旧的油布；看上去头重脚轻的浴缸有烧水功能，已经有几处生锈了；盥洗台上方挂了一面波浪形的镜子，下方的地板上放着脸盆和水壶。

"长官，他花了不少工夫才把这里清理干净，"索莫斯说，"但洗脸池里还残留着红色痕迹。那是他洗手的地方。洗衣篮后面也有问题，请看——"

仿佛刻意营造戏剧效果一般，他将洗衣篮扭向一边，伸手探入后头厚厚的灰尘里，摸出一条湿漉漉的洗脸毛巾，上面缝着的补丁已被浸成了暗红色。

"他用这条毛巾抹掉衣服上的血迹。"索莫斯边说边点头。

"干得好。"哈德利轻声赞许。他把玩着洗脸毛巾，瞥了菲尔一眼，笑了笑，才把毛巾放下。"去其他房间转转。我对那条绳子充满好奇。"

房客鲜明的个人特征在这几个房间里展露无遗。昏黄的电灯无精打采；化学药品的冰冷气息，就连欧洛克身上浓郁的烟味都相形见绌。横看竖看，此地都更像一个洞穴。客厅相对较为宽敞，厚重的窗帘遮住了整个窗户。一张大桌子上方悬着一只明晃晃的灯泡，桌面上横七竖八摆着各种各样铁制或其他金属制成的、圆头曲尾的小工具（哈德利吹了声口哨："开锁用的，嗯?"），还有不少被拆得七零八落的门锁，以及一捆笔记本。另有一架倍数很高的显微镜，一盒载玻片；一个试管架，上面整整齐齐插着六支有标签的试管；一整面墙堆满了书，墙角还有个小型的铁保险箱。哈德利见状不禁大为感叹。

"如果他是飞贼，"警长叹道，"那就可以称得上是多年来我遇到的最现代化、最会利用科学手段的飞贼了。我还真不知道英国有小偷精通这一套。菲尔，你在这方面造诣颇深，能看出什么端倪吗？"

"铁柜顶上被挖了个大洞，长官，"索莫斯插话，"如果他用了吹管，那我这辈子可真没见识过如此完美的乙炔切割技术。他——"

"他用的不是吹管，"哈德利说，"而是更简单易行的方法——所谓的克鲁普药剂。我的化学不太好，没记错的话，这种药剂应该是铝和氧化亚铁的粉末状混合物。把粉末放在保险柜顶部，然后添加——添加什么来着？镁粉，然后将其点燃。粉末不会爆炸，而是产生几千度的高温，直接将金属熔出一个大洞……看见桌上那根合金管了吗？苏格兰场的犯罪研究室也有一支。那是一种监视器，又称广角镜头，和鱼眼类似，折射范围超过半个球面。在墙上挖个洞，把那东西塞过去，隔壁房间的一切便尽收眼底。你怎么看，菲尔？"

"对，对，"博士心不在焉地附和，似乎这一切都无关紧要，"希望你明白这意味着什么。未解的谜，和——那条绳子呢？我等不及想看看那条绳子。"

"在另一个房间，长官，后面的房间。"索莫斯答道，"那间房装修得富丽堂皇，像是东方的——你们明白我的意思。"

他的言下之意，或许是那张长沙发，甚至可能就是那整间宫殿般华丽的卧房。房内装潢仿效了土耳其式的浓艳、神秘韵味，卧榻、布帘无不色泽绚烂；各式各样的流苏、饰品、刀具令人目不暇接，谁能想到在这种地方竟别有一番天地？哈德利猛力拉开窗帘，布鲁姆斯伯里区的冬日阳光倾泻而入，反而令眼前的景象越显虚幻。窗外是吉尔福德街的房舍背部，后院里都铺了地砖；一条小巷蜿蜒通向儿童医院后门。哈德利并未多想，一把抓起垂落在沙发上的那卷绳索。

绳子很细，但相当结实，每隔两呎就打一个绳结；外观普普通通，但挂在末端的东西十分醒目。那东西形似一个黑色橡胶杯，比咖啡杯略大；杯口之坚实紧密不亚于汽车轮胎。

"哇！"菲尔博士惊呼，"喂喂，莫非这是——？"

哈德利点点头："我听说过这种东西，但从没见过，本来我还不相信真有这玩意呢。看这儿！是空气吸盘。小孩的玩具里也能见到类似的装置。比如有种弹簧玩具枪，射出的短棒末端带有软橡胶做的空气吸盘，撞上平滑的表面时会挤掉空气，牢牢吸附。"

"你的意思是，"兰波说，"小偷用这种东西吸住墙壁，吸力足以支撑他的体重，在绳子上来回攀爬？"

哈德利迟疑着："据说行得通。当然，我看也未必——"

"但是，事后要如何将它从墙上松开？难道任凭它挂在墙上，自己一走了之？"

"自然还有共犯。挤压吸盘底部边缘，让空气渗入，便可松动脱落。纵然如此，我还是想不通这东西究竟该怎么用来——"

欧洛克困惑地凝视着这条绳子，过了半晌才清清嗓子，从嘴边取出烟斗，再次清清嗓子，以吸引众人的注意。

"听我说，先生们，"他沙哑的声音中带着一丝神秘的意味，"我多一句嘴，这玩意根本是吓唬人的。"

哈德利猛一转身："此话怎讲？你有何高见？"

"我敢打赌，这是'疯子'弗雷的东西。"欧洛克挥挥手里的烟斗以示强调，"给我看看。咦，我又不那么有把握了……这个绳结很奇怪。可是——"

他握着绳子，十指轻轻往下抚摩，直至整条绳的中点，接着眨了眨眼，满意地点点头。旋即，他十指一拧，突然如玩魔术般两手一分，绳子竟随之分为两段。

"啊哈，果然。这绝对是'疯子'的魔术绳。看清了吧？这条绳子是搭接而成的，一头呈螺旋状，另一头是直线，然后像拧螺丝一样两头一绞，接合点就隐蔽起来了。

随你怎么检查，怎么用力拉扯都严丝合缝。看出其中奥妙了吧？表演时，请一位观众把魔术师紧紧绑在橱子里，绳子的接合点握在魔术师手中。橱外的监视者牢牢拉紧绳子两头，确保魔术师无法逃脱。结果呢？魔术师用牙咬开接合点，用膝盖绷紧绳子，一切动作顷刻间都在橱柜里一气呵成。不可思议！不解之谜！令全世界为之倾倒的节目！"欧洛克声嘶力竭地大喊，然后把烟斗塞回嘴里，深吸几口，不慌不忙地注视着众人，"不错，我愿以身家性命作保，这条绳子是'疯子'用的。"

"对此我倒也没有疑问，"哈德利说，"但那个吸盘有用吗？"

欧洛克又往后一仰，夸张地比画着。

"哎——呀，可想而知，'疯子'自己也讳莫如深呢。他表演魔术时我也没有从头到尾守在旁边，所以其他道具如何操作我就没仔细观察了……且慢，别误会！'疯子'的出色技巧毋庸置疑，这是真心话。刚才那些只是人人皆知的窍门罢了。唔，他正致力研究一种——你们可曾听说过印度魔绳？一名苦行僧抛上半空的绳子竟能笔直挺立，小男孩沿着绳子往上爬——突然嗖的一声，小男孩消失了！呃？"

随着他手舞足蹈，一阵烟雾升腾开来，旋又消散。

"但我也听说，"菲尔博士冲他眨巴着眼睛，"根本没人亲眼见过这一幕。"

"对极了！就是这么回事！"欧洛克急不可耐地答道，"所以'疯子'才绞尽脑汁研究出表演这一魔术的手法。天知道他成功了没有。我想那个空气吸盘的用途，就是将绳子抛起后固定在什么地方。不过具体细节我也无能为力了。"

"那么有人可以顺着绳子爬上去，"哈德利沉声道，"爬上去之后就无影无踪了？"

"哎——呀，只有小孩才——"欧洛克话锋一转，"我再说清楚一点：你们手里这玩意，不足以支撑成年人的体重。好吧，先生们！我可以身体力行，自己悬到窗外演示一番；不过我可不想摔断脖子。再说，我的手腕还不听使唤呢。"

"不必费心，我们掌握的证据已经很充分了，"哈德利说，"你说这家伙已经跑了？他长什么模样？"

索莫斯扬扬得意地点点头。

"长官，想把他揪出来真是轻而易举。他自称'杰罗姆·伯纳比'，这八成是假名；不过他有个非常明显的特征——瘸了一只脚。"

第十四章　教堂钟声的线索

菲尔博士惊天动地、震耳欲聋的笑声突然在众人耳边炸响。他的笑声简直可以用咆哮来形容。那张红黄相间的长沙发被他的体重压得苦不堪言，咯吱咯吱连连抗议。他边用手杖敲打地面，边笑得前仰后合。

"上当啦！"他说，"上当啦，年轻人！呵呵呵，什么鬼魂啊，证据啊，统统给我滚！苍天在上！"

"你说'上当'是什么意思？"哈德利质问道，"当务之急是尽快逮捕那家伙，我可不觉得这有什么好笑。难道眼前的一切还不足以证实伯纳比的罪行？"

"这一切恰恰令我坚信他是清白的，"菲尔博士好不容易才平复情绪，掏出一条红色的大手帕擦拭着眼睛。"在检查刚才那个房间的时候，我就担心会出现这种情况。完美得令人无法相信。伯纳比算是没有秘密的斯芬克斯，一个未曾犯罪的罪人——至少就本次案件而言，他不是凶手。"

"麻烦你解释一下——"

"乐意之至。"菲尔博士殷勤地答道,"哈德利,好好看看四周,然后告诉我这地方令你产生了何种联想。你见过哪个小偷——随便什么类型的罪犯都无所谓——会用这些异想天开的摆设,把藏身之地装点得这么醒目招摇?桌上那些开锁器、高倍显微镜,充满犯罪气息的化学药品,搞这些干什么?真正的飞贼和其他罪犯都会把他们的老巢布置得比教会执事的住处更庄严整肃。我们面前这套布景,连扮演飞贼的游戏都不够格。然而,你若能多加思索,便会发现它的真正指向——在小说和电影中早就泛滥成灾。之所以有此结论,"他解说着,"是因为我对这种氛围情有独钟,即便它带有戏剧化的夸张元素……看样子有人在饰演侦探的角色。"

哈德利僵住了,若有所思地抚摸着下颌,环顾四周。

"你小时候,"菲尔博士兴致不减,"难道不渴望家里有条秘道?而且还把阁楼上的某个洞口假想成秘道,举着蜡烛爬进去,结果差点儿把整座房子烧个精光?难道你没玩过大侦探游戏,没期待过某条隐秘的街巷中藏有隐蔽的贼窟,然后你就能顶着假名展开不懈追击?不是有人说伯纳比是个狂热的业余犯罪学家吗?没准他正在写书呢。总之,他既有钱又有闲,和许多童心未泯的成年人一样,不惜大费周章,只为追求兴趣和理想。他悄无声息地发掘了另一个自我,因为一旦朋友们得知他的所作所为,随之而来的必定是嘲弄和讥笑。残酷的是,苏格兰场的冷血警探们竟循踪而至，揭开了他的终极隐私，而这终极隐私到头来只不过是一个玩笑。"

"但是，长官——"索莫斯的抗议声已近乎尖叫。

"少安毋躁。"哈德利挥手让他闭嘴，陷入沉思。他半是恼火半是怀疑地重新审视这个房间："我承认，仔细一看，的确有些不对头，好吧，真的很像电影场景。不过，血迹和这条绳子又怎么说？别忘了，绳子是弗雷的，而血迹——"

菲尔博士点点头。

"嗯，说得对。你别误会，我可没说这些房间和本案毫无关系；我只是提醒你，不要一口咬定伯纳比以此处为据点，享受罪恶的双重生活。"

"是真是假，一查便知。"哈德利咆哮道，"如果这家伙就是凶手，我才不在乎他有没有把盗窃作为第二职业呢。索莫斯！"

"长官？"

"去杰罗姆·伯纳比先生的公寓走一趟。嗯，我知道你还没搞清楚状况。地址在这儿，给。布罗姆斯伯里广场13A，在二楼。明白吗？把他带过来，随你用什么借口都行，反正要带他来。下楼时催一催房东太太，叫她别磨磨蹭蹭。"

一头雾水的索莫斯像泄了气的皮球，匆匆下楼离去。哈德利则昂首阔步在房间里溜达，不时踢踢家具的边边角

185

角。欧洛克始终坐在一旁，既友善又兴致勃勃地注视着他，挥动烟斗示意有话要说。

"唔，先生们，"他说，"各位侦探的行动力真令我深感欣慰。我不认识这个伯纳比，但看样子你们和他很熟。还有什么问题需要我回答呢？与'疯子'有关的情况，我已对刚才那位叫索莫斯的警官或什么长官知无不言、言无不尽了。不过，如果还有我能效劳之处——"

哈德利深吸一口气，重又抖擞精神，在公文包里翻找文件。

"这是你的证词吧？"他浏览一遍，"有没有补充？我的意思是，你真的确定他说过，他兄弟租住在这条街上？"

"没错，长官，他就是这么说的。他声称看见过他兄弟在这附近出没。"

哈德利的目光锐利地一挑："这可不是一回事吧？他的原话究竟是什么？"

欧洛克似乎以为警长是在吹毛求疵。他又改口道："喔，好吧，刚才我转述的是后半句。完整的原话如下：'他在那里租了一间房，我还看见过他在那附近出没。'诸如此类。这回可千真万确了啊！"

"但还不算一字不差吧？"哈德利不依不饶，"给我再想清楚！"

"哎，有完没完，我正在想啊！"欧洛克委屈地嚷嚷着，"着急也没用，他说了一大堆，然后你们就来问这问那，我又没办法逐字逐句原样重复，结果还冤枉我撒谎！抱歉，老兄，我尽力了。"

"你对他这个兄弟了解多少？既然你与弗雷熟识，他向你透露过什么？"

"什么也没有！半个字都没有！我不想误导你。虽然我说过，和其他人比起来，我和'疯子'算混得最熟，但这并不代表我对他的一切都了如指掌。谁也看不透他。如果你见过他就明白了，即便几杯酒下肚，也绝不敢对他推心置腹。那无异于和吸血鬼德古拉公爵举杯共饮嘛。等等！我只是说他长得像德古拉，仅此而已。'疯子'虽然特立独行，但其实挺讨人喜欢的。"

哈德利斟酌片刻才有所反应："现在最大的问题——你多半也猜到了——就是不可能犯罪之谜。你应该看过报纸了吧？"

"看了，"欧洛克眯起眼，"问这做什么？"

"凶手以某种幻觉或者舞台技巧为掩护，连杀两人。既然你自称认识不少魔术师和脱逃大师，那能不能破解凶手的诡计手法？"

欧洛克放声大笑，精心修剪的胡子下方那两排牙齿闪闪发亮，眼角周围诙谐的鱼尾纹变得更深了。

"噢，那可不一样！差远了。听着，我就直说了吧，刚才我提议用那条绳子把自己吊在窗外做演示时，一直关注你们的反应，生怕你们有什么想法。懂吗？我怕你们怀疑我，"他咯咯笑道，"算了！即便有人身怀来去无踪的绝技，单凭手中的一条绳子也难以完成那种高难度的动作。至于其他方面——"欧洛克皱起眉头，用烟斗刷着胡须，目光越过整个房间，"是这样的，我不敢自诩权威，我了解的东西很有限，更不敢轻易透露内幕。算是——"他比画着，"——算是这一行的规矩，希望你们理解。同理，从密封的箱子里逃脱、消失之类的戏法——唔，我连谈都不想谈。"

"为什么？"

"因为一旦揭开其中奥秘，很多人就会失望透顶，"欧洛克煞有介事地强调，"首先，手法虽精巧却又非常简单——简单得令人发指——所以他们无法相信自己居然如此轻易上当。于是他们会说：'喔，见鬼！少拿这些废话敷衍我！我一眼就看穿了。'其次，此类手法往往需要一个'托儿'，所以他们就倍加失望，'喔，好吧，原来有人帮忙啊！'好像有人帮忙就能解决一切问题似的。"

他吸着烟，陷入沉思。

"人类真有意思。本来他们就是来享受幻觉的；而且我们有言在先，接下来的表演都是幻觉；他们为了观赏幻觉也心甘情愿掏腰包。而当得知眼前所见并非真正的魔法时，他们又莫名其妙心疼起来。他们事先检查过那些密封的箱子、捆紧的布袋，可一旦得知魔术师从其中脱身的方法，他们便牢骚满腹，因为那只不过是个'小花招'。每当得知自己被蒙骗的过程，他们都贬之以‘牵强’二字。各位，魔术的成功仰仗天才的大脑，戏法虽简明，奥妙却无穷。一名优秀脱逃大师的必备素质有：冷静的心理，强壮的体格，丰富的经验，迅疾如闪电的身手。但鲜为人知的是，在观众眼皮底下瞒天过海的机智更加不可或缺。可能在人们心目中，脱逃术是超越尘世的真正魔法，芸芸众生都可望而不可即。哎，古往今来没有一个人能把自己压得像明信片那么薄，进而从缝隙中滑脱；也没人能钻进锁眼，或是穿墙而过。我举个实例如何？”

“请讲。”哈德利好奇地打量着他。

“好吧，先从较低级的魔术开始！例如从捆扎且密封的布袋中逃脱的魔术。其中一种形式如下——”（参见 J.C.康纳尔先生那部杰出的惊世之作）欧洛克来了兴致，“魔术师登场——站在观众中间也可以——手持一只棉布或棉缎织成的轻便袋子，大小足够把他从头到脚罩住。他跨进袋中，助手将袋子拉起，握住袋口下方六吋处，用一条长手帕牢牢系紧。观众还可以随意多打几个结、封上蜡、盖上印什么的。砰！一块幕布升起，将魔术师围在中间。三十秒后，他悠然走出，袋子搭在胳膊上，死结、封蜡、印记原封不动。嗨呵！”

“诀窍是什么？”

欧洛克微笑着，习惯性地拨弄胡须（这动作好像没完没了），在沙发上挪了挪身子。

"哎，先生们，连口气都不让我喘一喘。魔术中其实有两个一模一样的袋子，魔术师将其中一个叠起来贴身藏好。进入另一个袋子之后，他先拉动袋口，然后助手将袋口拉过他的头顶——接着第二个袋子出场，袋口比第一个拉高六时左右，令观众看上去觉得那还是第一个袋口。助手捏住第二个袋口，煞有介事地将其捆得结结实实，并且把第一个袋口也捆进去一点点，从而将两个袋口的连接处隐蔽起来。砰！该打的结、该盖的印一个不少。魔术师被幕布围住后，只需稍松开袋口的结，卸下自己所容身的第一个布袋，把它叠起来藏在身上，再拿着捆好的第二个袋子大摇大摆出来亮相即可。想通了吧？很简单，很轻松，但观众绞尽脑汁也摸不到窍门。然而一旦告诉他们具体手法，他们就会说：'哦，好吧，原来有人帮忙啊——'"他不屑地摆摆手。

哈德利虽然没忘记自己的身份，但也不禁听得津津有味；菲尔博士则像个孩子似的张大了嘴。

"嗯，明白了，"警长好像还想一争高下，"但我们要抓的这个人，这个身背两条人命的凶手，绝不可能有共犯！再说刚才这些也还称不上凭空消失的魔术……"

"那好，"欧洛克斜斜一推帽子，"我再举一例极为高明的消失魔术。请注意，这种手法的关键在于利用舞台空间制造幻觉，妙不可言。如果愿意，也可以在露天剧场表演，没有舞台上的活板门，没有顶棚吊下来的钢丝，更没有各种稀奇古怪的道具装备，只有一大片空地。魔术师身着蓝色戏服，神气活现地骑着白马亮相；一群穿白色戏服的助手滚着铁环集体登场，比马戏团还热闹。他们围成一圈，然后两名助手跑出来挥舞一把硕大的扇子，挡住了马上的魔术师——也就一眨眼间的事。扇子放下后还抛给观众检查，以示道具并无机关；而马上的人已经无影无踪了，在十英亩大小的空地中直接消失。嗨呵！"

"其中奥妙何在呢？"菲尔博士追问。

"很简单！魔术师根本没离开现场。但你看不见他。因为蓝色戏服是纸做的，罩在真正的白色戏服外面。扇子刚一举起，他就飞速撕掉蓝色戏服，塞进白色戏服里，跳下马来，混入那群本就身穿白色戏服的助手中间。关键在于没有观众会事先多此一举去清点助手的具体数目，所以退场时也就不至于穿帮。这是大多数魔术的基本原理，要么让你对眼皮底下的东西视而不见，要么让你赌咒发誓看到了其实并不存在的东西。说变就变！砰！举世最伟大的表演！"

憋闷而俗丽的房间里一片沉寂。冷风撼动着窗棂，远处飘来教堂的钟声，一辆出租车鸣响喇叭疾驰而过。哈德利晃晃笔记本。

"跑题了，"他说，"果然精妙，但这能解答我们面前的谜团吗？"

"不能，"欧洛克兴奋得脸颊微微抽搐，"哎，你们不问我还不一定想说呢。当然，不把话讲清楚，各位可能也未必察觉得到问题的复杂程度。警长先生，我不想打击你们的信心，但面对这样一位旷世奇才的魔术师，你们取胜的机会微乎其微，败局已定。"他打了个响指，"这些人训练有素，技艺娴熟，只要拿出看家本领，世界上没有任何一所监狱能困住他们。"

哈德利的下巴绷紧了："到时候走着瞧吧。我一直想不通，弗雷为何派他的兄弟出手？弗雷身为魔术师，本就是最佳人选。但他没有亲自执行。莫非他的兄弟也是同道中人？"

"不清楚。最起码，我从未在任何一张节目单上看到过他兄弟的大名。只是——"

菲尔博士打断了他们的交谈。他喘着粗气，笨手笨脚地站起身，急急忙忙喊道：

"准备行动，哈德利。两分钟之内就有客人上门。朝窗外瞧瞧——不过别靠窗口太近。"

他用手杖指了指窗口。下方的曲折小巷在两侧一扇扇空洞的窗户注视下蜿蜒伸展，两个人影顶着寒风渐渐走近。他们刚刚从吉尔福德街拐过来，所幸两人都低着头，没有发现自己已处在监视之中。兰波认出其中一人是萝赛特·葛里莫，另一位高个男子拄着拐杖，肩膀摇摇晃晃，右腿明显变形，右脚那只靴子的鞋底异常厚实。

"把其他房间的灯都关掉，"哈德利迅速下令，又转身对欧洛克说，"有件事拜托你：赶紧到楼下拦住房东太太，别让她上楼，也不许她多嘴；绊住她，直到得到我的新指示为止。出去后把门关上！"

话音刚落，哈德利就溜进狭窄的走廊，动手关灯。菲尔博士有点摸不着头脑。

"喂喂，难不成我们要躲起来窃听不可告人的秘密？"他追问道，"我可不想为了鉴定米尔斯所谓'解剖学上的构造'就无聊到做这种事。再说，我们一下子就会暴露的，这地方烟味太重——都怪欧洛克那些劣质烟丝。"

哈德利骂骂咧咧地拉下窗帘，仅留铅笔粗细的一道光束斜斜射入屋内。

"多说无益，机不可失。我们静坐不出声，如果他们心里憋着什么话，一进公寓、一关门，就会脱口而出。人之常情嘛。对了，你对欧洛克这家伙怎么看？"

"依我看，"菲尔博士踌躇满志，"在这场梦魇中，欧洛克是迄今为止最具建设性和启发性、最最功不可没的证人。他挽救了我在智力方面的自尊心。说真的，他的证词好比教堂的钟声，催人警醒，令我茅塞顿开。"

哈德利正透过窗帘的缝隙窥伺窗外动静，闻言便扭过头来，那道细细的光束掠过他的眼角，显得有点疯狂。

"教堂钟声？什么教堂钟声？"

"任何教堂钟声。"听得出，菲尔博士的郁闷情绪已然一扫而空，"不瞒你说，多亏那些钟声，才让我拨开眼前的迷雾，及时从错误的深渊边上退了回来……是的，现在我很清醒。"手杖的金属箍头连连叩击地面，他的声音也渐趋紧张，"一线曙光，哈德利！终于有了一线曙光，钟楼里蕴含了极其丰富的信息。"

"你确定钟楼里藏着的不是其他东西？有没有搞错？老天在上，别拐弯抹角，有话直说！莫非教堂钟声向你揭示了消失诡计的秘密？"

"噢，不不，"菲尔博士答道，"很遗憾，并非如此。它们只是向我透露了凶手的姓名而已。"

房中的气氛骤然压抑起来，禁锢了肉身，封锁了呼吸。菲尔博士的声音单调得令人生疑，似乎连他本人都心存疑虑。楼下的后门关上了，上楼梯的脚步声在寂静的屋子里回荡。其中一组脚步清脆、轻盈而缺乏耐心，另一组则拖曳着沉滞的顿足声，更有手杖叩击栏杆的声响掺杂其间。手杖的声响越来越大，但无人说话。钥匙插进锁孔，开门，关门，弹簧锁咔嗒一声锁上了。又是咔嗒一声，门厅里的灯亮了。然后——显然这时他们才能看清对方——两人忙不迭打开了话匣子，似乎他们才是屏息静气差点窒息的人。

"看来我给你的钥匙已经丢了，"男人的嗓音轻浮、尖锐而冷静，但也难掩揶揄之意，"你说你昨晚到最后还是没来？"

"何止昨晚，"萝赛特·葛里莫的声音漠然而略带恼火，"任何一晚都不来。"她又笑道，"我根本没想过要来。你让我有些害怕。好吧，究竟有何贵干？我既然来了，就不得不说你这藏身之处可真不怎么样。昨晚等得开心吗？"

一阵响动，似乎她上前几步，又被拦住了。接着男人又说：

"哎，你这小妖精，"男人也不慌不忙，"为了安抚你的良心，我有几句话要说。昨晚我不在这里，从一开始就不想来。如果你的所作所为纯粹是为了拿别人取乐——总之，我根本没来，懂不懂？你就自娱自乐吧。昨晚我不在这里。"

"你撒谎，杰罗姆。"萝赛特不动声色。

"随你怎么想吧。根据呢？"

半掩着的房门前现出两人的身影，哈德利伸手一把拉开窗帘，咔啦一阵响。

"我们也想听听答案，伯纳比先生。"

幽晦的天光如潮水般倾泻在二人脸上，他们猝不及防，像是突然暴露在照相机镜头前一样，来不及调整表情。萝赛特·葛里莫惊声尖叫，本能地抬起手臂遮掩闪躲，但那一缕憎恨、警惕，以及带着危险气息的得意之色已被众人尽收眼底。杰罗姆·伯纳比伫立不动，胸口上下起伏，幽暗的灯光恰好衬出了他的侧影，只见他头戴一顶老式宽边黑帽，奇特的造型酷似山地文葡萄酒广告中的黑衣人。但侧影并不代表他的全部。伯纳比的脸上遍布深深的皱纹，这通常意味着坦率、亲切，一如他的举止姿态；他的下颌突出，双眼中的色泽似已被怒火灼烧殆尽。他摘下帽子，颇为夸张地将其扔到沙发上，在兰波看来带了些戏剧化的做作。他两鬓的头发已经花白，而满头褐发则像刚从魔术盒里蹦出来一样，根根都不甘示弱地挺立着。

"哦？"他不失轻蔑又略显虚张声势地调侃着，畸形的右脚蹒跚着向前跨一步，"你们想抢劫，还是别有用心？三对一，很好。我的手杖正巧藏有剑刃，不过……"

"那倒不必，杰罗姆，"萝赛特说，"他们是警察。"

伯纳比顿时语塞，用大手擦了擦嘴唇。他似乎相当紧张，但嘴上依然不饶人："噢！警察，呃？不胜荣幸。擅闯民宅，了解。"

"你是这间公寓的承租人，"哈德利还以颜色，"既不是产权人，也不是房东。倘若可疑行径被人发现——我个人倒无所谓，伯纳比先生，只是你的朋友们见了这些——富有东方风情的陈设，定会乐不可支。对不对？"

哈德利的笑容和腔调正好戳中对方的痛处，伯纳比顿时面如土色。

"该死，"他半举起手杖，"你们来这里想干什么？"

"首先，趁热打铁，你们进门时谈起的——"

"你们还窃听我们的谈话，嗯？"

"不错。很可惜，没能多听几句。"哈德利气定神闲，"葛里莫小姐说你昨晚在这间公寓里，是这样吗？"

"我不在这里。"

"你不在……他到底在不在，葛里莫小姐？"

萝赛特的神色已恢复如常，简直恢复得过了头，那平和镇定的微笑中竟透出挡不住的怒气。她说起话来上气不接下气，细长的淡褐色双眸中重又浮现出固执、紧张之色，刻意隐藏情绪却适得其反。她的十指反复挤压着手套，从那急促的呼吸中不难判断，此刻她心中积聚的恐惧多于愤怒。

"既然你们都听见了，矢口否认也没用，对吧？"她扫视在场诸人，略一沉吟，"我不明白你们为何如此好奇，毋庸置疑，这不可能和我父亲的死有关。杰罗姆无论如何都不是凶手，"她不安地露齿一笑，"但既然你们有兴趣，我也不妨借此机会把整件事摊开讲清楚。不难想象，有些话总要传到博伊德耳朵里。但愿传出去的都是真话……我的答案是：没错，杰罗姆昨晚就在这间公寓里。"

"你又如何得知，葛里莫小姐？当时你也在场吗？"

"不，但是十点半的时候，我亲眼看见这个房间里亮着灯。"

第十五章　亮着灯的窗户

伯纳比一直摩挲着下颌，一脸茫然地望着她。兰波断定伯纳比真的被吓到了，这家伙震惊之余竟还未理解萝赛特的话锋所指，怔怔地盯着她，仿佛眼前是个素昧平生的人。随即，他一改先前的口吻，镇定自若地反问：

"我说，萝赛特，说话要当心。你真的清楚自己在说些什么吗？"

"对，我清楚得很。"

哈德利迅速打断："十点半？葛里莫小姐，当时你和我们一起待在你自己家里，怎会凑巧看见这里亮着灯？"

"喔，不对，我不在——你仔细想想，时间不一样。当时我在疗养院陪着弥留的父亲，和医生在同一个房间里。不知你发现没有，疗养院正对着这座房子的背面，我的位置恰好靠近窗口，所以才注意到的。这个房间亮着灯；而且浴室里好像也有灯光，但我没多大把握——"

"既然你从没来过这里，"哈德利厉声质问，"怎会对这几个房间的位置了如指掌？"

"刚才进门时我就仔细观察了一番，"萝赛特淡然一笑的模样令兰波想起了米尔斯，她沉着地答道，"昨晚我自然对这里的布局一无所知，我只知道这间公寓的租户是杰罗姆，以及公寓的窗户具体是哪几扇。当时窗帘并未拉紧，我才得以瞥见灯光。"

伯纳比依然疑虑重重地审视着她。

"且慢，这位——呃——警探先生！"他弓起肩背，"萝赛特，你确定没有弄错房间的位置？"

"错不了，亲爱的。就是这座路口左侧的房子，你租的是顶楼。"

"你亲眼看见了我本人？"

"没有，我说的是看见了灯光。但这间公寓只有你知我知；而且昨天你约我前来，还说你会在此等候——"

"老天！"伯纳比惊呼，"真想听听你还能怎样信口开河。"他一瘸一拐地走到一旁，手杖每前移一步，嘴角便习惯性地牵拉一次。他颓然跌坐进一张椅子里，惨白的双眼仍端详着萝赛特，那根根直竖的头发令他看上去警觉得有些古怪。"接着说呀！我的胃口倒被吊起来了。很好，我倒要看看你有胆量胡编乱造到什么程度。"

"你真要硬撑到底？"萝赛特断然问道，但当她转身时，决心似已有所动摇，悲愤的泪水在眼眶里打转，"我也想知道我在干什么！我——我恨不能看穿你的心思！……以前我说过，这件事应该摊在桌面上讲，"她对哈德利说，"但现在我已不知道这是不是我的本来愿望了。要是我能看清他该有多好，到底他是不是真的那么体贴，是不是我们家的老——老——"

"千万别说什么老朋友，"伯纳比叱责道，"老天在上，别提什么至交故友那一套。彼此彼此，我也巴不得看清你的真面目。我真搞不懂，你究竟是在自以为在说实话呢，还是你（请见谅，此时此刻我也顾不上什么骑士风度了）根本就是个谎话连篇的泼妇。"

萝赛特不为所动："——也许他是个斯文扫地的勒索者。噢，他的目的无关金钱！"她的情绪又激动起来，"泼妇？行，贱种也行，随你喜欢。我承认，两者我都——可这究竟是为什么？你留下的种种暗示已经让局面不可收拾——我搞不懂这究竟是暗示，还是我的臆测，我甚至拿不准你到底是不是勒索者！"

哈德利如获至宝："什么暗示？"

"噢，实不相瞒，与父亲的过往有关。"她紧握双手，"一方面是我的身世，除了'贱种'难道没有更好的形容吗？但那并不重要，我一点也不在乎。我更担心其中的骇人内幕，可能牵涉到父亲——我不知道！也许它们不仅仅是暗示而已。然而——本来我隐隐觉得老德瑞曼才是勒索者……但昨晚杰罗姆约我到这里来——为什么，为什么？我想，好吧，莫非因为星期六晚上博伊德总和我在一起，而杰罗姆为了满足他的虚荣心，特意挑选那种时间？可我从前不想，现在也不想——请理解我的立场——不想怀疑杰罗姆干得出勒索这种勾当。我喜欢他，情不自禁地喜欢他，这才是症结所在……"

"我们会查个水落石出的，"哈德利说，"伯纳比先生，你真的'暗示'过什么吗？"

伯纳比翻来覆去检视手指，沉默良久。他的脑袋微微倾斜，呼吸沉缓凝重，似乎进退维谷、难以决断。哈德利频频催促，他才抬起头。

"我从没想过——"他说，"从没想要暗示什么。是的，严格来说我的确有所暗示，但绝非刻意为之。我发誓，那些话——"他盯着萝赛特，"都是无意中说漏嘴。听者有心，也许只有你才捕捉到了其中的敏感意味……"他失望地长吁一声，耸耸肩，"但对我而言，那只是不乏趣味的推理游戏，仅此而已，甚至没意识到自己在窥探他人隐私。我发誓，我想都没想过有人不仅听进耳中，还记在心上。萝赛特，如果这是你对我产生兴趣的唯一因素——怀疑我是勒索者，对我心存惧意——我很难过。事已至此，又能如何？"他再次低下头，注视着一张一合的双手，接着缓缓环视众人，"各位，看看这个地方吧，特别是前面那个房间——不过你们想必已经检查过了。那么答案已昭然若揭——一个瘸腿可怜虫正做着成为大侦探的白日梦。"

哈德利一时不知该作何回应。

"那么这位大侦探是不是翻出了葛里莫教授的什么旧账呢？"

"没有……就算有，你觉得我会说出来吗？"

"那就取决于我们能否说服你了。你可知道你那间浴室——也就是葛里莫小姐声称昨晚亮着灯的地方——里头血迹斑斑？你可知道昨晚将近十点半时，皮埃尔·弗雷就在你家门外惨遭谋杀？"

萝赛特·葛里莫惊呼一声，伯纳比猛然抬头。

"弗雷被——血迹！不会吧！在哪里？老兄，你是什么意思？"

"弗雷在这条街上租了个房间，我们推测他遇害时正要回住处。总之，他中弹的地点就在门外的街道上，凶手与杀害葛里莫教授的应该是同一人。伯纳比先生，你能证明自己的身份吗？例如，你能否证明你不是葛里莫教授和弗雷的兄弟？"

伯纳比傻了眼，哆哆嗦嗦地从椅子上站起来。

"老天爷！老兄，你疯了吗？"他不失冷静地反问道，"兄弟！我明白了！……不，我才不是他的兄弟，否则我怎么可能喜欢上——"他慌忙把后半句咽了回去，瞥了萝赛特一眼，神色越发狂乱，"要证据，当然有。我手头总该有出生证明吧。我——我还能提供几位亲眼看着我长大的证人。什么弗雷的兄弟？！"

哈德利走到沙发旁拿起那条绳子。

"这条绳子是怎么回事？也是你那大侦探计划的一部分？"

"那东西？不。那是什么？我从没见过。什么兄弟不兄弟啊！"

兰波瞄了瞄萝赛特·葛里莫，发现她已泣不成声。她一动不动地站在原地，两手垂在身侧，神情呆滞，泪如雨下。

"那你能否证明昨晚不在这间公寓里？"哈德利又问。

伯纳比深吸一口气，如释重负，凝重的神色也变得轻快了不少。

"可以，真是谢天谢地。昨晚从八点钟开始——差不多是这个时间，也许还更早一些——我就待在俱乐部里，直到十一点。几十个人都可以做证。如果你想了解具体细节，大可去询问从头到尾都和我一起打牌的那三位朋友。不在场证明？好说！我的不在场证明简直完美无缺。昨晚我不在这里，无论你们找到了什么血迹，都和我无关。我既没杀弗雷，也没杀葛里莫，更没杀其他任何人。"他又昂起下颌，"如何，这样可以了吗？"

伯纳比话音未落，警长便以迅雷不及掩耳之势将矛头指向萝赛特。

"你依然坚持昨晚十点半看见这里亮着灯？"

"不错！……但是，杰罗姆，我并非有意针对你！"

"今天一早我的手下赶来时，电表开关是关着的，灯也没亮。即便如此，你仍然不愿推翻原来的证言？"

"我……那还用说，事实就是事实！但我想说的是——"

"假设伯纳比先生说了实话，而你却说他约你来这里。他与你有约，自己却在俱乐部流连忘返，这可能吗？"

伯纳比踉跄上前，一手搭在哈德利的胳膊上："别急，把话挑明了吧，探长。这是真的，虽然太卑鄙了点，但是……反正我是这么做的。哎，难道我还非得解释一番吗？"

"够了，够了，够了！"菲尔博士冷静而低沉的声音打破了僵局。他摸出鲜艳的手帕，旁若无人地大声擤鼻涕，引得众人侧目，他自己却不以为意，甚至有点不耐烦。"哈德利，麻烦够多的了，何必把水搅得更浑？我来开导开导你。按伯纳比先生自己的说法，他的所作所为无非是想要一耍这位小姐。哼哼！小姐，请恕我鲁莽。但其实也没什么大不了，反正你并未上钩，不是吗？至于今早灯没亮的问题，也没那么严重。你们看，电表是投币式的，昨晚有人待在这里，走的时候没关灯，很可能亮了一整夜。唔，价值一先令的电量用完后，灯自然就灭了。我们暂时不知道开关关上没有，因为最先赶来的是索莫斯。见鬼，哈德利，昨晚这里有人，证据已经很充分，问题在于此人是谁？"他注视众人，"嗯。你们两位都说其他人不可能知道这里。但是——伯纳比先生，如果你胆敢捏造轻易便可检验真伪的故事，智商也未免太低了，所以我们姑且采信你的证词——如此一来，了解这个地方的必然还另有其人。"

"只能说我自己是不可能大肆宣扬的，"伯纳比摩挲着下颌，态度坚决，"除非有人发现我到这里来……除非——"

"换而言之，除非是我泄露出去的？"萝赛特再度怒火中烧，牙齿紧紧咬着下唇，"可我没有！我——真不明白为什么我要保守这种秘密——"她大惑不解，"我从没走漏半点风声。爱信不信！"

"你有一把钥匙？"菲尔博士问道。

"本来有，弄丢了。"

"什么时候丢的？"

"喔，我怎么会知道？根本没注意过。"她双臂环抱，脑袋激动地微微摇晃，在房里来回走动，"钥匙放在手提包里，我今早打算过来时才发觉不见了。但有件事我耿耿于怀，"她收住脚步，直面伯纳比，"我——我不清楚自己到底是喜欢你，还是讨厌你。如果你的侦探游戏只是出于无聊的兴趣，别无他意，就说说看！你对我父亲了解多少？告诉我！我才不在乎。反正警方早晚都会查出来。快说，就现在，别藏头露尾的！我最恨你假惺惺的做派！告诉我。左一个右一个兄弟，是怎么回事？"

"好主意，伯纳比先生。"哈德利也帮腔，"你画了一幅油画，我正想请教。葛里莫教授的底细，你究竟掌握了多少？"

伯纳比一副事不关己的模样，大大咧咧靠在窗前，耸了耸肩，浅灰色的双眼中那对针尖大小的黑色瞳孔转了两转，闪现出讽刺的光芒。

"萝赛特，如果我早点知道，或是事先猜出，我的侦查行动会令你误以为……好吧！早知你如此担忧的话，很久以前我就该告诉你。你的父亲曾在匈牙利的盐矿服刑，后来成功越狱。这也不算太严重吧？"

"服刑！罪名是什么？"

"据说是图谋造反……但我个人揣测，他犯的是盗窃罪。你看，我够坦白了。"

哈德利连忙见缝插针："你的消息来源是……德瑞曼？"

"所以德瑞曼也是知情人咯？"伯纳比脸色一沉，眯缝两眼，"果然不出所料。啊！对了，我追查的另一件事似乎和这一点吻合——我想起来了，你们这些人到底掌握了什么内情？"他的情绪陡然高涨，"喂，我可不是好管闲事的人！为了自证清白，我索性全说了吧。我是被卷进这件事的，葛里莫不肯放过我。说到那幅画，与其说它是最后的结果，倒不如说它是一切的源头。从头到尾都是一场意外——为了劝服葛里莫，我简直是呕心沥血。都怪那次该死的幻灯片讲座。"

"什么？"

"幻灯片讲座！千真万确！大约十八个月之前，有天晚上我为了躲雨，慌不择路撞进了北伦敦的一间礼拜堂。"伯纳比苦笑着捻动手指，脸上第一次流露出恳切随和的神色，"我很想把故事编得离奇跌宕，但你们只想要真相。没问题！主讲人正在点评匈牙利，幻灯片中的景象鬼气森森，令在座的教众无不毛骨悚然。谁知它竟然激发了我的想象力，天呐，不可思议！"他两眼放光，"有张幻灯片和我的画风十分契合。图像本身并无新意，但其中的典故——污渎之地的三座孤坟——却令我顿生描摹'梦魇'的灵感。主讲人声称那些都是吸血鬼的墓穴，明白吗？我一回家便趁热打铁，一挥而就。哎，我毫无保留地告诉所有人，那只是想象中的意境，我从未亲眼看过；但不知为何就是没人相信。后来葛里莫看见了——"

"佩蒂斯先生说过，"哈德利怔怔地说，"他被那幅画吓得魂飞魄散。准确说来，是你形容他被吓得魂飞魄散。"

"魂飞魄散？一点也不夸张！他的脑袋深深缩进肩膀里，像一具木乃伊似的傻站着，盯着画出神。我当时将此视为一种赞美。然后，活该我倒霉，"伯纳比斜睨众人，"居然说了这么一句：'你会注意到其中一座坟墓正在崩裂，他就要跳出来咯。'当然，我心里想的是吸血鬼。但他并不了解。那一瞬间，我以为他要抄起调色刀和我拼命呢。"

伯纳比一气呵成坦白了全过程。他说葛里莫反复询问那幅画的情况，问了又问、看了又看、看完再接着问，再迟钝的人也难免心生疑窦。于是，他开始担心自己遭到监视，出于紧张和不安情绪的驱使，他本着自卫的目的展开调查。葛里莫书房里几本书上的笔迹，壁炉上方的兵器盾牌，不经意间的只言片语——伯纳比望着萝赛特，惨然一笑。然后他又说，约在案发前三个月，葛里莫缠着他不放，逼他赌咒发誓严守秘密之后，才将真相抖了出来。所谓的"真相"和德瑞曼昨晚告诉哈德利与菲尔博士的故事如出一辙：黑死病，两个死去的兄弟，以及越狱。

这期间，萝赛特始终凝望窗外，满脸难以置信、半梦半醒的麻木表情。最终，似是用泪水宣泄了心中积郁之后，她才略微缓过劲来。

"就这些？"她边喊边艰难喘气，"所谓隐情，仅此而已？长久以来我一直担惊受怕，竟然就为了这个？"

"仅此而已，亲爱的，"伯纳比也环抱双臂，欣然答道，"我早就说过，没那么严重。但我本不想让警方知道。可你寸步不让——"

"注意了，哈德利，"菲尔博士小声嘀咕，碰碰警长的胳膊，然后清清嗓子，"哼哈！没错，葛里莫小姐，根据我们掌握的情况，这番证词可信度很高。"

哈德利转向新话题："暂且认为这些均属实情。伯纳比先生，弗雷初次现身那一晚，你也在沃维克酒吧？"

"对。"

"所以……难道你没将他和葛里莫的过去联系到一起？尤其是他还提起三口棺材？"

伯纳比欲言又止，挥了挥手："说实话，我想到了。当晚——也就是星期三晚上，我和葛里莫一起步行回家。我没有开口，但感觉到他有话要说。我们到他的书房，分别坐在壁炉两侧，他一反常态给自己倒了一大杯威士忌。我注意到他死死盯着壁炉……"

"对了，"菲尔博士突然打岔，吓了兰波一跳，"他的私人文件、个人资料都放在什么地方，你知道吗？"

伯纳比锐利的目光径直射向他。

"这个问题由米尔斯回答更合适，"他答道，（话里话外似有几分躲闪，几分戒备，几缕烟幕？）"他应该有个保险柜。据我所知，他把文件都锁在大书桌的一个抽屉里。"

"接着刚才的话说下去。"

"好半天我们谁也没说话，无形中弥漫着一股令人浑身难受的紧张情绪，双方都想挑起话头，却又暗暗揣测对方的心思。后来我先下定决心。我问：'他是什么人？'而他在喉咙里鼓噪了一阵，很像狗放声吠叫前的预热，又调整一下坐姿，最后说：'不清楚。相隔太久远了。可能是那个医生，看着有点像。'"

"医生？替他开出死亡证明的狱医？"哈德利问道。萝赛特·葛里莫浑身颤抖，突然跌坐下去，双手掩面。伯纳比颇为不悦。

"没错。哎，我还得继续吗？……好吧，好吧！'那个医生回来勒索我。'他说。认不认得《浮士德》里扮演魔鬼靡菲斯特的那个大块头歌剧明星？葛里莫转身面对我的时候，看上去就极有他的风范。他两手按住椅背，胳膊肘弓起，似乎要起身，脸庞被炉火映得通红，还有那整齐的胡须、扬起的眉毛——像极了。我说：'原来如此，但他又能有什么实质性动作呢？'我想套他的话，因为我猜测内情必定比政治犯罪严重得多，否则时过境迁，还能掀起什么波澜？他说：'喔，干不了什么，他没那个胆子，干不了什么。'

"既然你们要追根问底，"伯纳比环视众人，断然喝道，"我也顾不得那么多了。反正大家心里都有数。葛里莫拿出他的一贯作风，单刀直入地吼道：'你想娶萝赛特，对不对？'我欣然承认。他又说：'非常好，如你所愿。'然后一边频频点头一边敲打椅子扶手。我笑答道——哎！我说萝赛特可能另有心上人。可他却回答：'呸！那个毛头小子！看我怎么打发他。'"

萝赛特明亮而深不可测的目光直逼伯纳比，几乎要令对方紧闭双眼。她的语气令人捉摸不透：

"所以你们都安排妥当了，是吗？"

"老天，别发火！你明明知道没那回事。他们非要问我事情经过，我就实话实说。最后他只吩咐了一句：无论他出什么事，我都务必让这个秘密在肚子里烂掉——"

"难道你没……"

"明确告诉你，没有。"伯纳比转向其他人，"那么，各位，我已知无不言。星期五一早他急匆匆来取那幅画，我也莫名其妙。但既然他要求我不要插手，我便照办了。"

哈德利一言不发地奋笔疾书，写满整页纸才收手。他望着萝赛特，见她正靠回沙发上，肘下垫了一只靠垫。她在皮大衣里穿了一件深色长裙，一如既往没有戴帽子，浓密的金发和棱角分明的脸庞恰与红黄相间的艳丽沙发相得益彰。她把手一伸，手腕犹自微微颤抖。

"我明白，你想问我的看法，对父亲——以及一切一切的看法。"她瞪着天花板，"可我不知道。心头一块巨石落了地，顺利得有点不真实，我反而疑心有人没说实话。哎，我对这位老兄可真得刮目相看！这也太——太令人敬畏、太惊心动魄了，想不到他也有如此狡猾的一面，真令人开心。当然，如果这得益于他是个小偷——"她被自己的想法逗乐了，"他无非是想把这事遮掩过去，你们不至于还要为此治他的罪吧？"

"我要问的与这无关，"萝赛特开明爽快的态度令哈德利吃了一惊，"我只想知道，既然你多次拒绝伯纳比先生之约，为何今早突然改变心意到这里来？"

"当然是为了和他摊牌。而且我——我想一醉方休。后来情况就有些不妙，嗯，我们发现那件染血的大衣挂在柜子里……"

见众人脸色骤变，她不由后退了一小步。

"什么时候？发现什么？"一片肃杀的沉默过后，哈德利追问。

"内衬沾有血迹的大衣嘛，下半部分的内衬血迹斑斑。"她顿时语塞，"我……呃……莫非我之前没提过？哎，你们也没给我发言机会呀！我们刚进门，你们就突然袭击——总之是这样的，那件大衣就挂在玄关的衣柜里，杰罗姆准备挂自己的大衣时才发现的。"

"大衣的主人是谁？"

"谁都不是！怪就怪在这儿！我从没见过它，而且它和全家人的体型都不相称。对父亲而言太大了——何况他最反感那种华而不实的斜纹软呢大衣；斯图尔特·米尔斯更是会被它从头到脚裹起来；但给老德瑞曼穿又太小。是件新大衣，似乎从来没人穿过……"

"明白了。"菲尔博士鼓起腮帮子。

"明白什么了？"哈德利怒喝，"越来越热闹！你跟佩蒂斯说什么想要鲜血淋漓，这下可好，血流成河——而且都出现在不该出现的地方。现在你又打什么主意？"

"我明白昨晚德瑞曼身上怎么会沾上血迹了。"菲尔博士举起手杖答道。

"你是说他穿过那件大衣？"

"不，不对！好好想想。记不记得你的手下是怎么说的？他说德瑞曼跌跌撞撞冲下楼，在衣柜里翻找帽子和大衣。哈德利，当时血迹未干，所以他蹭到身上了。难怪事后他自己也搞不懂血迹的来源。这不就解决了一个大问题吗？"

"不不，越说越糊涂了！虽然澄清了一个疑点，却又冒出来两个更棘手的难题！凭空冒出一件大衣！走吧，我们马上赶去。葛里莫小姐，请你也一起来。还有你——"

菲尔博士摇摇头："你们先走，哈德利。有个地方我必须立刻调查，它包含了至关重要的线索，很可能成为本案的关键转折点。"

"什么地方？"

"皮埃尔·弗雷的寓所。"话音刚落，菲尔博士便穿上披风，拂袖而去。

第三口棺材 "下雨啦"之谜

第十六章　变色龙大衣

自从大衣之谜浮出水面后，一直到与佩蒂斯约好共进午餐的时间之前，菲尔博士始终郁郁寡欢；兰波若非亲眼所见，几乎无法置信，更别提洞悉博士心中所想之事了。

一开始博士虽然坚持哈德利应当即刻赶回拉塞尔广场，但他本人却拒绝同往。他说弗雷的房间里必定留有本案的重要线索，还说要留下兰波干点"吃力不讨好的脏活累活"。然后他又痛心疾首地诅咒自己，就连平时乐得落井下石的哈德利也忍不住极力规劝。

"你想找什么呢？"哈德利劝道，"索莫斯早就把那地方翻遍了！"

"没有具体目标，"博士嘟囔着，"只希望找到'兄弟亨利'出没的痕迹，也就是他的个人特征。比如说他的胡须，他的——噢，老天，'兄弟亨利'，真他妈该死！"

哈德利表示，他们读不懂《西班牙修道院里的独白》[1]，

---

①英国诗人罗伯特·勃朗宁的代表作之一。

也同样搞不懂这个行踪飘忽的亨利为何能将他的老朋友逼得暴跳如雷、几近癫狂，毕竟目前没出现什么新线索。离开伯纳比的公寓前，博士又令众人暂且留步，将赫克小姐招来询问了一番。此前欧洛克在楼下大献殷勤，用他巡回演出期间层出不穷的趣事成功绊住了这位房东太太；不过鉴于这两人都堪称话痨，谁的回忆篇幅更长就很难判断了。

菲尔博士不得不承认，对赫克小姐的询问收效甚微。赫克小姐是位韶华已逝的老处女，虽然性情随和、古道热肠，但思维却缺乏逻辑可言，还下意识地将古怪的房客与小偷、杀人犯混为一谈。众人费尽唇舌说服她相信伯纳比并非宵小之辈后，她的口风才稍稍有所松动。昨晚八点至十一点间她在电影院，后来又在格雷律师学院路的一个朋友家盘桓至午夜才告辞。她想不出用过伯纳比房间的会是谁，甚至到了今天早上才得知街上发生命案。至于其他房客，共有三位：一个美国学生和他的妻子租住一楼；二楼住的是一名兽医。他们三人昨晚都不在家。

从布鲁姆斯伯里广场无功而返的索莫斯接手询问工作。哈德利与萝赛特、伯纳比赶回葛里莫家。菲尔博士执意要再拜访一位健谈的房东太太，但事与愿违，接待他的这位房东先生沉默寡言。

与香烟店相连的二号寓所外形单薄，像是音乐喜剧中探出舞台的半面道具房子。但黑漆漆的门面寒酸得多，同样弥漫着隔壁香烟店的陈腐气味。一阵叮叮当当的铃声过后，香烟店主暨报摊老板詹姆斯·多尔伯曼先生才慢腾腾地从店铺深处的阴影中现身。这位老人身材矮小，双唇紧闭，关节突出，穿一件黑色棉大衣，在满屋子旧书和风干的薄荷糖之中颇为醒目。对于本案，他的观点是：关他什么事？

老头的视线越过众人，锁定窗口，似乎巴不得有客人登门，以便顺理成章地结束谈话。他没好气地从牙缝里挤出些许答案：是的，他家有一位租客；没错，此人名叫弗雷，外国佬。弗雷在顶楼租了一间房，兼做卧室和客厅之用。他住了两星期，预付房租。不，房东对他既不了解，也不关注，只知道他从不惹麻烦。他习惯用某种外语自言自语，仅此而已。房东和他一点也不熟，因为没和他打过几次照面。家里没有其他房客，房东也没给楼上的任何人送过热水。弗雷为何选择顶楼？房东知道才怪，最好去问弗雷本人。

没听说弗雷的死讯？不，已经知道了，之前有个警察跑来问了些愚蠢的问题，还带他去认尸。但这和他又有什么关系呢？昨晚十点二十五分的枪杀案？詹姆斯·多尔伯曼先生似乎能说出点什么，但他的嘴密不透风，更加锲而不舍地向窗口行注目礼。当时他在地下室的厨房里，还开着收音机，所以什么也不知道；就算知道发生了命案，他也懒得出去看热闹。

有人来拜访过弗雷吗？没有。周围有没有形迹可疑的陌生人，或是其他任何人和弗雷有交集？

这个问题意外地收到奇效。房东那张嘴仅仅像梦呓般微微动了动，话题就源源不断涌了出来。好极了，警察就该多长几个心眼，少浪费纳税人的钱！他发现某人在附近藏头露尾、东张西望，还和弗雷说过话，然后飞也似的溜走了。那家伙长相猥琐，八成就是他最讨厌的凶手！他最受不了躲躲闪闪的人。不，他无法描述那人的相貌——那是警察的事。再说，那人只在晚上出现。

"难道他没有任何值得一提的特征？"菲尔博士拿手帕擦脸，容忍度已濒临极限，"穿什么衣服，诸如此类的？嘿？"

"他好像穿过一件花里胡哨的大衣，"多尔伯曼死死盯着窗口，经过一番思想斗争，才勉强吐露，"浅黄色的软呢大衣，上头好像还有很多红点。那是你们的事。要上楼吗？钥匙在这儿，门在外头。"

这房子表面上弱不禁风，结构却意外地坚实牢靠。踏上幽暗逼仄的楼梯时，兰波忍不住气呼呼地说：

"你说得对，案情已经彻底逆转了。线索全都集中到一件大衣上，却也因此越发荒诞不经。本来我们的目标是穿黑色长大衣的恶魔，现在冒出来的这家伙则穿了一件鲜艳夺目，还染着血迹的大衣。究竟哪件是哪件？大衣之谜

220

一破，全案便会迎刃而解吗？"

菲尔博士上气不接下气，吃力地往上爬。"唔，我看未必，"他含糊其词，"虽然我说案情全盘逆转——倒不如说我们走错了方向更确切。不过，大衣的问题在某种程度上的确是关键一环。嗯。有两件大衣的家伙。不错，我看凶手只有一人，虽然他的穿着风格不太一致。"

"刚才你不是说已经掌握凶手的身份了吗？"

"我知道他是谁！"菲尔博士怒吼，"你懂不懂，我为何有狠踹自己一脚的冲动？他由始至终都在我鼻子底下转悠，这还不算，他从头到尾说的每一句都是不折不扣的实话，却一而再再而三被我忽略。他这么诚实，我却不相信他，认定他清白无辜，一想到这里，我怎能不痛心疾首！"

"但消失诡计又是怎么回事？"

"不，我还没破解他的手法。到了。"

顶楼只有一间房，一线微光从斑驳的天窗投到地板上。漆成绿色的普通木板门半开着，室内空间狭小，窗户显然有段时间没打开了。菲尔博士在房里摸索一阵后，发现歪斜的地球仪头上戴着个煤气灯罩。就着昏暗的光亮，不难看清此处陈设虽整齐，却很肮脏；房里摆了一张白色铁床，贴着甘蓝图案的墙纸。写字台上有张字条压在墨水瓶底下。只有一件物品依然可见皮埃尔·弗雷那诡奇扭曲的风范，令观者顿觉身着旧礼服、头戴高礼帽的弗雷本人就在眼前——那是一幅悬挂在镜子上方的金、黑、红三色裱字，张牙舞爪地呈现了一句颇具古风的警句；只见那回旋的纤细字体书写道："蒙神垂示，吾之复仇。血债血偿。"不过这幅字却是倒挂着的。

菲尔博士不动声色，喘息着缓步上前拿起那张折叠的字条。兰波凑上来一看，笔迹十分花哨，留言虽短，却大有昭告天下的意味。

詹姆斯·多尔伯曼先生敬启：

　　些许家当，于我无用，还请笑纳，以答谢一周来款待之恩。我将回归墓穴之中。

皮埃尔·弗雷

"'回归墓穴之中'这种话怎么说了又说？"兰波不解其意，"似乎其中另有深意，即便不那么……我在琢磨，真有弗雷这号人物吗？该不会是其他人假扮的吧？"

菲尔博士不予置评。自从开始检视地毯时起，他的心情便一路走低，跌至谷底。

"毫无线索，"他呻吟道，"连公共汽车票之类的东西也没有。一潭死水，不起波澜，不露端倪。他的财产？我看都不想看。索莫斯应该已经查过了。走吧，回去和哈德利会合。"

他们步行返回拉塞尔广场，悒悒不乐，心绪一如漫天阴霾。踏上葛里莫家门前台阶时，哈德利从客厅窗口望见他们，连忙开门相迎。他先确认客厅的门已经关好——里面传来一阵抱怨声——然后在华丽而昏暗的走廊里与二人碰头，在身后那副日本武士盔甲的可怕面具衬托下，他那张脸显得尤其滑稽。

"看来又有麻烦了，"菲尔博士竟有几分喜色，"也好，你尽管说。我白忙活了一场，并未带回值得汇报的讯息。所幸我的乐趣并不仅仅来自未卜先知。出了什么事？"

"那件大衣——"哈德利怒不可遏，旋又冷笑道，"你们来听听，说不定能瞧出点门道。曼根说不定没说实话，但我想不出他撒谎的理由何在。只是那件大衣——已经检查过了，是件新大衣，崭新的。衣袋里空空如也，连沙子、绒毛、烟灰之类平时一抖就会掉下来的东西也没有。不过，首先要解决的是两件大衣的问题。不妨称之为变色龙大衣之谜……"

"大衣到底怎么了？"

"变了颜色。"哈德利答道。

菲尔博士眼睛一亮，兴致重燃，牢牢盯着警长："没想到此案把你的脑子烧坏啦？变了颜色，嘿？难道你接下来要说那件大衣现在变成鲜亮的翠绿色了？"

"我说变色是因为——跟我来！"

哈德利刚推开客厅房门，一股山雨欲来的气氛便迎面而来。客厅里的家具无不古色古香、厚重奢华。灯具是青铜的；桌沿是镀金的；窗帘上点缀了大量蕾丝花边，像冰封的瀑布一样僵硬。所有灯都亮着。伯纳比窝在沙发里。萝赛特气冲冲地快步兜圈子。厄内丝汀·杜蒙站在墙角的收音机旁，倒背双手，下唇抿住上唇，那副表情看不出是觉得可笑，还是暗暗挖苦，抑或二者兼具。最后一位是博伊德·曼根，他背对熊熊炉火，似被火苗轻轻舔舔了一下，微微一颤，随即转移到壁炉的另一侧。但真正令他火烧火燎的，还是抑制不住的激动情绪。

"——我知道这该死的东西穿在我身上很合适！"他大有拼个你死我活的架势，"我知道，我不否认。固然合身，却不归我所有。第一，我穿的向来是防水的大衣，玄关那儿现在就挂着一件。第二，这种大衣我可买不起，防水大衣按每件一个便士算，那这种大衣一件得花二十个几尼。第三——"

哈德利没等他说完就拍手示意。菲尔博士和兰波的出现令曼根的情绪略有缓和。

"请你把刚才的话复述一遍如何？"哈德利说。

曼根点燃一根香烟，火柴的光焰映出了那他乌黑双眸中的少许血丝。他扔掉火柴，狠狠吸了口烟，悠悠吐出烟圈，俨然一名在如山铁证面前甘愿伏法的罪人。

"不知为什么每个人都恨不得对我赶尽杀绝，"他说，"可能还有另一件大衣，只是我想不通为什么有人非得到处乱扔衣服……喂喂，泰德，听我说，"他抓着兰波的胳膊，像要陈列展品似的把他拖到壁炉边，"昨晚我来吃晚饭时，一进门就把大衣——注意，是我本人的防水大衣——挂到玄关的壁橱里了。按说通常大家挂衣服时都懒得开灯，随手捞个衣架、摸黑挂上不就行了？但我当时还带了一包书，得先放到架子上，所以才把灯打开。于是我看见一件大衣，一件多出来的大衣，就挂在另一头角落里。尺寸和你们那件黄色软呢大衣差不多，我感觉大小一模一样，只不过它是黑色的。"

"一件多出来的大衣，"菲尔博士捏着下巴，好奇地望着曼根，"为什么说是一件'多出来的'大衣，年轻人？倘若你在别人家里看见一排大衣，难道会产生'多出一件'的想法吗？按我的经验，挂起来的大衣是家里最不引人注目的东西了，你最多知道其中有一件属于自己，但一眼扫去甚至都拿不准是哪一件。对不对，嗯？"

"我很熟悉全家人都穿什么样的大衣。而且，"曼根反驳道，"我心想那肯定是伯纳比穿来的，所以特别留心了一下。没人告诉我他也要来，而我怀疑他是不是……"

伯纳比并没把曼根的敌意放在心上。卡廖斯特罗街公寓沙发上那个有点神经过敏的男人不见了，取而代之的是个童心未泯的中年人，正夸张地挥着手。

"曼根的眼睛真尖，菲尔博士，"他笑道，"这小子观察力特别敏锐，哈——哈——哈！特别是我在场的时候。"

"你有意见？"曼根压低嗓门，刻意维持冷静。

"——还是让他把故事讲完得了。萝赛特，亲爱的，给你点支烟如何？对了，我先声明，那件大衣不是我的。"

曼根心头升起无名火，但仍强压怒气："总之我多留了个心眼。后来，今天一早伯纳比过来的时候发现了那件内衬染血的大衣——颜色较浅，却挂在同一位置。可想而知，唯一的解释就是有两件不同的大衣。但这岂不荒唐？我敢发誓，昨晚那件大衣绝不属于这里任何一人；至于今天这件软呢料子的，一望便知也和我们无关。凶手究竟穿过其中一件，还是两件，或者两件都没穿？而且那件黑色大衣样式十分怪异——"

"怪异？"菲尔博士出其不意地问道，曼根不禁扭过头来。"你说'怪异'是什么意思？"

厄内丝汀·杜蒙从收音机旁走出，平底鞋吱吱嘎嘎响个不停。她的面容比早上更显衰老，高高的颧骨更凸了，鼻梁更塌了，发肿的双眼令她整个人看上去愈显鬼鬼祟祟。然而，尽管她神情决绝，黑色的双眼中却依然闪动光芒。

"呸！"她的手势既突兀又生硬，"这种愚蠢的问题有什么意义？问我不就行了？我比他清楚得多，难道不是吗？"她盯着曼根，眉头一皱，"不不，别误会，我看你也在竭力挖掘真相，但却有些混淆事实。其实很简单，正如菲尔博士所言……那件黄色大衣昨晚就在这儿，没错。傍晚时分，还没吃晚饭时就有了，就挂在曼根先生口中那件黑色大衣的位置上。我亲眼所见。"

"可是——"曼根喊道。

"好了，好了，"菲尔博士朗声安抚道，"我们来整理一下。太太，既然你看见了那件大衣，难道不觉得奇怪？一点疑惑都没有吗？你总该知道那不是家里人的衣服吧？"

"不，很正常啊，"她冲曼根点点头，"他来的时候我不在场，所以我以为大衣是他的。"

"对了，是谁开门让你进来的？"菲尔博士懒洋洋地问曼根。

"是安妮。但大衣是我亲手挂上的。我敢发誓——"

"哈德利，如果安妮在家，最好按铃叫她来，"菲尔博士说，"变色龙大衣之谜果然引人入胜。噢，天哪，太有意思了！哎，太太，我并不是质疑你证词的真实性，正如你对曼根证词所持的态度一样。之前我还对泰德·兰波说过，某人实在是诚实得过了头。哈！对了，你和安妮谈过了吗？"

"喔，是的，"哈德利答道，此时萝赛特·葛里莫正大步走过他身边前去按铃，"她的证词很简单。昨晚她不在家，十二点过后才回来。不过大衣这事我还没问过她。"

"搞不懂你们在折腾些什么！"萝赛特大为光火，"问这些有什么用！除了翻来覆去追究大衣的颜色是黄是黑，竟然没有其他办法吗？"

曼根连忙劝道："这件事非同小可，你也不是不知道。我可没产生幻觉，但我想她也没有！可我们之间总有一人是正确的。话说回来，我看安妮也未必能帮上什么忙。天哪！我彻底糊涂了！"

"说得好。"伯纳比说。

"给我滚，"曼根怒喝，"否则就闭嘴！"

哈德利连忙拦在二人中间，好言调停。伯纳比气得脸色惨白，一屁股坐回沙发里。客厅中的气氛剑拔弩张，众人都缄口不言，此时安妮终于应召而来。她气质恬静，鼻子有点长，看样子是个明事理、知分寸、勤恳能干的姑娘。她微微躬身站在门口，头上那顶帽子恰到好处，十分得体妥帖；褐色的双眼平视哈德利，略显不快，却毫不怯场。

"有关昨晚的一件事，之前忘了问你——呃，"警长颇有些不自在，"嗯，是你替曼根先生开门，对吗？"

"是的，先生。"

"具体时间是？"

"不好说，先生，"她略显迷茫，"大约在晚饭前半小时。准确时间我说不上来。"

"你看见他挂上帽子和大衣了吗？"

"是的，先生！他从不让我帮忙，否则我肯定会——"

"那你有没有看见衣柜里的情形？"

"噢，我想想……是的，先生，我看见了！是这样的，我将曼根先生请进门之后就直接回餐厅，然后突然想起应该先到楼下厨房去一趟。所以我又折回玄关，注意到他已经不在那儿了，衣柜里却还亮着灯，所以我上前把灯关掉……"

哈德利倾身向前："现在仔细想想！你知道今早在衣柜里发现的那件浅色软呢大衣吧？知不知道？很好！还记不记得它挂在哪个衣架上？"

"是的，先生，"她的双唇轻轻一抿，"伯纳比先生发现它的时候，我也在玄关那里，然后大家都来了。米尔斯先生说最好别动它，免得破坏血迹和其他痕迹，因为警察——"

"非常好。安妮，问题在于那件大衣的颜色。昨晚你朝衣柜里看的时候，那件大衣是浅黄色还是黑色？还记得吗？"

安妮瞪圆了眼："是的，先生，我记得——浅黄色还是黑色，先生？你是认真的？嗯，先生，严格说来，都不对。因为当时那个挂钩上根本没挂着大衣。"

霎时间人声鼎沸，炸开了锅。曼根破口大骂，萝赛特几乎歇斯底里地放声大笑，伯纳比则忍俊不禁，唯有厄内丝汀·杜蒙依然沉默，疲态中又透着几分轻蔑。哈德利端详了安妮那一丝不苟的认真神情好半天，只见她紧握双手，高昂着头。哈德利走到窗前，一言不发，但满腔暴怒已明明白白写在脸上。

菲尔博士反倒轻声笑了起来。

"哎，振作点，"他说，"好歹没又变出一种颜色。我仍然认为此事极具启示性——你可别拿椅子砸我脑袋。嗯嗯。哈！对了对了，走吧，哈德利，吃午饭要紧。午饭！"

第十七章 密室讲义

咖啡端上桌，酒瓶见了底，雪茄的烟雾袅袅升起。佩蒂斯下榻的旅馆里，偌大的餐厅光线朦胧，哈德利、佩蒂斯、兰波以及菲尔博士四人围坐在红色台灯四周的光晕中。其他餐桌旁的客人已屈指可数，他们却还久久不愿起身，享受着暖洋洋的炉火，坐看窗外的雪花悠然飘落，沉浸在冬日午后慵懒闲适的惬意时光中。在盔甲与盾牌纹章的衬托下，菲尔博士俨然是一位趾高气扬的封建贵族，他不屑地打量着咖啡杯，大有一口将其鲸吞的气势。他既潇洒又不容置疑地一扬手中的雪茄，清了清嗓子。

"接下来我将围绕推理小说中所谓'密闭的房间'，针对构建密室的一般方法及其历史演进过程展开论述。"他的语气虽不失温和，却十分强势。

"改天再议吧，"哈德利闻言不禁呻吟道，"酒足饭饱之后，谁还有心情听什么讲座？更何况还有事要办。哎，刚才我说到——"

"接下来我将围绕推理小说中所谓'密闭的房间'，针对构建密室的一般方法及其历史演进过程展开论述。"菲尔博士置若罔闻，"嗯哼，如有不同意见请自动忽略。嗯哼，各位！首先，纵览四十年来的如云佳作，我的视野日益开阔，可以这么说——"

"既然要分析不可能犯罪，"佩蒂斯打岔，"为何又转而讨论推理小说？"

"因为我们身处推理小说之中，"博士坦然答道，"何必自欺欺人、愚弄读者？讨论推理小说本也无须冠冕堂皇的借口。尽情享受遨游书海、快意缉凶的至高乐趣吧。

"言归正传。各位，为避免争议，讨论过程中我将不预设任何规则，一切皆从个人口味与偏好出发。且让我擅自篡改吉卜林①的名言：'构建一座谋杀之迷宫共有六十九种方式，而其中任何一种都是对的。'然而，倘若我宣称每种方法于我而言趣味相同，那么我必定是——尽量文明些——睁眼说瞎话的骗子。但这并非重点所在。有人说在推理小说中密室题材的趣味性无可匹敌，此种论调未免有失偏颇。我喜欢杀人如麻、嗜血成性、怪诞诡异的凶手，也钟情于生动鲜明、富有想象力的情节构架，可惜迄今为止仍找不出一部纯粹以现实中闻所未闻、几乎不可能发生之事为基础，令人心驰神往的小说。那些司空见惯的陈词

---

①鲁迪亚德·吉卜林（Rudyard Kipling），英国著名作家。吉卜林的原话是："为一个部落写一首叙事诗共有六十九种方式，而其中任何一种都是对的。"

滥调，怎比得上哈纳德探长①的低声暗笑，以及芬丘奇圣保罗教堂的夺命丧钟②来得悦耳动听？我承认，以上仅是我自娱自乐却不失理智的个人成见，不值一哂，不劳他人费心指摘。

"但这一见解自有其必要性，只因部分连最低程度之恐怖都无法容忍的人，执意要将其偏好上升为金科玉律。'绝不可能'一词在他们手中已沦为标签式的刁难工具。不明就里的读者难免因此落入陷阱，将'绝不可能'与'拙劣不堪'画上等号。

"'绝不可能'绝不适用于批判推理小说。我这一论断自然有理有据，读者对推理小说的喜爱，很大程度上恰恰维系于所谓的不可能犯罪。A被谋杀，B与C具有重大嫌疑，一脸无辜的D不可能是凶手，但真相大白时，凶手偏偏就是D。所有证人均坚称G拥有完美的不在场证明，绝不可能有机会作案，谁知偏偏就是G下的手。侦探在海边捡到零星的煤灰，如此微不足道的小东西绝不可能是重要线索，但到头来它却成为解谜的关键一环。简言之，随着案情推进，'绝不可能'竟渐渐沦为笑柄。不到故事结尾，万不可轻言'绝不可能'。如此一来，唯有将猜凶手的赌注押在可能性极低的人物身上（因循守旧者的选择），最

---

①著名推理小说家A.E.梅森（A.E.Mason）笔下的名侦探。
②指的是著名推理小说家多萝西·L.塞耶斯（Dorothy L.Sayers）的名作《九曲丧钟》。

后才不至于牢骚满腹，因为比起其余嫌疑人，此君表面上最缺乏犯罪动机和杀人之必要性，在整个故事中也最不显山露水。

"当读者高呼'不会发生这种事'之时，当你对只露出半张脸的恶魔、以头巾掩面的幽灵、美艳不可方物的女妖大为光火之际，其实无非是想表达：'我不喜欢这种故事。'没关系，既然不喜欢，自然有权大声说出来。但如果将个人口味直接转化为评判作品优劣，甚至作品可信度高低的标准，就无异于在说：'这一系列事件不可能发生，否则就太没意思了。'

"真实情况究竟如何？既然密室题材所受诟病最多，被读者公推为可信度最低，我们就以此为例，来一场全面剖析。

"令人欣慰的是，绝大多数人都喜欢密室。然而——致命的障碍在于——就连密室的忠实爱好者也难免心存疑虑。不瞒各位，我本人也不例外。所以，目前我们身处同一战线，大可翘首以待本次讨论能否有所发现。为什么揭开密室之谜时，我们每每将信将疑？这与疑心病全然无关，只不过是因为我们或多或少感到莫名的失望而已。失望之余，有失公正地将整个故事贬为不可信、不可能、荒谬绝伦，也就在情理之中了。

"长话短说，"菲尔博士举起雪茄，朗声说道，"欧洛克今天为我们讲解的魔术在现实生活中再现了。天哪！各位，对真实案件我们尚且嗤之以鼻，那虚构的小说又将蒙受何种待遇？这种事每发生一次，魔术师的手段每得逞一次，都令其诡计越发深不可测。在推理小说中，我们称之为'不可能犯罪'；在现实生活中，纵然我们不得不相信它果真存在，也免不了认为答案会令人大失所望。两种失望之情拥有相同缘由——过高的期望值。

"既然谜面如此魔幻，不知不觉间我们也就期盼解答同样瑰奇。于是，当得知诡计根本无关乎魔法时，我们便痛斥其无聊透顶，这未免不太公平。不应对凶手的离奇举动横加指摘。最核心的问题应当是：该诡计有无实现的可能性？如果答案是肯定的，那么就没必要对其合理性穷追猛打。有人从密室中逃脱——那又如何？既然他可以为了娱乐我们而违背自然法则，行为离谱出格又有何妨？既然他自愿表演用头倒立，难道非得强求他的双脚必须踩在地面上？各位评断裁夺时，请务必将以上观点纳入考量。密室解答的趣味性如何，取决于个人口味；但若要做出'这种解答绝无可能''牵强附会'之类结论时，请三思而后行。"

"够了，够了，"哈德利调整一下坐姿，"我本人对这个话题没有太多想法。但既然你执意发表长篇大论，可想而知必定与本案有一定联系……"

"对极了。"

"那为何又举密室为例？你自己也说过，葛里莫之死并非最大谜团，最费思量的还是空旷街道中央的枪杀之谜……"

"噢，那个啊？"菲尔博士轻描淡写地挥挥手，令哈德利不禁瞪圆了眼，"那个问题？一听到教堂钟声，答案便送上门来了。啧啧，冥冥之中的奇妙暗号！我是认真的。现在反倒是密室脱身之谜最令我挠头。为厘清头绪，以便抽丝剥茧，我将在简要分类的基础上，概括梳理密室谋杀的不同手法。毋庸置疑，本案必定属于其中某一种类型！无论密室诡计如何千变万化，不外乎都是几种核心方法的改良变异而已。

"嗯哼！哈！假设这间密室有一扇门、一扇窗户、厚实的墙壁。以门窗悉数紧密封锁为讨论逃脱手法的前提，我首先排除'通往密室的秘道'之类低劣的（而且现今也极为罕见的）所谓'诡计'。此类解答令人完全无法接受，但凡作者尚有自尊心在，甚至都不必特意声明故事中不存在秘道。有打擦边球嫌疑的种种小手段也不在讨论之列，诸如：壁板间的罅隙仅容一只手伸过；利刃从天花板上的栓孔掷入，事后栓孔又被神不知鬼不觉塞好塞子，上层阁楼地板也撒上尘土，伪装成无人走过的迹象。动作虽小，犯规性质却并无二致。无论秘道小如顶针，或是大如谷仓门，基本原则均一律适用。至于合理的分类，你不妨略加摘记，佩蒂斯先生……"

"有道理，"佩蒂斯笑道，"请继续。"

"第一！案发现场的密室的确密不透风，凶手未曾逃出的原因，是凶手实际上不在密室里。解答如下：

"1. 该案并非谋杀，而是一连串巧合阴错阳差造成了貌似谋杀的事故。房间尚未上锁前，发生了抢劫或争斗，有人受伤、家具损毁，足以令人联想到行凶时拼死搏斗的场景。后来，受害人或意外身亡，或在密室内昏厥，但以上事件却被误认为发生于同一时间。此类案件中，死因多为头骨迸裂——推测为棍棒击打所致，实则缘于死者不慎撞上某件家具，如桌角、椅子的突出边缘等，但最脍炙人口的元凶当推铁制壁炉架。值得一提的是，自歇洛克·福尔摩斯的《驼背人》以来，致命的壁炉架已背负累累血债。此类情节中最完美的解答（其中也包括了一名凶手）首推加斯顿·勒鲁的《黄色房间的秘密》——史上最杰出的推理小说。

"2. 该案确系谋杀，但受害人误中圈套亲手杀害自己，或不幸撞进死亡陷阱。其手法可能利用'鬼屋'的恐怖气氛，或加以心理暗示，更常见的方法则是从屋外输入毒气。毒气或毒药令受害人狂性大发，将房间砸得混乱不堪，状似发生过打斗，最终受害人不慎将利刃刺入身体而亡。此类手法的变体有：受害人被枝形吊灯的尖钉刺穿脑袋；被铁线圈吊死；甚至被自己的双手活活扼死。

"3. 该案确系谋杀，凶器是事先埋设在房中的某种机械装置，隐藏在家具内部，看似全无异状。此种装置可能是死去多年之人设下的陷阱，或自动触发，或被今时今日的凶手加以利用。当代科技的新产品有望大显神通。例如藏匿于电话听筒中的自动手枪，受害人一旦拎起听筒，子弹便呼啸而出、穿颅而过。又如扳机上系着丝线的手枪，丝线另一头浸在水中，水结冰凝固时丝线上的张力增强，进而拉动扳机。再如上紧发条时便会射出子弹的座钟，以及（钟表是非常流行的凶器）构造精巧的老爷钟，上头安置了令人不胜其烦的闹铃，一旦受害人伸手去关铃声，甫一触碰，钟内便飞出一柄利刃将其开膛破肚。夺命的重物可以从天花板摆荡下来，也可以从高高的椅背上坠下，把受害人砸得脑瓜稀烂。有一种床，能感应人体体温，随之散发致命毒气；有一种杀人于无形的毒针，能够——

"于是，"菲尔博士手中的雪茄指指戳戳，"对这些机械装置的研讨，将我们从狭义的密室引入了更宽泛的'不可能犯罪'领域。以上手法尚有可能进一步演化，甚至还会出现能电死人的机关。拦在一排油画前的绳索可以通电，棋盘也可以通电，甚至连手套都能通电。包括茶壶在内，每件家具都暗藏杀机。但这些手段暂时无人采用，所以接下来是：

"4. 该案属于自杀，但刻意伪装成谋杀。死者用冰柱刺死自己，冰柱溶化后，密室中找不到凶器，遂判定为谋杀。或是死者开枪自尽，枪的尾部系着一条橡皮筋，松手后凶器便被拉进烟囱隐藏起来。此种诡计（在不构成密室的情况下）的变体有：手枪上的丝线另一端系着重物，枪响后手枪被飞速拉过桥栏杆坠落水中；同理，手枪也可被拽出窗外、落入雪堆。

"5. 该案确系谋杀，凶手利用魔术手法和易容术故布疑阵。例如，房门有人监视，众人以为受害人仍安然无恙，殊不知其早已陈尸室内。凶手乔装成受害人（或者他的背影被人误以为是受害人），匆匆进门，立即转身卸下伪装，迅速以本来面目走出房间，给人造成他出门时与别人擦肩而过的错觉。不在场证明随之成立，因为谋杀发生的时间被推定为冒牌的'受害人'进入房间之后。

"6. 该案确系谋杀，凶手在房间外下手，却造成案发时凶手必须在房间内的假象。

"为方便阐释，"菲尔博士稍做歇息，"我将此类谋杀手法统称为'远距离谋杀'或'冰柱谋杀'，因为万变不离其宗，基本原理都差不多。冰柱手法刚才已提过，各位心中都有数。房门紧锁，窗户太小，凶手无法进入；然而受害人显然在房内遇刺身亡，凶器也下落不明。冰柱如同子弹从屋外射入——与之前的神秘毒气一样，姑且不去深究其可行性——融化之后便消弭无踪。安娜·凯瑟琳·格林[1]在她的长篇作品《姓名简写》中首次将此类诡计引入推理小说。

"说句题外话，推理小说中若干经典模式的起源都可以追溯到格林女士。五十余年前，在她的推理小说处女作中便首创了凶残的秘书谋杀雇主这一模式；而且我认为按如今的统计数据，秘书仍是小说中最常见的凶手。管家行凶早已过时；坐轮椅的残疾人也太过可疑；行事沉稳、人过中年的老处女也早已告别杀人狂之列，转行当起了侦探。这年头医生也越来越循规蹈矩，当然，如果他们声名显赫、变成科学狂人的话，则另当别论。律师们一如既往地阴险狡诈，只在某些案件中才主动出击。历史总是惊人的相似！八十年前，埃德加·爱伦·坡泄露天机，将他笔下的凶手命名为'古德菲勒'[2]；而当代最受欢迎的推理小说作家也效法先贤，为他精心设置的幕后主谋安排了'古德曼'[3]这种名字。反正，在大宅中，秘书依然是最最

---

[1] 安娜·凯瑟琳·格林（Anna Katherine Green），著名推理小说作家，美国推理小说的先驱。
[2] Goodfellow，意为"好家伙"。
[3] Goodman，意为"好人"。

危险的角色。

"继续讨论'冰柱谋杀'模式。其付诸实践应归功于文艺复兴时期声名显赫的美第奇家族；著名的弗莱明·斯通系列小说[1]中引用了一首关于战争的讽刺短诗，描述了冰柱在公元一世纪罗马帝国由盛转衰的过程中发挥了怎样的作用。冰柱可以用枪击发、可以徒手投掷，也可用十字弓发射，汉密尔顿·科里克（雅号'千面奇人'的迷人角色）[2]经手的一个案件便是典型例证。这类手法的变体可以是各种可溶解的发射物，例如用盐铸成的子弹，甚至以血液冻结而成的子弹，等等。

"'冰柱谋杀'模式诠释了我的观点：谋杀虽发生在屋内，但凶手完全可以置身屋外。还有其他方法。刺杀受害人的凶器可以是内藏薄刃的手杖，透过凉亭周围枝繁叶茂的藤蔓一击毙命，随即收回；如果刀刃异常细薄，受害人亦可能浑然不觉身受致命伤，走进另一个房间后才倒地猝死。凶手亦可诱使受害人把头探出窗外张望，虽然下方绝对安全，冰块——我们的老朋友——却从天而降，砸碎头骨而致命；事后找不到凶器，因为它已经融化了。

"利用毒蛇或昆虫进行谋杀的手法也可归入这一类别中（其实列入第三类也很合适）。除了衣柜和保险箱，花盆、

---

[1]美国推理小说作家卡罗琳·威尔斯（Carolyn Wells）的作品。
[2]美国作家托马斯·W.汉舒（Tomas W.Hanshew）笔下的私人侦探，擅长易容术。

书堆、枝形吊灯乃至手杖亦可作为蛇的藏身之处。我记得一个非常生动的例子：受害人正要把一只雕刻得夸张怪异的蝎子状烟斗放进嘴里，那蝎子竟有了生命、张牙舞爪起来。不过，谈到密室手法中最精彩的远距离谋杀，我愿向各位推荐推理小说史上最精彩的短篇小说之一（其实另有几篇杰作的水准亦能与之等量齐观，均可并列于后人难以企及的巅峰，如托马斯·伯克①的《欧特摩尔先生之手》，切斯特顿的《通道里的男人》，杰克·福翠尔的《逃出十三号牢房》）：梅尔维尔·戴维森·普斯特的《杜姆多夫谜案》——远距离行凶的罪魁祸首，是太阳。杜姆多夫摆在桌上的一个酒瓶里装了未经加工的甲醇，阳光透过密室的窗户照射在酒瓶上，恰好起到了凸透镜的聚焦作用，点燃了挂在墙上那支枪的雷管，于是床上那人见人厌的家伙便被轰得胸膛开花。除此之外，还有——

"打住！嗯嗯。哈。我还是点到为止的好。且让我以最后一种类型为分类工作画上完美的句号：

"7. 该案确系谋杀，但其手法与第五种类型恰恰相反。亦即受害人的推定死亡时间远早于实际作案时间。任凭众人如何敲门，密室内的受害人都昏睡不醒（虽被下了药，但并不致命），凶手故作惊恐，强行破

---

①托马斯·伯克（Thomas Burke），英国作家。

门、率先冲进密室，用锐器刺杀（或割喉等手段）在瞬间行凶得逞，并误导其他目击证人，令他们以为看见了其实并未看见的情况。首创此种诡计的荣耀属于伊斯瑞尔·冉威尔[1]，多年来它的各种变体长盛不衰。运用此类手法（通常以锐器刺杀为主）的地点有：轮船，废屋，温室，阁楼，甚至露天场所——受害人跌倒昏迷，凶手俯身查看时趁机下手。因此——"

"且慢！等一下！"哈德利突然重重擂了桌面一拳。雄辩滔滔的菲尔博士正在兴头上，笑吟吟地欣然扭头望着他。哈德利接着说道："你的分析的确令人大开眼界，既然密室诡计的所有分支你都有所涉猎——"

"所有？"菲尔博士瞪大了眼，哼了一声，"还差得远呢。以上分析尚未穷尽这一特定类型中的所有具体手法，只是我即兴归纳的粗略概述，留待日后进一步总结。接下来我将分析另一大类：各种令门窗从房间里上锁的技巧。哼哼！哈哈！那么，各位，闲话少叙——"

"别操之过急，"警长顽固地拦阻，"你的论述自相矛盾。你说从这种种诡计手法中可以抽丝剥茧、得出线索，但你刚才总结的七个要点，却没有一个适用于本案。你的大前提是：'凶手未曾逃出的原因，是凶手实际上不在密

---

[1]伊斯瑞尔·冉威尔（Israel Zanwill），犹太裔英国作家，代表作《弓区之谜》是历史上第一部以密室为题材的长篇推理小说。

室里'。失之毫厘，谬以千里！除非米尔斯和杜蒙都撒谎，否则案发时凶手必定在房间里，这是板上钉钉的事！你怎么解释？"

佩蒂斯稍稍挪前了些，俯身去取信封，红色的灯光映着他的秃头。他一直用一支漂亮的金色铅笔做笔记，此时抬头注视着菲尔博士，那原本就凸出的眼珠子凸得更厉害了，活像一只青蛙。

"呃——话虽如此，"他短咳一声，"但第五点颇有启发！利用错觉！莫非米尔斯和杜蒙其实并未目睹某人走进那扇门，而是被凶手的手法所蒙蔽，整个过程如同幻灯片，只是他们的错觉？"

"利用错觉的思路不能成立，"哈德利答道，"很遗憾，这一点我也曾考虑过。我昨晚已就此盘问过米尔斯，今早又与他确认了一遍。无论凶手是何方神圣，都绝非目击证人的错觉，而且他确确实实走进了房间。他有血有肉有影子，走路时整个廊厅都为之震颤。他能说话，能关门，所谓'错觉'岂能办到？你也同意吧，菲尔？"

博士黯然颔首，吸了一口早已熄灭的雪茄。

"噢，对，我同意。凶手是真实存在的，而且确实走进了房间。"

"退一步说，"佩蒂斯招呼侍者添咖啡，哈德利则乘胜追击，"即便我们掌握的情况有误，即便一切都是幻影，但葛里莫总不至于死于幻影之手吧？凶器是货真价实的手枪，同理，总得有活生生的人伸手开枪。至于其他几种手法，老天爷做证，葛里莫可不是被什么机关射杀的。而且他也没朝自己开枪——更没有像你刚才举的例子那样把枪藏进烟囱里。首先，一个人不可能从几呎外开枪射击自己；其次，那支枪不可能闪电般躲进烟囱后，又飞过重重屋顶直奔卡廖斯特罗街、喂了弗雷一颗子弹，完成任务后才安然落地。他妈的，菲尔，我的分析方式越来越受你影响！被你的思维习惯同化了。局里随时可能来电话，我得保持清醒。你怎么了？"

菲尔博士的小眼睛瞪得浑圆，牢牢锁住桌灯，拳头缓缓落在桌面上。

"烟囱！"他喊道，"烟囱！哇！莫非……天哪！哈德利，我简直是一头蠢猪！"

"烟囱又怎么了？"警长问道，"我们已经确认过，凶手不可能从烟囱爬出去。"

"对，那当然。可我不是那个意思。刚才我脑中灵光一闪，虽然可能只是一线微光而已……我必须再检查一次那座烟囱。"

佩蒂斯用金色铅笔敲打着笔记簿，咯咯笑道："无论如何，你总得把当下的话题做个了结吧。警长的话不无道理。如何在房门、窗户、烟囱上动手脚，还请不吝赐教。"

"说到烟囱，很遗憾，"菲尔博士收回注意力后，顿时又兴致盎然，"很遗憾，在推理小说中，烟囱的脱逃功用并不受人推崇——当然，作为秘道除外；烟囱是极好的秘道。有的烟囱是空心的，背后藏有秘密的空间；有的壁炉背后可以像帘幕一样徐徐敞开；有的壁炉可以旋转到一侧，腾出不少空间；甚至在壁炉的基座底下也可能别有洞天。此外，烟囱可作为投放物资的绝佳通道，主要是投放带毒的东西。但凶手选择烟囱作为脱逃路径则殊为罕见。且不说可行性近乎为零，更重要的是这种招数比在门窗上动手脚还要拙劣得多。在房门和窗户这两大通道中，利用房门的诡计更加常见，我将几种制造'房门从屋内反锁'表象的手法列举如下：

"1. 利用仍插在锁眼里的钥匙。这种经典手法已盛行多年，但由于各种变体都广为人知，真正派上用场的时候反而不多。从门外用钳子夹住锁眼里的钥匙再行扭动便是其中一例，我们自己正是用这种方法打开葛里莫的书房。还有一种相当实用的小道具：一根约两时长的薄金属条，一头系上长而结实的细线；离开房间之前先将金属条插入钥匙头上的小洞，一端朝上，另一端朝下，模拟杠杆的作用；细线垂到地上，从门底下拉出门外。在门外把门关上以后，只需拉动细线，杠杆便转动钥匙把门锁上，随后或抖或拉，令金属条松脱落地，从门底拉出回收即可。运用相同原理，具体方法还可有多种变化，但细线是必备条件。

"2. 在不破坏门锁或门闩的前提下除去房门铰链。这种手法干净利落，许多想从上锁的橱柜里捞点东西的顽皮男生都谙熟此道。但前提是铰链装在门外。

"3. 利用门闩。细线又派上了用场，这回要与别针和缝衣针搭配使用。先用别针在门内做成杠杆，细线穿过锁眼牵动缝衣针，从而在门外拉下门闩。谨向菲洛·万斯[①]脱帽致敬，他对这一手法的运用堪称炉火纯青。细线还有很多更简单，但效果不甚理想的用途。在一条长线一头打一个猛然一拽就会解开的'傻瓜结'，扣成一个环，套在门闩的把手上，垂下地面，从门底下穿过。关上房门后，左右拉动细线，即可闩上门闩，接着再使劲一拽，'傻瓜结'便从把手上脱落，细线便可回收。埃勒里·奎因也展示过另一种手法，利用死人锁门——但脱离案件只讲述诡计未免听起来太过离奇，对这位才华横溢的绅士来说恐怕欠缺公平性。

"4. 令门闩自动下落上锁。此种手法通常需要在门闩底下垫上支撑物，从屋外关门后，再设法抽掉支撑物，令门闩自动下落。迄今为止最理想的支撑物莫过于人见人爱的冰块：当垫在门闩底下的冰块融化后，门闩落下，密室大功告成。还有一个案例，仅凭

[①]美国著名推理小说家S.S.范·达因（S.S. Van Dine）笔下的名侦探。

关门的力道便成功震落了内侧的门闩。

"5.营造一种简单而有效的错觉。凶手作案后从外头锁好房门，把钥匙藏在身上，而众人误以为钥匙还插在门内的锁眼里。凶手率先制造恐慌、发现尸体，打破门上的玻璃镶板，伸手将隐于掌中的钥匙插进门内的锁眼，然后'赫然发现'这把钥匙，继而打开房门。此手法同样适用于破坏普通木门上的门板之情形。

"类似的手法不胜枚举，例如从外头锁门，再利用细线将钥匙送回房内，等等。但各位想必已一目了然，以上各种诡计在本案中均无用武之地。我们发现房门从内上锁，哎，凶手可选择的手法多如牛毛——却悉数无法实现，因为米尔斯自始至终都监视着房门。所以锁门的过程并无玄机，是在目击证人监视下完成的。我们已是山穷水尽了。"

"我本不想老调重弹，"佩蒂斯眉头紧蹙，"但所有不可能的手段都被完全排除了，剩下的选项无论多么不可思议，也必然是正确答案。你已经排除了房门，那么烟囱是否也不予考虑？"

"是的。"菲尔博士咕哝着。

"那么绕了一大圈，焦点又回到窗户上了？"哈德利质问道，"连篇累牍讲了一大堆，显然到头来全是无用功。

可是，在你这些令人目不暇接的分类中，居然遗漏了凶手唯一可能动用的逃脱路径……"

"因为那扇窗户没上锁，你怎么不明白呢？"菲尔博士吼道，"如果是上锁的窗户，我自能举出若干妙法。从早年那种徒有其表的伪造钉头，直至近期那些虚张声势的钢质百叶窗，其原理可谓一脉相承。也可以打碎窗户，小心地扣好锁钩，离开时只需换上一块新玻璃，用玻璃胶粘合妥当即可；由于新玻璃与原来的玻璃看上去一般无二，便令人误以为窗户是从内侧反锁的。但本案中的窗户不仅没锁，而且没关——只是无法攀缘而已。"

"我似乎在什么地方读到过，有人会飞——"佩蒂斯提醒道。

菲尔博士大摇其头："姑且不论会飞的人能否在极为光滑的墙面上如履平地。我对凶手振翅逃逸这一思路持欢迎态度，只要有地方可供其起降，便能令我信以为真了。换言之，凶手总得从某处腾空，再于某处着陆。但事与愿违，屋顶和地面都找不到起降的痕迹——"菲尔博士用拳头抵着太阳穴，"不过，如果你在这方面另有高见，不妨——"

他戛然而止，抬起头。静谧无声、空旷无人的餐厅尽头，整排窗玻璃上的雪花都闪烁着微光。一个身影飞奔进来，迟疑片刻，左顾右盼，随即匆匆朝他们赶来。看清来者是曼根时，哈德利忍不住低声惊呼。只见曼根脸上毫无血色。

"该不会又出事了吧？"哈德利的语气冷若冰山，他把椅子往后一推，"该不会是大衣又变了颜色，或者——"

"那倒没有，"曼根站在桌旁，气喘吁吁，"但你们最好过去一趟。德瑞曼出事了，似乎是突然中风。不，他还没死，但情况不容乐观。他发病时正想和你们联络……他不停地说胡话，说什么他'房里有人''烟火'，还有'烟囱'。"

第十八章　烟囱

在客厅里等候的还是那三个人——三人都已不堪重负、心力交瘁。就连背朝壁炉站立的斯图尔特·米尔斯也不停清嗓子，逼得萝赛特几欲发疯。曼根将菲尔博士、哈德利、佩蒂斯和兰波领进来时，厄内丝汀·杜蒙正缄默不语，坐在壁炉边。电灯关掉了，从厚厚的蕾丝窗帘映进来的，是萧瑟寂寥的午后雪影。炉火有气无力的微光隐于米尔斯身后。伯纳比已经走了。

"你们现在还不能见德瑞曼，"杜蒙太太怔怔地望着阴影，"医生正在检查。真是祸不单行，他可能已经疯了。"

萝赛特双臂交叠，来回踱步，步履间不乏她特有的轻盈和优雅。她转向几位来客，突然厉声发难：

"我受不了了，还要拖到什么时候，才能——究竟怎么回事，你们到底弄清楚没有？我父亲是怎么死的？凶手是谁？老天在上，说点什么吧，哪怕指控我是凶手也行！"

"请先告诉我们德瑞曼先生出了什么状况，"哈德利并未接招，"以及出事的时间。他有没有生命危险？"

杜蒙太太耸耸肩："可能有。他的心脏——我也不清楚。他突然昏厥，现在还不省人事，也不知最后能否转危为安。至于发病的原因，我们也都不了解……"

米尔斯再度清清嗓子，伸长脖子，刻板的笑容十分瘆人。他说：

"长官，倘若你疑心有人存心暗算德瑞曼、要置他于死地的话，还是趁早打消这种念头为好。说来奇怪，诸位已经——怎么说好呢——连续两次找我们取证？我的意思是，以证人的分布情况而论，今天下午仿佛是昨天晚上的重演。'女祭司'和我——"他郑重地向厄内丝汀·杜蒙欠身致意，"都在楼上我的小工作室里；而刚才我又得知葛里莫小姐和我们的朋友曼根又一同留在客厅——"

萝赛特猛一扭头："这事最好从头说起。博伊德可曾告诉你们，是德瑞曼先到楼下来的？"

"不，我什么也没说，"曼根苦笑道，"大衣事件后，我想找人确认一下我的想法。"他太阳穴处的肌肉紧绷着，"约半小时前，这里只有萝赛特和我。之前我和伯纳比吵了一架——哎，一贯如此。为了大衣的问题，所有人都大吼大叫、大吵大闹，弄得不欢而散。伯纳比一走了之。自始至终我都没看见德瑞曼出现过，整个早上他都躲在自己房里。总之，后来德瑞曼走进来问我怎样才能和你们取得联系。"

"莫非他有什么新发现？"

萝赛特嗤之以鼻："他神秘兮兮的，说不定就指望我们这么想。他蹒跚着走进来，正如博伊德所言，开口就问要去哪里找你们。博伊德反问他有何贵干……"

"他的举止像不像是——唔，像不像有重大发现的样子？"

"不错，确实如此，我们俩都大受鼓舞……"

"为什么？"

"换了你也一样，"萝赛特冷冷答道，"只要你是清白的。"她双肩倏地一颤，抱紧双臂，仿佛周身发冷。"所以我们问道：'怎么，有什么发现？'他又摇晃了几步，然后说：'我发觉我房间里有些东西不见了，这提醒我想起了昨晚忘掉的某件事。'他语无伦次，说的都是出于潜意识、不着边际的话，听起来简直像是幻觉。他说昨晚服了安眠药躺下之后，有人潜入他的房间。"

"那是在——案发之前？"

"是的。"

"谁进了他的房间？"

"问题就出在这儿！他要么不知道，要么不想说，要么整件事根本只是他的一场梦——八九不离十。"萝赛特冷漠依旧，"依我看没有其他可能了。我们连声追问，可他只是拍拍脑门，闪烁其词地回答：'我真的不能说。'真叫人气不打一处来……老天！我恨死这些吞吞吐吐、拐弯抹角的家伙了！我们俩都憋了一肚子气——"

"噢，他倒不太在乎。"曼根显得越来越不自在，"该死，真希望我当时没说那种话——"

"什么话？"哈德利反应很快。

曼根弓着背，闷闷不乐地凝视炉火："我说：'哎，既然你有重大发现，为何不去可怕的凶案现场看看，说不定还有进一步收获呢？'不错，我说的是气话。他却以为我是认真的，盯着我好一阵才说：'有道理，错不了。我最好去确认一下。'说完就走了！大约二十分钟后，传来一阵有人滚下楼梯的声音……可我们俩一直都没离开客厅，虽然——"他突然把嘴边的话咽回去了。

"没关系，尽管说，"萝赛特的冷漠颇令人意外，"我不介意让别人知道。之前我本想偷偷跟上去监视他，但我们都没去。二十分钟后，我们听到他跌下楼。然后，显然在他摔到最底层时，又传来呛到喉咙的剧烈咳嗽声和一阵重击声之类的。博伊德打开门，只见德瑞曼蜷成一团倒在地上，满脸充血，额头上青筋暴涨，真是触目惊心！我们赶忙通知医生。他没说什么，只是不停嚷嚷着'烟囱'和'烟火'。"

厄内丝汀·杜蒙犹自岿然不动，目光不曾从炉火中移开分毫。米尔斯轻轻跃前一步。

"如果各位允许，我愿将事情始末补充完整。"他歪着脑袋，"当然，还须先征得'女祭司'同意……"

"呸！"杜蒙大喊。她抬起头，脸庞恰好笼罩在阴影中，面部线条如鲸鱼骨头一般刚硬坚忍，但她眼中闪耀的精光却令兰波暗暗心惊。"开玩笑能不能有点分寸？左一个女祭司，右一个女祭司。很好，我就当一回女祭司，以我的法力，早就察觉到你看可怜的德瑞曼不顺眼，我的小萝赛特也不喜欢他。天哪！你们懂不懂人情冷暖？有没有同情心？德瑞曼是个好人，虽然他有点疯癫，稀里糊涂，还是个药罐子，但他那么善良，那么忠诚。如果他就此撒手人寰，我会衷心为他的灵魂祈祷。"

"我……呃……可以接着说吗？"米尔斯不为所动。

"随你的便。"杜蒙效仿他的口吻，不再吭声。

"'女祭司'和我在楼上工作室里，如各位所知，就在书房对面。这次房门又敞开着。我正在搬移一些文件时，望见德瑞曼先生走上楼梯，进了书房……"

"你知不知道他在书房里干了些什么？"哈德利问道。

"很不巧，不清楚。他把门关上了。我甚至无法推测他的行动，因为没听见任何声音。过了一会儿，他走出书房，我只能形容他气喘吁吁、状态很不稳定——"

"此话怎讲？"

米尔斯眉头一皱："抱歉，长官，无法更精确了。只能说当时我的印象是：他刚刚进行了剧烈运动。毫无疑问，剧烈运动导致他突然发病，至少是加快了他发病的速度，因为他出现了非常明显的中风症状。如果说'女祭司'的判断有什么地方不准确的话，那就是德瑞曼的病因其实与心脏无关。呃——补充刚才遗漏的一点。当他中风后被抬走时，我注意到他的双手和袖口上都沾有煤灰。"

"又是烟囱。"佩蒂斯低声自语。哈德利则转向菲尔博士，兰波这才惊觉博士已不在客厅里了。通常而言，以他的重量和体型，几乎不可能神不知鬼不觉地溜走；但他的确已经隐遁，而兰波猜到了他的去向。

"去楼上找他，"哈德利连忙吩咐兰波，"别让他再故弄玄虚，该死。听着，米尔斯先生——"

哈德利连珠炮似的质询言犹在耳，兰波已匆匆步入幽暗的大厅。整座房子仿佛沉睡未醒，他踏上楼梯时，楼下的电话铃声突然刺破静谧，令他微微一惊。兰波路经德瑞曼房门口，只听得屋里传来嘶哑的喘息，以及踮足缓行的步点。透过门缝，只见一张椅子上放着医生的药箱和帽子。顶楼没开灯，楼下远远传来安妮接电话的声音，在一片沉寂中分外清晰。

书房中暮色昏沉。零星的残雪，微渺的天光，昏红的落日余晖，都在窗口交织闪烁。光影笼罩下的书房别有一番景象，壁炉上方的盾牌流光溢彩，双剑寒气闪动，书架上的白色塑像投下巨大的阴影。查尔斯·葛里莫虽已死于非命，但他的幽灵一如这间书房半是风雅、半是狂野的格调，仍在周遭游离逡巡、暗暗发笑。兰波眼前这堵墙原本用来悬挂那幅油画，此时徒留巨大的空白，甚是讽刺。菲尔博士一袭黑色披风，扶着手杖，在窗前遥望斜阳。

见他似乎对房门的咯吱声充耳不闻，兰波便主动问询，在房中激起阵阵回音："你有没有——"

菲尔博士眯着眼望过来，筋疲力尽地长吁一口气，在凛冽的空气中凝成一团薄雾。

"呃？噢！有没有什么？"

"有没有收获？"

"唔，我想，我已掌握了真相，掌握了真相。"他的回答意味深长，"多半在今晚就可以证明。嗯，哈，不错。是这样，我站在此地苦思对策；孩子，还是那个老问题，年复一年，却越来越棘手。天，越来越高；生活，越来越舒坦；而人心却——"他以手加额，"什么是正义？每经手一起案件，几乎到最后我都反反复复扪心自问。知人知面，却难知丑恶的灵魂、病态的迷梦……罢了罢了。是不是该下楼啦？"

"壁炉里有没有文章？"兰波还不死心，上前左看看，右敲敲，依然不得要领。炉台上散落着些许煤灰，炉膛后侧的煤灰中还有一道弯弯曲曲的痕迹。"有什么问题？难不成真有秘道？"

"噢，不不，没有你说的那种问题。没人从烟囱里爬上去过。"见兰波把手伸进烟道四下摸索，菲尔博士又补充道，"恐怕你是在浪费时间，里面找不到什么宝贝的。"

"但是，"兰波好生沮丧，"如果'兄弟亨利'那家伙——"

"说得好，"门口有人沉声应道，"'兄弟亨利'。"

哈德利的声音完全走了样，他们一时竟没回过神。只见哈德利站在门口，手中是一张揉得皱巴巴的纸；他的整张脸都隐在阴影中，但兰波意识到，他话里话外那出奇的平静其实代表了绝望。哈德利轻轻掩上门，伫立于黑暗中，不带感情地说：

"我知道，所谓存在三兄弟的理论完全令我们误入歧途，我们是咎由自取。走了一大段弯路——现在不得不推翻一切，重新来过。菲尔，今天上午你曾说过，本案已彻底逆转，我当时还不以为然，现在想来，岂止彻底逆转，简直是无法成立。我们赖以推理的支柱轰然崩塌了。什么不可能犯罪，真他妈见鬼！"他瞪着手里这张纸，恨不得将其揉成一团，"局里刚打来电话，布加勒斯特方面有回音了。"

"倘若不出我所料，"菲尔博士点点头，"他们说这位'兄弟亨利'——"

"不存在'兄弟亨利'，"哈德利说，"霍华思三兄弟中的老三，三十多年前就已身亡了。"

暗淡的红光愈显混浊，夜幕降临伦敦城，远方的喧嚣隐约渗进凄冷寂寥的书房。哈德利走到大书桌旁，摊开那张揉皱的纸供众人阅览。黄玉水牛的影子不怀好意地横亘纸面。房间另一头，"三座墓穴"画布上的割痕历历在目。

"不可能弄错，"哈德利又说，"此案当年似乎轰动一时。对方发来的电报全文很长，我根据他们在电话中的口述摘记了若干要点。请看——"

　　贵方所需资料极易取得（详见下文）。我方现有两位1900年曾任职于塞班特曼监狱的员工可以做证。查证结果如下：卡洛里·葛里莫·霍华思，皮埃尔·弗雷·霍华思，以及尼古拉斯·瑞维·霍华思三人皆为卡洛里·霍华思教授（克劳森堡大学）之子，其母为塞西尔·弗雷·霍华思（法裔）。兄弟三人因于1898年11月抢劫布拉索的库纳银行，于1899年1月获判二十年劳役刑。抢劫过程中银行保安身负重伤、不治身亡，巨额赃款下落不明，据悉已被罪犯藏匿他处。1900年8月，黑死病流行，三人得狱医协助，利用诈死后被掩埋于瘟疫区之机会越狱逃亡。下葬一小时后，狱警J. 雷纳与R. 乔治返回，欲将木质十字架插进墓穴作为标识，却发现卡洛里·霍华思之墓呈现异状，近前勘察时，只见棺盖敞开，尸体不翼而飞。二人遂掘开另两座墓穴，发现皮埃尔·霍华思浑身是血，不省人事，但一息尚存；尼古拉斯·霍华思则已窒息而亡。确认尼古拉斯已无生还可能后，狱警再次将其埋葬，皮埃尔则被拘返监狱。狱方对此丑闻秘而不宣，亦未追缉逃亡者；至大战结束前，案情从不为外人所知。自生还时起，皮埃尔·弗雷·霍华思之精神状态从未复原，于1919年1月刑满释放。谨向贵方担保，老三已然不在人世。

布加勒斯特警察局局长　亚历山大·库扎

"喔，果然，"读毕之后，哈德利说，"这与我们重建的案情大致相符，唯有一处小出入：我们一直追寻的凶手，竟是一个鬼魂。'兄弟亨利'（准确说应是弟弟尼古拉斯）从未离开他的坟墓，迄今为止仍长眠在那里。而整个案件——"

菲尔博士不紧不慢地用指关节轻叩那张纸。"是我的错，哈德利，"他坦言，"今天早上我就说过，我几乎犯下了毕生最大的错误。我被'兄弟亨利'催眠了！完全没考虑其他因素。现在你该明白，为什么我们对老三的了解少得可怜，导致我调动自己那该死的自负，凭空进行种种异想天开的揣测了。"

"哎，承认错误也于事无补。弗雷那些疯言疯语，现在究竟该如何理解？私人恩怨！复仇！各种推论都付诸流水，线索全断了。一丝线索也没有！排除向葛里莫和弗雷复仇的动机之后，还剩什么？"

菲尔博士幸灾乐祸地用手杖指指点点："剩下什么，你竟看不出吗？"他吼道，"两起谋杀案的解答就在眼前，如果我们无法接受，那不就该退休去疯人院待着了？"

"你是指有人故意将案情伪装成复仇？我有点明白

了,"警长自说自话,"真令人不敢相信。但真凶布的局未免太曲折了吧?他怎能料到我们会去故纸堆里挖掘线索?若不是基于一连串巧合——还不包括你恰好到场——我们根本不会朝那方向追查。真凶怎能算准我们会将葛里莫教授和远在匈牙利的囚犯,或是皮埃尔·弗雷以及其他信息联系起来?这条干扰视线的线索未免过于隐蔽。"他来回踱步,以拳击掌,"越想越不对劲!我们有充分理由相信是那两人的兄弟杀死了他们——越斟酌这一可能性,我就越怀疑尼古拉斯其实没死。葛里莫自己也说是老三冲他开枪!垂死之人自知只剩一口气,还有什么理由撒谎?莫非——等等!莫非他指的是弗雷?难道弗雷先到这里杀了葛里莫,然后又死于他人之手?这样一来许多疑点倒是可以迎刃而解——"

"可是,"兰波说,"我多句嘴,这却无法解释弗雷为什么也把老三挂在嘴边!'兄弟亨利'非死即生,若他已死,两名死者为何总在这个问题上撒谎?若他果真已死,他就只能是来自地狱的幽灵了。"

哈德利晃晃公文包。"这我知道,所以我也不敢确定!总得采信其中一方的说法吧,相形之下,死者的话似乎比电报更可靠些,也许罗马尼亚方面不知为何出了些差错。要不然——唔!莫非老三的确已死,而凶手伪装成死而复生的他?"他频频点头,凝视窗外。"离真相越来越近了。所有的矛盾都将不复存在,不是吗?真凶假扮成与兄弟俩阔别近三十年的角色，作案之后，如果我们顺藤摸瓜——如果我们的确按照他预设的轨道前进——便会将动机归结为复仇。你看呢，菲尔？"

菲尔博士脸色阴沉，在书桌四周绕行。"不错——伪装的设想很不错。但杀害葛里莫和弗雷的真正动机呢？"

"什么意思？"

"总该有条主线贯串始终才合情合理吧？杀害葛里莫的动机很多，或明或暗。米尔斯，杜蒙，伯纳比，或者——嗯，人人皆有可能。同理，人人都有杀害弗雷的动机。但我不得不指出，二者完全不存在交集。葛里莫身边的人为什么要杀弗雷？只怕他们都没见过他。倘若两起谋杀的凶手是同一人，连接两个案件的环节是什么？一个是定居布鲁姆斯伯里区、德高望重的教授，另一个是身背前科、居无定所的演员。如果排除他们的身世渊源，凶手还能出于什么动机将这两人联系到一起？"

"有一个人，当年就和他们有千丝万缕的联系。"哈德利指出。

"谁？你是指杜蒙那女人？"

"正是。"

"那假扮'兄弟亨利'的又是谁？无论怎么看，凶手都不会是她。不不，老兄，杜蒙岂止是嫌疑不高，她根本不具备作案的可能性。"

"我看未必。听我说，你之所以认定杀葛里莫的不是杜蒙，所有依据都建立在她深爱着葛里莫这一假设的基础上。别嘴硬了，菲尔——别再嘴硬了！你难道忘了，整个荒诞不经的故事从一开始就是从她的嘴里——"

"但还需要米尔斯的配合，"菲尔博士嘲讽地斜睨着哈德利，又长叹一声，"你能想象这两个最不可能同流合污的家伙，居然趁着月黑风高，编出一套离奇怪诞的弥天大谎，妄图蒙骗警方？也许她戴了面具——我是指平时她将真实的一面隐藏起来。米尔斯也可能戴了面具。然而，要将这两张面具与他们的行动组合在一起，就太不切实际了。我更倾向于深藏不露的人只有一个。更何况，两起命案均由厄内丝汀·杜蒙一手炮制的可能性百分之百不存在。为什么？别忘了弗雷丧命时，她就在这个房间里接受我们的询问，拥有三位完全可靠的证人。"他略加思索，眼中光芒一闪，"难道你想扯上他们的下一代？萝赛特是葛里莫的女儿，那么神秘的斯图尔特·米尔斯该不会是'兄弟亨利'的儿子吧？"

哈德利刚要作答，忽然咀嚼出了其中的揶揄之意，这才欲言又止，反过来打量着坐在书桌边上的菲尔博士。

"我明白你的意思，我清楚得很，"听他的口吻，似乎也明白自己的怀疑缺乏依据，"按这种方式，只能自己把自己绕晕，和你争这些也没有意义。但你为何非要让我相信他们的说辞呢？"

"首先，"菲尔博士说，"因为我希望你能接受这一前提，即米尔斯所说的都是实情……"

"你的意思是，你故意把推理过程弄得错综复杂，目的是通过归谬法证明他其实在撒谎？正如你在‘索命时钟’一案中玩过的那一招？"

菲尔博士不予置评，凶巴巴地嘟哝一声。"其次，因为我已掌握了真凶的身份。"

"是和我们见过面、谈过话的人？"

"噢，没错，非常正确。"

"我们有没有机会——"

菲尔博士呆呆地瞪了书桌好一阵，红润的脸庞上神色阴晴变幻，茫然、凶狠、怜悯兼而有之。

"有。愿上帝保佑。"他的语气十分怪异，"机会总会有的。现在我要回家去了……"

"回家？"

"回去试试格罗斯鉴定法。"菲尔博士答道。

他转过身，却并未即刻离去。混浊的暮色渐渐沉淀，凝为绛紫，灰茫的阴霾吞噬了整间书房。博士久久凝望着那幅伤痕累累的油画，画中似有波涛汹涌，生生攫住最后一线光芒，而那三口棺材也终于被填满了。

第十九章　空幻之人

当晚，菲尔博士把自己关进书房旁的小隔间里，那是他用来从事所谓"科学实验"的去处；菲尔太太向来却说他在那里纯属"胡作非为"。其实，喜欢"胡作非为"何尝不是人类最宝贵的特质之一？兰波和多萝西都自告奋勇充当助手，但博士此次异常严肃，谢绝打扰，兰波夫妇二人讨了个没趣，只得悻悻告退。不知疲倦的哈德利早已告辞去核查不在场证明。针对菲尔博士的实验，兰波只提了一个问题。

"我知道你想破译这些烧焦的纸片，"他说。"我也明白你觉得它们至关重要。但你究竟想找出什么呢？"

"最糟糕的东西，"菲尔博士答道，"同时也是昨晚令我迷失方向的根源。"

他困倦地摇摇头，把门关上了。

兰波和多萝西分坐壁炉两侧，四目相对。屋外漫天大雪，绝非适宜出门远游的夜晚。兰波本欲邀请曼根共进晚餐，叙叙旧情；但曼根在电话里说萝赛特显然不宜离家，他最好留下陪伴她。菲尔太太也去了教堂，所以只剩兰波夫妇在书房里剖析案情。

"从昨晚开始，"兰波先发表见解，"我就几次听到所谓用于解读烧焦纸片的格罗斯鉴定法，但似乎谁也不了解其中的原理。我猜那是一种化学药品混合物之类的东西？"

"我知道，"多萝西得意扬扬，"今天下午趁你们在外东奔西跑，我做了点调查。而且我敢打赌，即便这方法极其简单，也无济于事。白费功夫而已！"

"你读过格罗斯的著作？"

"唔，读过英文版。其实很简单。是这样：这种理论认为，将书信丢进炉火后，只要留心观察，不难发现烧焦部分的字迹反而显得分外清晰；通常是黑底白字，或黑底灰字，有时颜色可能正相反。你可曾有过这种经验？"

"恐怕没有。来英国之前我几乎没见过开放式的壁炉。真有此事吗？"

多萝西皱起眉头："如果是印有字迹的硬纸盒、肥皂盒之类，还挺管用。但普通的手稿——总之，鉴定步骤如下：用图钉把一沓透明的描图纸钉在纸板上，再用胶水将烧焦的纸片粘于描图纸上，然后用力按压纸片……"

"都烧成那样了，怎么压？不怕压碎吗？"

"啊哈！格罗斯说了，窍门就在这里。必须先对纸片进行软化处理。事先将描图纸放进两三吋高的框架里，摆上所有纸片；接着在上面铺一条折叠了好几层的湿布，令纸片吸水润泽，自然延展开来。彻底舒展且固定后，沿每块焦纸的边缘将描图纸割开，移到玻璃板上，像玩字谜游戏似的排列重组一番。然后，在第一块玻璃板上再覆盖第二块玻璃板，边缘加以固定，对着光线，其中的字迹便一目了然。但我敢打赌——"

"不如亲手实践一下。"兰波一时兴起，摩拳擦掌。

点燃纸张这一步就出师不利。兰波先从衣袋里掏出一张旧纸片，擦了根火柴将其点着。虽然他试图控制速度，纸片还是腾地一下被火苗裹入，四边向内卷曲；他一松手，纸片就飘落到壁炉边，残骸枯焦呈伞状，长度尚不足两吋。他们跪在地上，无论从哪个角度都看不出任何字迹。兰波又烧了好几张，片片皆如柔美的焰火翩然飘散，在炉边灰飞烟灭。他渐渐失去耐心，狂躁地抓过任何触手可及的东西越烧越起劲；越狂躁便越坚信只要操作得当，此种方法必能奏效。于是打字文稿也被纳入实验范围，他用菲尔博士的打字机连打数张"诸位好心人，是时候帮这群人一把了"；最终，地毯上洒满碎纸，一片狼藉。

"说正经的，"兰波的半张脸紧紧贴在地上，眯起一只眼研究纸片，"这玩意岂止是烧焦——根本就烧得片甲不留，远远不能满足实验需要。啊哈！有了！我看见'这群人'三个字啦！一清二楚。比原本打出的字迹要小得多，焦黑的部分好像还有点萎缩，但好歹能看见了。你还有没有手写的信件？"

新发现令多萝西也备受鼓舞。一张肮脏的信纸贡献了"东十一街";虽然多数碎片实在脆弱,但经过他们细心处理,"星期六晚上""宿醉未醒""杜松子酒"等几个词终于浴火重生。兰波心满意足地站起身。

"如果经过润湿,可以把这些残片摊平,就大功告成了!"他下了结论,"唯一的问题在于,仅凭获得的断章残词能否解读原文的含义。话说回来,我们只是业余练练手而已,以格罗斯的专业水准,效果必然更为理想。但菲尔博士到底想从中寻找什么呢?"

两人讨论多时,不觉夜已深沉。

"既然案情已完全颠覆,"兰波指出,"杀人动机究竟何在?这才是本案最核心、最难解的疑点。根本不存在能将葛里莫、弗雷二人与凶手串联起来的动机!对了,昨晚你没头没脑地说什么凶手不是佩蒂斯就是伯纳比,现在有下文吗?"

"还得加上那位相貌奇特的金发女郎。"她刻意强调,"你也知道,最令我困惑的就是那件既能变色,又能凭空消失的大衣。看来矛盾的焦点始终还在他们家里,对不对?"她沉吟道,"不,我也彻底推翻了原来的设想。佩蒂斯和伯纳比都不是凶手,甚至连金发女郎也可以排除。现在我有十足把握,凶手的范围可以缩小到另外两人之间。"

"哦?"

"德瑞曼与欧洛克,非此即彼,"她斩钉截铁,连连点头，"记住这句话。"

兰波勉强按下反驳的冲动。"嗯，我也考虑过欧洛克，"他坦承，"但你盯上他只有两个原因。第一，他是马戏团的空中飞人，而你认为凶手的诡计中包含了类似的飞行手法。但就目前掌握的情况而言，这种可能性几乎为零。第二，也是更重要的，你认为他虽然与本案看似全无关联，却无缘无故地在案件中若隐若现，这往往透露出一股可疑的气息。我没说错吧？"

"算是吧。"

"至于德瑞曼——不错，和葛里莫、弗雷两人的过去都有牵连的，现在应该仅剩德瑞曼一人了。这很关键！嗯。而且，从晚餐时间直到夜深——十一点左右，一晚上都没人见过他。但我仍然不太相信他会是凶手。不如这样，我们把昨晚案发前后的事件列成一张大致的时间表，便能一目了然。从晚餐开始，无论大小事件一律计入。这张时间表会很粗糙，毕竟其中诸多细节都来自我们的猜测。除了两起命案的案发时间，以及与之相关的若干证词，其余情况我们知之甚少。但试一试也无妨。晚餐前的时间也不明确，暂且假设——"

他取出一个信封，奋笔疾书。

（约）6:45 曼根抵达，将自己的大衣挂进玄关的衣柜，发现衣柜里已经挂着一件黑色大衣。

（约）6：48（假设间隔三分钟）安妮从餐厅出来，关掉曼根离开时未曾关闭的柜灯。她根本没看见有这么一件大衣。

（约）6：55（具体时间待定，但已知在晚餐之前）杜蒙太太在玄关衣柜里发现一件黄色大衣。

"我先按这个顺序整理，"兰波说，"据我猜测，杜蒙太太查看衣柜，不太可能发生在曼根挂好大衣、没关灯便离开之后，到安妮过来关灯之前这短短的时间里。"

多萝西眯起眼睛："喔，且慢！这你从何得知？我的意思是，既然灯已经关了，杜蒙太太又怎能看见黄色大衣？"

一阵沉默，两人面面相觑。兰波说：

"越来越有趣了。那么问题就转化成：她为什么要去查看衣柜？重点在于，如果刚才我写下的时间顺序与实际相符，倒还符合常理。首先，衣柜里挂着一件黑色大衣，被曼根看见了。嗯，曼根走后，有人拿走黑色大衣——原因不明——所以安妮什么也没看到。稍后，又有人在同样的位置上挂了一件黄色呢大衣。这一顺序固然合理，但是，"他猛然将铅笔往空中一戳，高喊道，"如果换个顺序，则必有人撒谎，否则绝不可能成立！在这种情况下，曼根何时到达便无关紧要，因为一切动作只发生在转瞬之间。明白吗？曼根进门，挂好大衣，走开。杜蒙太太出来查看衣柜，前脚刚走，安妮后脚就来关灯，接着也走开。

一眨眼黑色大衣先变成黄色，然后又不翼而飞，这根本不可能。"

"漂亮！"多萝西面露喜色，"那撒谎的会是谁呢？想必你会一口咬定不是你那位朋友——"

"那还用说。是杜蒙那女人，我愿下任何赌注！"

"但她可不是凶手，这已经得到证实了。再说我还挺欣赏她的。"

"别给我添乱，"兰波着急了，"继续研究时间表，看看有没有其他发现。哈！写到哪儿了？对，假设晚餐七点钟开始，因为我们已知晚餐结束于七点三十分。所以——"

7:30　　萝赛特和曼根进入客厅。

7:30　　德瑞曼上楼回自己房间。

7:30　　杜蒙去向不明，但肯定留在家里。

7:30　　米尔斯来到楼下书房。

7:30　　葛里莫到楼下书房找米尔斯，吩咐他9:30到楼上去，因为届时将有客人登门。

"哇！问题来了。我正要写葛里莫接着来到客厅，告诉曼根客人十点钟才到。但这与事实不符，因为萝赛特对此一无所知，可她当时又和曼根在一起！麻烦就麻烦在曼根没说葛里莫吩咐他具体是在什么时间。不过这也无所谓——也许葛里莫把他拉到一旁暗授机宜呢。同理，我们也不知道杜蒙太太何时接到客人将于九点三十分抵达的通知；很可能是在更早些时候。两个疑点性质相同。"

"你确定？"多萝西边找烟边问，"嗯！好吧，继续。"

（约）7:35 葛里莫上楼回书房。

7:35—9:30，一切正常，无人行动，屋外下起大雪。

（约）9:30 雪停了。

（约）9:30 杜蒙从葛里莫的书房收走咖啡盘。葛里莫称客人当晚也许不会来了。杜蒙离开书房，此时——

9:30 米尔斯上楼。

"接下来这段时间应该没有重要情况发生。米尔斯在楼上；德瑞曼在自己房里；萝赛特和曼根在客厅，还开着收音机……等等！我差点忘了一件事。门铃响起前不久，萝赛特听见外面街道上传来一声闷响，像是有人从高处坠落……"

"收音机开着，她怎能听清外头的响动？"

"显然音量没那么大——不对，音量应该很大，吵得他们差点没听见冒牌'佩蒂斯'的说话声。这一点先记下，接下来依序是：

9:45 门铃响起。

9:45—9:50 杜蒙前去应门，与来客交谈（没认出对方的声音）。她收下名片，当面把门关上，检查名片后发现是空白的，迟疑片刻才上楼去……

9:45—9:50 杜蒙上楼后，来客不知用什么方法进屋，将萝赛特和曼根锁在客厅里，并模仿佩蒂斯的声音与他们对话——

"我本不想多嘴的，"多萝西打岔，"可他们高声询问来客身份，间隔的时间也太长了点儿吧？我是指，会有人等老半天才问吗？换了我在等候客人，一听见开门声就会迫不及待大声问道：'你好！请问是哪位？'"

"你想证明什么呢？没什么？真的吗？别对金发女郎太苛刻啦！别忘了，当时距离他们预计客人登门的时间还有好一会儿——你又来了，心存偏见才会先入为主。我们继续。九点四十五分至九点五十分之间，神秘人 X 进屋，然后来到葛里莫的书房：

9:45—9:50 来客尾随杜蒙上楼，在顶楼走廊追上她。他摘下帽子，翻下衣领，但并未除去面具。葛里莫打开房门，却未能认出对方。来客闪身入内，把门重重关上。（杜蒙、米尔斯均予以证实。）

9:50—10:10 米尔斯在走廊对面监视房门；杜蒙

则在楼梯口监视同一扇门。

10:10 枪声响起。

10:10—10:12 客厅里的曼根发现通往走廊的房门被反锁。

10:10—10:12 杜蒙头晕眼花，支撑不住，遂返回自己房间。（这期间德瑞曼在自己房内熟睡，未听见枪声。）

10:10—10:12 曼根发现客厅房门反锁后，试图破门而出，未能如愿。于是他跳出窗外，此时——

10:12 我们赶到门口，前门没有上锁，便直奔书房。

10:12—10:15 用钳子打开书房门，发现中弹的葛里莫。

10:15—10:20 调查现场，呼叫救护车。

10:20 救护车赶到，接走葛里莫。萝赛特随车陪伴其父。曼根按哈德利的指令下楼打电话报警。

"如此一来，"兰波满意地指出，"萝赛特和曼根的嫌疑均可彻底排除。这部分的具体时间甚至没必要精确到分钟。医护人员上楼，医生初步检查，将葛里莫抬到楼下救护车里——就算让担架从楼梯扶手一溜烟滑下去，以上步骤至少也要耗费五分钟。天哪！逐项列在纸上，便不言自明了！从葛里莫家到疗养院所花的时间应该还要更长一点……然而弗雷在卡廖斯特罗街中弹的时间是十点二十五分！而萝赛特人在救护车里；医护人员赶到时，曼根在家里，还和他们一起上楼下楼。无懈可击的不在场证明。"

"噢，可别以为我急于给他们定罪——特别是曼根，虽然接触不多，但我对他印象不错。"多萝西皱起眉头，"你这些推论的前提是，救护车到达葛里莫家的时间不早于十点二十分。"

兰波耸耸肩："若要在十点二十分之前赶到，非得从吉尔福德街插翅飞来不可。呼叫救护车的时间不早于十点十五分，他们五分钟之内就赶到葛里莫家，已是天大的奇迹了。不，曼根和萝赛特没有作案时间。何况我还记得，她在疗养院时——有若干证人可以证明——还于十点三十分看见伯纳比公寓里的灯光。我们先把剩余部分整理完，看看还有谁可以排除嫌疑。"

10:20—10:25 救护车赶到，接走葛里莫。

10:25 弗雷在卡廖斯特罗街中弹。

10:20— (不早于) 10:30 斯图尔特·米尔斯在书房中接受我们的询问。

10:25 杜蒙太太走进书房。

10:30 萝赛特在疗养院看见伯纳比公寓的窗户里有灯光。

10:25—10:40 杜蒙太太与我们一起待在书房里。

10:40 萝赛特从疗养院返回。

10：40 警方奉哈德利之命赶到现场。

兰波靠在椅背上，浏览了一遍时间表，在最后一项下方画了道长长的记号。

"这不仅让这份时间表暂告一段落，"他说，"而且毫无疑问地又从嫌疑名单中剔除了两个人。排除米尔斯与杜蒙。排除萝赛特与曼根。那么一家人中，只剩德瑞曼了。"

"但是，"多萝西犹豫片刻，反驳道，"如此一来更叫人摸不着头脑。刚才你对大衣问题的精彩分析不就落空了？按你的思路，必然有人撒谎，而且只可能是博伊德·曼根或厄内丝汀·杜蒙，可这两人现在又被排除在外。除非是女仆安妮——不至于吧？不该是安妮。"

两人大眼瞪小眼。兰波郁闷地折起时间表，塞进衣袋。屋外狂风凄厉长啸，小隔间紧锁的房门后，菲尔博士沉重的脚步声清晰可闻。

次日清晨，兰波睡过了头，一来因为疲劳过度，二来浓云蔽日、天色阴沉，令他酣睡到十点多钟才睁开眼睛。由于光线太弱，白天也不得不开灯；而且温度低得寒彻骨髓。菲尔博士昨晚再未现身。兰波下楼到后面的小餐厅吃早点时，女仆愤愤地端上熏肉和煎蛋。

"先生，博士刚刚才上楼洗漱，"维达说，"他通宵折腾什么科学实验，今早八点钟，我居然发现他在椅子上睡着了。真不知道菲尔太太会怎么说。哈德利警长也来了，他在书房。"

哈德利不耐烦地用鞋跟磕碰壁炉罩，动作简直像在刨地。他迫不及待地询问实验结果。

"见到菲尔了吗？"他连声追问，"那些信件破译了没有？如果——"

兰波说明了昨晚的情况。"你那边有没有消息？"

"有，而且很重要。佩蒂斯和伯纳比都被排除了，他们都拥有铁一般的不在场证明。"

冷风席卷阿德尔菲公寓，长长的窗棂震颤不休。哈德利继续用鞋刨着炉前地毯。他又说："昨晚我约见了伯纳比的三位牌友，其中还有一位是中央刑事法庭的法官；既然连法官都证明其无罪，那么要想将他送上法庭就比登天还难。星期六晚上从八点至十一点半左右，伯纳比都在玩牌。此外，佩蒂斯自称前往看戏的那间剧院，今早贝茨去过一趟。唔，佩蒂斯说的也是实话。剧院里有一名吧台服务员对他印象颇深。第二幕剧大约十点五分结束，这名服务员愿意起誓担保，几分钟后中场休息时，他在吧台为佩蒂斯倒了一杯苏打威士忌。换句话说，葛里莫中弹时，佩蒂斯正在相距约一英里的剧院里举杯小酌。"

"意料之中。"兰波沉默片刻，才说，"对了，既然已得到证实——请你看看这个。"

他将昨晚列出的时间表递过去，哈德利浏览了一遍。

"喔，不错，我自己也拟了一份。你这份看上去十分合理，特别是萝赛特和曼根的部分，虽然具体时间点我们也无法拿捏得特别精准。但我想不至于有太多出入。"他轻敲掌中的信封，"的确缩小了嫌疑人的范围。我们要再研究研究德瑞曼。今早我打电话到葛里莫家，尸体已经送回去了，所以大家的情绪都不太稳定。萝赛特透露的情况不多，只说德瑞曼注射了吗啡，还处于半昏迷状态。我们——"

在手杖点地的伴奏下，传来了缓慢而拖沓的脚步声，哈德利霎时闭口不言，而那熟悉的声音却似与哈德利心有灵犀，在门口也彷徨了片刻。随后，菲尔博士推开门走了进来，眼中神采尽失，整个人仿佛也被灰蒙蒙的清晨笼上了一层雾霭。

"如何？"哈德利催问道，"从那些纸片中找到你想要的答案了吗？"

菲尔博士摸索了一阵才找到黑烟斗，然后点燃。回答之前，他先蹒跚趋前，将火柴丢进炉火，最后终于笑出声来，但笑得相当苦涩。

"是的，我得到了想要的答案。哈德利，星期六晚上我那套理论曾于无意间两度令你误入歧途。我大错特错，蠢得空前绝后、无可救药，要不是昨天看穿真相、挽回颜面，我将永远被钉在为白痴而设的耻辱柱上。当然，我的愚蠢只是铸成大错的因素之一。种种巧合与特定情势的推波助澜，促使我们一再误判；而这些原因一经组合，便将一桩平淡无奇、不值一提的阴狠谋杀，包装成惊悚可怖、云谲波诡的难解之谜。喔，我承认，凶手的确老谋深算，不过——是的，我已找到我想要的答案。"

"是吗？纸片上那些字呢？是什么内容？"

"什么都没有。"

他缓慢而凝重的语气中带着不祥的意味。

"实验失败了？"哈德利惊问。

"不，我是指实验很成功。那些纸片上面什么也没有。"菲尔博士沉声道，"连一行字、一个词，哪怕只是零星的只言片语都没有。更不要说与星期六晚上我告诉你的那些可怕秘密有关的讯息了。我刚才就是这个意思。除了——唔，是的，有少许厚纸片的余烬，很像那种厚纸板，上面倒是印着一两个字。"

"可为什么要把这些信件烧掉——"

"因为它们并不是信件，这才是关键，所以我们才走进死胡同。你还没想到它们的本来面目？……好吧，哈德利，该给本案画上句号、让这笔糊涂账从我们脑子里滚蛋了。你想不想会一会这位隐形的凶手？想不想见一见这个在我们的梦魇中如入无人之境、鬼魅一般的空幻之人？非常好，我来为你引见。车开来了吧？走，试试看能否逼他自行招供。"

"让谁招供？"

"葛里莫家中的某人。走吧。"

眼看真相即将拨云见日，兰波仍觉千头万绪不知导向何方，反而暗暗忧心。哈德利费了点工夫才唤醒快要冻僵的发动机。一路上他们接连遭遇几次堵车，但哈德利竟未迸出一句怨言。而三人之中最安静的，却是菲尔博士。

位于拉塞尔广场的这所宅邸，所有百叶窗均已拉下。死神已进驻家中，所以整座房子看上去比昨日更为死气沉沉。屋内静如死水，菲尔博士按下门铃时，他们在门外甚至都听见了里面的铃声。良久，安妮才赶来应门。她脸色苍白，神情紧张，但仪态仍不失镇定。

"我们想见杜蒙太太。"菲尔博士说。

哈德利虽然强装泰然，但也忍不住探头张望。安妮稍稍退后，声音仿佛从黑沉沉的玄关中缓缓飘出。

"她和——她在家。"安妮边说边指着客厅的门，"我去通报——"她欲言又止。

菲尔博士摇摇头，举步上前，脚步出人意料地安静。他轻轻推开客厅的门。

暗褐色的百叶窗紧闭着，再覆上一层厚重的蕾丝花边窗帘，透进的些微光线已是强弩之末。客厅显得空旷了许多，因为家具都隐于阴影中，只有一个例外：那东西闪耀着黑色金属的光泽，边缘饰以洁白的缎子——那是一具敞开的棺材，四周都点着蜡烛。眼前这一幕，直至本案尘埃落定之后，仍令兰波记忆犹新：从他所站的位置，仅能窥见尸体那张面孔上的鼻尖；但不知是摇曳的烛光，还是周遭似锦繁花以及隐约弥漫的幽香，竟令此情此景穿越时空，从阴郁的伦敦幻化为匈牙利崇山峻岭中某一峭壁嶙峋、疾风怒号的去处；在那里，金色十字架抵御着恶魔，大蒜花圈则令蠢蠢欲动的吸血鬼却步。

然而，最先吸引他们视线的，却是站在棺材旁边，一手紧握棺沿的厄内丝汀·杜蒙。又细又高的烛火将她的灰发染成金色；那瘦弱而坚忍不拔的双肩在烛光中也显得柔顺了许多。她缓缓回头时，那双眼睛深深凹陷、朦胧不清——但她依然没有哭泣。她的胸膛急遽起伏，肩头围着一条艳丽、厚实，饰有长长流苏的黄色披肩，披肩上织着的红色花纹、绣着的小珠都在烛光中闪烁，这是最后一缕来自荒野的气息。

视线相交之际，她突然双手扣紧棺沿，仿佛要誓死保卫那具尸体。忽明忽暗的烛火之下，她只将一个侧影留给众人，一手护住棺材的另一侧。

"这也是为你好，太太，招认吧，"菲尔博士温和地劝道，"相信我，这是为你好。"

她的气息似已同难以捉摸的光影同步，霎时间兰波竟以为她停止了呼吸。随即，她轻咳一声，其中蕴藏的悲愤顷刻间又转为歇斯底里的狂笑。

"招认？"她笑道，"原来你们这群蠢驴打这种主意？算了，我无所谓。招认又怎样！招认我是杀人凶手吗？"

"不。"菲尔博士说。

这个孤零零的音节却掷地有声。她瞪大了眼，随着菲尔博士步步逼近，惊惧之色第一次浮现在她的眼中。

"不，"菲尔博士说，"你不是凶手。让我来揭晓你所扮演的角色。"

博士挡住烛火，黑魆魆的身形居高临下，口吻却依然亲切。

"是这样，昨天有个叫欧洛克的人传授了我们几招，其中包括一个事实：无论表演魔术的场所在不在舞台上，往往都有赖于'托儿'的配合，从无例外。你的角色，就是魔术师和真凶的'托儿'。"

"凶手是所谓的'空幻之人'？"厄内丝汀·杜蒙突然大笑，几近癫狂。

"'空幻之人'确有其人，"菲尔博士平静地转向哈德利，"'空幻之人'这一雅号堪称既拙劣又讽刺的笑话，因为它恰恰代表了真相，而我们却浑然不觉。回想起来，既毛骨悚然，又万分羞惭。想见见你苦苦追寻的凶手吗——凶手就躺在这里，"菲尔博士说，"但上帝已不允许我们再审判他。"

他缓缓抬手，指着查尔斯·葛里莫教授那张惨白如纸、了无生气、双唇紧闭的脸。

第二十章　两颗子弹

菲尔博士继续目不转睛地盯着杜蒙太太，对方则再次缩回棺材边，仿佛要用全身心守护它。

"太太，"博士又说，"你所深爱的人已经死了。法律对他已无能为力，无论他做过什么，也都为之付出了代价。于你于我，眼下的当务之急都是防止此事张扬出去，好让活着的人免受伤害。但你也知道，你本人偏偏牵涉其中，虽然你其实并未亲手参与谋杀。请相信，太太，如果有办法可以在不涉及你的情况下圆满解答谜团，我自是求之不得。我明白，你也饱受煎熬。但事已至此，若要揭开所有疑点，你已不可能置身事外。所以，我们只能说服哈德利警长，务必让本案的秘密永远沉睡。"

他的声音中蕴含着永不懈怠、永不改变、无穷无尽的同情心，这就是基甸·菲尔；他的话触动了她，轻柔得如同泪水决堤后的一场沉眠。她的情绪果然渐渐稳定下来。

"你都知道了？"片刻后，杜蒙急切地追问，"别骗我！你真的都知道了？"

"是的，都知道了。"

"上楼，去他的书房，"她木然道，"我随后就到。我——我现在无法面对你们。我得好好想想，而且——我和你们会合之前，千万别和任何人交谈！放心，我绝不会逃走。"

他们走出客厅，菲尔博士一扬手把哈德利的疑问径直挡了回去。登上幽暗的楼梯来到顶楼，三人一路默然无语，途中没遇到任何人，也没瞥见半个人影。他们又一次走进书房，哈德利打开桌上那盏马赛克花纹的台灯，驱散了黑暗。确认房门关好之后，他迫不及待地转身质问道：

"难道你认为是葛里莫杀了弗雷？"

"正是。"

"一个躺在疗养院昏迷不醒的将死之人，居然能在众目睽睽之下跑去卡廖斯特罗街！"

"不是那时候，"菲尔博士平静地说，"瞧，这就是你没想明白的地方。从这个环节开始，你走错了方向。所以我才说整个案子并非全盘逆转，而是走错了方向。弗雷遇害的时间比葛里莫更早。而且最糟糕的是，葛里莫临死前还试图原原本本向我们坦白真相。他自知死期已到，所以挣扎着将真相告诉我们——人性中善良的一面终于闪光——可我们却误读了他的自白。请坐，听我解释。只需抓住三个要点，连推理都用不上，更无须我多费口舌，谜团便可不攻自破。"

284

他喘着气，屈身坐进书桌后那张椅子里，望着台灯出神了片刻，才继续说道：

"这三个要点是：（1）不存在'兄弟亨利'，只有兄弟二人；（2）兄弟俩都说了实话；（3）时间问题是将案情导入歧路的关键。

"在短暂的时间内发生了什么？那段时间短暂到什么程度？本案的许多环节归根结底都可简化为这两个问题。正因如此，凶手才被颇具讽刺意味地奉为'空幻之人'，而案情陷于僵局的根本原因也在于混淆了案发的时间点。若你细细回想，便不难察觉其中奥妙。

"还记得昨天早上吗！我早已怀疑卡廖斯特罗街命案必有古怪。三位可靠的目击证人一致认定案发时间不偏不倚恰是十点二十五分。我不禁无来由地大感好奇，为何他们的证词如此雷同，而且惊人地精确？普通的街头事故中，就连最冷静的证人也未必能有这样的注意力，或者说未必会在案发当时便立即查看手表上的时间，同一案件的不同目击证人对案发时间的认知更不可能一致精确到如此不可思议的地步。但他们都是诚实守法的良善公民，既然异口同声，其中必有缘故。这个时间点一定在他们脑中刻下了深深的印记。

"当然事出有因。死者倒地之处正对着珠宝店亮着灯的橱窗——那是周围唯一有灯光的橱窗，自然尤为引人注目。它不仅照亮了死者，而且也是警巡赶来后搜寻凶手的第一站，彼时彼地，它自然而然成为众人注意力的焦点。橱窗中那座式样独特的庞大时钟也就水到渠成地在第一时间映入三人眼帘。警巡不可避免地要确认时间，另两名证人当然也会有同样反应，所以他们不知不觉便达成了共识。

"有件事虽然当时看来不太重要，却令我有些困扰。葛里莫中枪后，哈德利召集手下赶到现场，随即又派遣其中一人前去缉捕嫌犯弗雷。那么，这些警察赶到葛里莫家——是在什么时间？"

"根据我的时间表大致估算，"兰波答道，"约为十点四十分。"

"然后，"菲尔博士说，"一名警员奉命即刻去抓弗雷。他抵达卡廖斯特罗街——是在什么时间？推定弗雷遇害时间的十五到二十分钟之后。但在这短短一小段时间里，都发生了什么事？多得令人瞠目！弗雷被送到医生的诊所，已然咽了气；验尸工作业已告一段落，查证身份工作刚刚展开；按报纸所言，'耽搁一段时间后'，来了一辆车将弗雷的尸体移送至太平间。这是何等的效率！哈德利的手下赶到卡廖斯特罗街缉捕弗雷时，现场勘察已经落幕，维瑟警巡正挨家挨户调查取证，命案引发的骚动已告平息。多么不可思议！"

"不幸的是，我竟愚钝至极，甚至昨天早上看见珠宝店橱窗里那座大钟时，也未能参透其重要意义。

"再回头想想，昨天早上在我家吃早餐时，佩蒂斯突然来访，我们和他一直谈到——什么时候？"

短暂的停顿。

"十点整。"哈德利突然打了个响指，"没错！我想起来了，他起身告辞时大本钟恰巧开始报时。"

"完全正确。他走后，我们便穿上大衣，驱车直奔卡廖斯特罗街。即便估算得宽裕一些，你觉得我们戴上帽子、走下楼梯，在星期天清晨空荡荡的街道上消耗这一小段车程——就算换成星期六晚上的交通状况，这段路充其量也只需十分钟——总共得花多少时间？想必你的结论是撑死也只有二十分钟……但到了卡廖斯特罗街，你指点我查看那间珠宝店时，那座奇特的钟正要敲响十一点。

"即便到了这个地步，我冥思苦想之际居然还没留意钟面时间所隐藏的玄机，这与案发当晚三位证人在恐慌中浑然不觉是一个道理。后来，索莫斯和欧洛克招呼我们到楼上伯纳比的公寓。我们的调查花了很长时间，然后又与欧洛克长谈。欧洛克谈兴正浓时，我突然意识到在静谧死寂的清晨——街巷中唯有阵阵风声——出现了一种新的声音。我听到了教堂的钟声。

"那么，教堂钟声几点开始敲响？不会在十一点之后，礼拜仪式早就开始了。通常十一点前就该敲预备钟。但如果采信那座德国式时钟上的时间，当时应该过了十一点很久才对。于是我如梦初醒，豁然开朗，想起了大本钟的报时，想起了前往卡廖斯特罗街的短短路途。比起教堂钟声和大本钟——（哼！）那座外国钟真是虚有其表。教堂和议会大厦不可能同时出错——也就是说，珠宝店橱窗里的钟走快了超过四十分钟。因此，前一晚卡廖斯特罗街枪杀案不可能发生于十点二十五分。实际的案发时间应当略早于九点四十五分，不妨假定为九点四十分。

"其实早晚都会有人发现这一点，说不定已经引起有心人的注意了。这种事在法庭进行死因裁判时藏都藏不住，届时肯定有人站出来质疑时间上的不协调。也许到时候你马上就能领悟真相（但愿如此），也许只会令你的思路更加混乱，我不知道……总之事实不容辩驳，卡廖斯特罗街命案发生的时间，比假面怪客按响葛里莫家门铃的时间——即九点四十五分——还要早几分钟。"

"可我还是想不通！"哈德利仍有异议。

"不可能犯罪的手法？好吧，我可以把来龙去脉从头到尾解说清楚。"

"也好，但先让我自己理理头绪。倘若如你所言，葛里莫九点四十五分之前在卡廖斯特罗街射杀弗雷——"

"我可没这么说。"

"什么？"

"请你少安毋躁，听我从头说起。上星期三晚上，显然已从墓穴内逃出生天的弗雷，裹挟着尘封的罪恶内幕驾临沃维克酒吧，对他的兄弟施以恐怖的威胁——葛里莫当即动了杀心。请注意，整个案件中，葛里莫是唯一有杀害弗雷之动机的人。天哪！哈德利，他确实有动机！他安然度日，丰衣足食，德高望重，不堪回首的往事早已深埋地底。然而天有不测风云，门砰的一声打开，瘦削的陌生人嘴角挂着冷笑，居然是他的兄弟皮埃尔！葛里莫越狱时丢下被活埋的一个兄弟不管，任其惨死；若无意外，另一个本来也在劫难逃。时至今日，他仍有可能因旧罪而被引渡伏法，遭受绞刑——皮埃尔·弗雷竟已追查到了他的下落。

　　"还记得那天晚上在酒吧里，弗雷突然现身于葛里莫眼前时所说的每字每句吗？细细揣摩他一言一行背后的深意，便不难发现，狂躁的弗雷其实远不像他表面上所伪装的那样疯疯癫癫。如果他仅为私仇而来，又何必当着葛里莫一众朋友的面出言讥讽？他搬出死去的兄弟作为恐吓的武器，但也仅有这一次提及这个兄弟。他为什么要说，'我还有个更为神通广大的兄弟，是你的致命威胁'？为什么要说，'我无意取你性命，可他就不一样了'？为什么要说'倘若哪天他登门拜访'？紧接着又递给葛里莫一张名片，上面巨细无遗地写下了自己的地址？这张名片一递，加上之前的一番话、之后的故弄玄虚，结合起来就意味深长了。弗雷当着许多人的面恐吓葛里莫，其实话里有话，言下之意自然是：'大哥，年轻时咱们干了那桩抢劫案，现在你身体也发福了，腰包也鼓了；兄弟我可还一贫如洗，混得不怎么样。你是想到我落脚的地方坐一坐，谈谈条件呢，还是想让我直接叫警察去问候你？'"

"勒索。"哈德利静静地说。

"不错。弗雷行事乖僻，却绝不是傻瓜。请注意他威胁葛里莫的最后一句，是多么曲折隐晦：'一旦和我兄弟联手，我自己也将陷入危险，但我已做好冒险一试的准备。'一如既往地，这其实也是句大实话：'大哥，说不定你又会像害死三弟那样，要置我于死地，但我愿意冒这个险。所以是我和和气气地去拜访你呢，还是让死去的三弟来送你上绞架？'

"考虑一下案发当晚他的举动。还记得吗，他兴奋地把所有的魔术道具都砸得稀烂？他对欧洛克说什么来着？结合目前掌握的情况，只有一种解释。他的原话是：

'我已大功告成，再也不需要它们了。我没告诉你吗？我要去见我的亲兄弟，我们之间的恩恩怨怨也该做个了断了。'

"这当然说明葛里莫和他做了交易。弗雷是指他即将脱离苦海，带着一大笔钱远走高飞，就当自己从没活着离开那座坟墓一样；但为免内情败露，他只能点到为止。尽管如此，他也深知自己这位大哥诡计多端，当年之事便是最好的例子。可他又不便直接对欧洛克示警，否则一且葛里莫当真付了钱，他岂非弄巧成拙？所以他只抛出一条暗示：

> '一旦我有个三长两短，你可以在我住的那条街上找到我兄弟。他其实不住在那里，只是临时租了一个房间。'

"最后这句话容我稍后再解释。先回到葛里莫身上。葛里莫根本没考虑过要和弗雷做交易。弗雷必须死。基于葛里莫那阴险狡诈又富于戏剧性的心态（大家都知道，我们还从未见识过对魔术、幻象如此沉迷的人），他当机立断，绝不冒险和这难缠的兄弟继续周旋。弗雷非死不可——但执行起来却困难重重。

"如果弗雷私下与他联络，世上再无他人能将弗雷这个名字与他联系起来，事情就好办了。可弗雷的手段也非比等闲，他故意把自己的姓名和住址大大方方透露给葛里莫的一众好友，还刻意暗示葛里莫身怀不可告人的秘密。葛里莫顿时骑虎难下！如果弗雷身亡，且显系被人谋杀，保不齐有人会说：'啊哈，莫非是那家伙——'随之而来的可能是危险的调查，天知道弗雷还有没有向别人提过葛里莫。他唯一不可能走漏风声的，就是勒索葛里莫这件事；对这最后一击，他定会守口如瓶。无论弗雷出了什么事，死因为何，葛里莫都免不了要接受调查。葛里莫只需公然营造弗雷对他纠缠不清的假象——给自己寄恐吓信（还有意藏头露尾），巧妙地弄得全家上下人心惶惶，最后再大张旗鼓地通知所有人，弗雷宣称星期六晚上将登门造访（其实当晚本来是他约好要去见弗雷）。很快你们就会明白，他所策划的谋杀诡计有多么高明。

"他计划营造出如下效果：星期六晚上，有人目睹凶恶的弗雷前来拜访。必须安排几位目击证人。弗雷走进书房后，房里只有他们二人。随后传出争吵声、打斗声、枪声、倒地声。房门被打开后，现场仅剩葛里莫一人——看似身负重伤，所幸只是子弹擦过身侧造成的皮肉之伤而已。凶器不知所踪，窗外垂挂着弗雷惯用的绳索，可见弗雷已经逃走。（别忘了，按天气预报，当晚不会下雪，所以无法追踪足迹。）葛里莫会说：'他以为已置我于死地，其实我是装死，然后他就逃走了。不，不必报警，他挺可怜的，反正我也没受伤。'次日一早，弗雷被人发现在住处自杀了，他用自己的手枪抵住胸膛后扣动了扳机。手枪就掉在尸体旁，还有一封遗书，声称他想到自己杀死了葛里莫，绝望中只得选择自尽……各位，这就是葛里莫原计划制造的幻象。"

"但要如何执行？"哈德利追问，"更何况，实际情况与他的计划大相径庭！"

"不错，如你所知，人算不如天算。魔术的后半段情节是弗雷造访他的书房，而此时弗雷其实已死在卡廖斯特罗街的寓所中——稍后我再说明这一段。葛里莫在杜蒙太太的帮助下，已做了一些准备工作。

"他和弗雷约好在香烟店楼上的公寓里碰面，时间定在星期六晚上九点钟，现金交易。（还记得吗，弗雷兴高采烈地辞掉工作、烧掉道具、离开位于莱姆豪斯区的剧院时，大约是八点十五分。）

"葛里莫之所以选择星期六晚上行动，是因为按他雷打不动的习惯，整晚都会独自待在书房里，天塌下来也不许人打扰。此外，他出入往返需要取道地下室，通往地下室那扇门是必经之路；而住在地下室的安妮星期六晚上放假。还记得吗，葛里莫七点三十分上楼进书房后，直至——证据显示——他九点五十分开门迎客为止，这期间没人见过他。杜蒙太太则声称九点三十分上楼收咖啡盘时和他说过话。稍后我会解释为何我不相信这一证词——事实上，葛里莫根本不在书房，而是去了卡廖斯特罗街。杜蒙太太奉命于九点三十分左右到书房里盘桓片刻，然后告退出来。为什么？因为葛里莫已吩咐米尔斯九点三十分上楼，在廊厅对面监视书房。米尔斯正是葛里莫这套魔术所要蒙骗的观众。但是，如果他上楼之后接近书房门口时，忽然心血来潮要和葛里莫聊聊，或是见上一面，杜蒙太太便可及时拦阻。杜蒙在拱门处待命，任务就是防止米尔斯因好奇心作祟而接近书房。

"为什么偏偏选中米尔斯来当魔术的观众？因为他一

方面认真负责、一丝不苟，能够严格按葛里莫的指示完成计划中所需的步骤，另一方面又对'弗雷'深怀戒惧，当'空幻之人'上楼时，他必不至于挺身而出、坏了好事。戴面具的来客走进书房前的片刻，是计划之中最脆弱的一环，倘若米尔斯贸然干预，便万事皆休了（比如曼根甚至德瑞曼，就很有可能出手阻挠）；而且米尔斯也绝不敢迈出自己的房间半步。既然他奉命坚守岗位，就一定会坚持到底。最后一点，他身材矮小，也是中选的原因之一，很快你们就会明白其中奥妙。

"好，米尔斯得到的指令是，九点三十分上楼开始监视。因为'空幻之人'原计划很快就要登场。但事实上'空幻之人'却姗姗来迟。注意，这里出现了矛盾：米尔斯接到的指示是九点三十分——曼根却是十点！理由很明显，楼下必须有人，才能证明来客确实是从前门进来的，以支撑杜蒙的证词。不过，曼根有可能好奇心发作，对'空幻之人'展开盘问——但如果葛里莫开玩笑地告诉他那人未必会来，即便来也不会在十点之前到达，那就另当别论了。总之，务必令曼根猝不及防、患得患失，好让'空幻之人'及时经过客厅房门、走上楼梯，闯过这同样危险的一关。还有，为做好最坏的打算，万全之策是将曼根和萝赛特锁在客厅里。

"至于其他人：安妮不在家；德瑞曼用一张音乐会门票就打发了；伯纳比无疑在打牌；佩蒂斯去了剧院。万事俱备，好戏开场。

"九点前不久（多半在八点五十分左右），葛里莫溜出家门，经由地下室的门来到街上。麻烦来了，大雪已纷纷扬扬下了好一阵，这与计划不符。但葛里莫不以为意，他自信有把握在九点半之前大功告成、胜利归来，届时大雪未停，往返的足迹自会被积雪覆盖；同时，'空幻之人'用绳索从窗口逃逸、却未留下足迹，也可以用天降大雪来解释，不致启人疑窦。无论如何，事已至此，箭在弦上，不得不发。

"离家时，他随身携带一把无从追溯来源的老式柯尔特左轮手枪，只装了两颗子弹。不知道他戴了怎样的帽子，但大衣是浅色的，还缀着亮晶晶的花呢斑点。之所以买下这件尺寸大了好几号的大衣，原因有二：一来没人认为他会穿这种大衣；二来即便被人看见，也不会被认出来。他——"

哈德利按捺不住了。

"且慢！会变色的大衣呢？出这事的时候离案发还早。究竟怎么回事？"

"还得请你再忍耐片刻，翻到魔术的最后一环时，答案自然揭晓。

"唔，葛里莫此行的目的是会见弗雷。他原打算与弗雷一笑泯恩仇、谈笑风生一段时间，少不得要劝说道：'老弟，这鬼地方留不得！以后你好好享受人生，都包在我身上。搬到我家去吧，这些没用的家当该扔就扔。不如写张字条，通通送给房东！'——诸如此类花言巧语，其目的便是让弗雷给房东留下一张语焉不详的字条：'些许家当，于我无用，还请笑纳''我将回归墓穴之中'，云云。一旦弗雷身亡，手中有枪，那张字条便自然成为自杀前的绝笔。"

菲尔博士倾身向前："紧接着，葛里莫就会掏出手枪，牢牢抵住弗雷的心窝，笑呵呵地扣动扳机了。

"他们身处一座空屋的顶楼。你们都看见了，墙壁惊人地厚实。蜗居地下室的房东还是整条卡廖斯特罗街上最不爱管闲事的人。况且枪口紧贴弗雷胸膛，沉闷的响声不可能惊扰四邻。尸体被人发现应该还有一段时间，最起码也是天亮后的事。与此同时，葛里莫将做何举动？杀死弗雷后，他将掉转枪口，给自己制造一点轻伤，哪怕将子弹留在体内也在所不惜——从当年的'三口棺材'事件中可知，他拥有蛮牛般强健的体魄、常人难以企及的胆识。他会把手枪留在弗雷身旁，冷静地用手帕或棉布替自己缠好伤口；子弹必须穿透衬衫，伤口又要用大衣遮掩住，并以胶布包扎妥当，时机一到再撕开。然后就可以回家施展魔术，以证明弗雷曾登门拜访。于是，弗雷开枪射伤葛里莫、逃回卡廖斯特罗街、用同一支枪自我了断，进行死因裁判时，这一系列顺理成章的推论不可能令陪审团起疑。我说得够清楚了吧？本案中的凶手和受害人就这样被偷梁换柱了。

"这就是葛里莫处心积虑安排的圈套。倘若一切按照前述剧本如期上演，则堪称天衣无缝的谋杀好戏；恐怕我们也不太可能对弗雷的'自杀'有什么疑问了。

"这个计划中只有一处障碍：倘若有人目睹弗雷的公寓来了客人——不必认出葛里莫，发现有人到访即可——就大事不妙，'自杀'的可信度便岌岌可危。公寓只有一个入口，也就是香烟店旁边那扇门。他又穿了件颇为招摇的大衣，而且之前他还身着同样的装束来踩过点（对了，香烟店老板多尔伯曼不久前就注意到有这么个家伙在周围盘桓）。于是，伯纳比的秘密寓所成了他的救命稻草。

"想想看，最有可能窥知伯纳比在卡廖斯特罗街拥有秘密小屋的人，不正是葛里莫吗？伯纳比自己也说过，几个月前葛里莫怀疑他画那幅油画的动机不纯。可想而知，葛里莫反复逼问还不算——他还跟踪伯纳比。时时居安思危的人，警惕性是很高的。他知道伯纳比有这么一间公寓，通过侦查，也获悉萝赛特手里有一把钥匙。于是他计上心来，偷走了萝赛特的钥匙。

"伯纳比的公寓所在的那座房子，与弗雷的住处位于卡廖斯特罗街同一侧。那些房子毗邻而建，屋顶平坦；只需翻过低矮的隔墙，就可以沿着屋顶从街头一直走到街尾。这两间公寓都在顶楼，请回想一下，我们去查看伯纳比的公寓时，在门口发现了什么？"

297

哈德利点点头："忘不了。一架梯子通往房顶的天窗。"

"正是。而我也发现弗雷的房间外面有个窗台，踩上去伸手就可以够到天窗，进而攀上房顶。葛里莫要到卡廖斯特罗街，一定不会走正面的大路，而是抄我们从伯纳比公寓窗户望见的那条后巷。他从后门进屋（与伯纳比和萝赛特后来选择的路线一致），直上顶楼，登上房顶，经过一户户人家的房顶来到弗雷的公寓顶上，从天窗下到窗台，可谓瞒天过海、来去自如。而且他很清楚当晚伯纳比肯定在其他地方玩牌。

"可叹天有不测风云，计划赶不上变化。

"他必须在弗雷回来之前赶到弗雷的公寓，否则弗雷见他从屋顶翻身而入，必起疑心。但我们知道，弗雷心里早有预感了。起因是葛里莫要他带一条变魔术用的长绳回来……因为葛里莫需要这东西来捏造弗雷脱逃的假象。也不排除弗雷得知葛里莫前几天在卡廖斯特罗街藏头露尾，说不定还瞄见他从房顶溜进伯纳比的公寓，因此弗雷认定葛里莫在这条街上也有落脚点。

"九点整，兄弟二人在亮着煤气灯的房间里聚首。他们聊了些什么，我们不得而知，这将永远成谜。但可以肯定的是，葛里莫打消了弗雷的疑虑，双方相谈甚欢、尽弃前嫌；葛里莫半开玩笑地劝说弗雷给房东留了字条。然后——"

"这些我都没意见，"哈德利平静地问道，"但你怎会了解得这么具体？"

"是葛里莫亲口承认的呀。"菲尔博士答道。

哈德利目瞪口呆。

"是真的。当我及时察觉我们犯下的滔天大错之时，我就该明白了。先继续刚才的话题。

"弗雷写完字条，穿衣戴帽，正欲动身——葛里莫想让现场看上去像是弗雷刚刚外出归来后便举枪自尽，也就是说，想制造弗雷刚从葛里莫家装神弄鬼回来的假象。两人准备出门时，葛里莫突然发难。

"或许弗雷潜意识里有所防备；或许他自知无力抵抗强壮的葛里莫，便急忙转身想夺门而出；或许是两人扭打缠斗时造成的结果——总之葛里莫原本打算将弗雷扭过来、用枪口抵住其心窝，但却犯下大错。他开枪了，子弹却没能如他所愿穿心而过，而是命中了弗雷左肩胛骨下方。后来葛里莫自己也死于同样的枪伤，只不过他的伤口在身前，弗雷的伤口则在身后。枪伤虽然致命，但却不至于当场死亡。兄弟二人殊途同归，以近乎雷同的方式先后毙命，真可谓造化弄人。

"弗雷应声倒地。他别无选择，而且这也是最聪明的选择，再作挣扎只会促使葛里莫立即结果他的性命。然而葛里莫在那一瞬间也惊得魂飞天外，方寸大乱。他的全盘计划极有可能就此毁于一旦。有人能从背后那种位置开枪自杀吗？想将弗雷之死伪装成自杀的希望已极其渺茫。更糟糕的是，他下手的速度还不够快，弗雷中弹前还来得及放声尖叫，所以葛里莫以为已经有人闻声赶来了。

"好在千钧一发之际，他头脑还算清醒，胆色也还够壮，足以随机应变。他将手枪塞进一动不动趴在地上的弗雷手中，并收起那卷长绳。尽管计划已经走了样，还是得硬着头皮执行下去。但如果再开一枪，很可能会被已经竖起耳朵的邻居听见，这个险冒不得，加上时间吃紧，他只能仓皇冲出公寓。

"房顶！房顶是他唯一的逃亡机会。幻觉中的追兵正从四面八方涌来；沉睡的恐怖记忆复苏了，匈牙利山脉狂风暴雨中的三座墓穴霎时重现眼前，恍如昨日。他臆想着敌人闻声而至、在房顶上对他穷追不舍……于是，他慌不择路，跳进伯纳比公寓的天窗，任公寓里无边的黑暗包围了自己。

"直到这时，葛里莫才惊魂甫定，恢复神智……

"与此同时又发生了什么事呢？皮埃尔·弗雷身负重伤，但他的身体也称得上钢筋铁骨，否则当年被活埋后怎能苟延残喘、起死回生？凶手已经逃走了，弗雷可不会乖乖等死，必须立即设法保命。他得去——

"去找医生，哈德利。昨天你问我弗雷为什么要朝卡廖斯特罗街另一头的死胡同走去，因为（报纸上也说了）有位医生就住在街尾；后来弗雷也正是被送到那里去了。弗雷自知受了致命伤，但他岂会甘心就此送命！他挣扎起

300

身，帽子和大衣还在身上，顺手把葛里莫塞给他的那支枪放进衣袋，以备不时之需。他竭力稳住脚步，缓缓下楼，只见冷冷清清的街道并未被刚才的枪声惊醒。他走了出去——

"你不是问过，他为什么走在街道正中央，还不停地东张西望吗？倒不是因为他急着要去谁家，最合理的解释是——他知道凶手就潜伏在附近，很可能再度出击。他自认为走在街心很安全。前方有两个人匆匆疾行。他经过亮着灯的珠宝店，看见了右前方的街灯——

"但葛里莫在做什么？葛里莫侧耳倾听，发觉无人追赶，但心中仍草木皆兵，不敢冒险回房顶查看。但他心念一转——往街上看一眼，不就能了解刚才那一枪是否惊动什么人了吗？他可以下楼去前门口探头张望，不就解决问题了吗？不会有任何危险，反正伯纳比公寓所在的这座房子并无他人居住。

"他悄悄下楼，轻轻开门；之前他已解开大衣纽扣，将绳索缠在身上。他打开门——整个人都沐浴在门口那盏街灯的光芒中——正对面缓缓在街心行进的不是别人，恰是不到十分钟前他在另一座房子里留下等死的那家伙！

"这是兄弟二人最后一次四目相对。

"在街灯照射下，葛里莫的衬衫成了绝好的靶子。强忍剧痛、情绪又亢奋到极点的弗雷一刻也没有迟疑，癫狂之下，他厉声高喊：'第二颗子弹赏给你！'——随即拔出刚才那支枪，扣动扳机。

"这一枪榨干了弗雷的最后一线生机。鲜血喷涌而出，他心知死期已到，又大喊一声，拼命将手枪（已经没有子弹了）朝葛里莫掷去，随后迎面倒地。两位老弟，这就是卡廖斯特罗街三名证人听见的那一枪，葛里莫还没来得及关门，这颗子弹就射进了他的胸膛。"

第二十一章　真相大白

"然后呢？"见菲尔博士低头不语，哈德利催促道。

"三名证人理所当然都没发现葛里莫，"菲尔博士喘着气，默然良久，"因为他没迈出房门半步，没踏上台阶，距离那个貌似在空旷雪地中央惨遭谋杀的男子至少二十呎开外。弗雷本就带伤，最后搏命一击令伤口迸裂、鲜血泉涌，因此基于伤口状况所做的推理自然全是无用功。手枪上当然也没有指纹，因为它坠于积雪中，指纹都被顺势擦干净了。"

"老天！"哈德利居然冷静得像要发表声明，"完全符合现场实际情况，我却从未往这方面想过……请继续，葛里莫后来如何？"

"葛里莫躲在门后。他知道自己胸口结结实实挨了一枪，但不以为意。比中弹更恶劣的境遇他也不是没经历过，何况眼下还有更要紧的事情（在他看来）要办。

"反正他本来也正打算给自己弄个伤口。按理说他该欢呼雀跃才对，但原定计划已经面目全非！（他怎会料到珠宝店的钟偏偏走得太快？他甚至还不知道刚刚大摇大摆走在街上、还向自己开枪的弗雷，此刻已经一命呜呼。明明是老天眷顾——多亏了珠宝店的钟，他却以为命运已经彻底唾弃了自己，但他又怎能未卜先知呢？）唯一可以确定的是，弗雷不可能在那个小房间里被人发现，进而推定为自杀了。弗雷——也许伤重垂危，但还说得出话——就在外面街道上，一名警察已闻声赶来。葛里莫大势已去。除非急中生智，才能扭转乾坤，他正一步步走上绞架，因为弗雷再也不会保持沉默了。

"枪响过后的一瞬间，这些念头如惊涛骇浪涌上葛里莫心头。他不能在黑洞洞的玄关束手待毙，最好先检查一下伤口，确保不留下血迹。去哪里好呢？当然是楼上伯纳比的公寓。他上楼、开门、开灯，绳子还缠在身上——现在这东西已经没用了。既然弗雷可能已与警方接触，他就不可能再制造弗雷来拜访自己的假象了。他解下绳子，随手一丢。

"接下来看看伤口的情况。黄色花呢大衣的内衬血迹斑斑，内衣也被鲜血染红。但伤口并无大碍，他用手帕和胶布自行止血，把自己包扎得像只在斗牛场上负伤的骏马。卡洛里·霍华思是杀不死的，他居然还能笑出声来，镇定自若、生龙活虎，一如平日。初步包扎告一段落——所以伯纳比公寓的浴室里留有血迹——他重整旗鼓，开始思量应变之策。几点了？老天在上！事不宜迟，已经九点四十五分，走为上策，在警方展开搜捕之前得赶紧回家……

"他没关灯，一先令的电量何时用尽、电灯何时熄灭，我们不得而知。总之四十五分钟后萝赛特还看见它们亮着。

"想必葛里莫在撤退途中又清醒地权衡了形势。他会被捕吗？似乎不可避免。但是，有没有可以利用的漏洞？存不存在腾挪转圜的余地，哪怕只是一线微光？各位，无论葛里莫本性如何，他无疑都是一名斗士。他精于算计又目空一切，崇尚戏剧效果且想象力丰富，是个深谙人情世故的恶棍无赖；但别忘了，他同时又是一名斗士。他并非十恶不赦，虽然能对兄弟痛下杀手，但他会杀害朋友或是深爱自己的女人吗？我很怀疑。言归正传，曙光究竟在何方？办法倒有一个，虽可行性极低，但却是唯一的出路。也就是按既定计划行事，伪造弗雷已经现身登门，还开枪打伤他的假象。枪还在弗雷手里。葛里莫并未丧失主动权，何况全家人都能做证，整晚他从未离家一步！而且他们还能发誓弗雷确实来过——就让该死的警察去查证吧！有什么不可以？还有雪的问题？雪已经停了，弗雷没有留下足迹。本该栽赃给弗雷的绳子也没带走。但事已至此，只能死马当活马医，权作困兽之斗了……

"弗雷朝他开枪的时间约为九点四十分。他到家时差不多九点四十五分，或者更晚一些。如何在不留足迹的情况下进屋？小菜一碟！难不倒体壮如牛、只不过受了点小伤的人。（对了，我认为他原本确实伤得不重，如果没有后来那些行动，估计现在还活着等待绞刑伺候呢，这是后话。）他原计划从通往地下室的楼梯和小门返回。如何操作？唔，楼梯上当然覆着一层积雪，但楼梯紧贴着邻居的房子，不是吗？地下室门口、台阶底部是没有积雪的，被上头正门前的台阶挡住了。如果他可以不露痕迹地下到那里——

"此法可行。他可以从另一方向走来，像是要到邻居家，然后直接从楼梯上跳到地下室门口未曾积雪的狭小空间……我记得门铃响起之前，有人听到重物坠地的声音？"

"可他还没去按门铃呢！"

"噢，这个简单，他按了，只不过是从屋里按的。从地下室进屋后，他便上到一楼与等候多时的厄内丝汀·杜蒙会合，两人联手表演的魔术即将揭幕。"

"好，"哈德利说，"总算到魔术的部分了。到底用了什么手法？你又是如何看穿的？"

菲尔博士坐回椅子里，指尖轻轻相叩，似乎正在梳理思绪。

"我是如何看穿的？唔，最初的灵感来自那幅画的重量。"他懒洋洋地指着那幅靠在墙边、被划出一道道口子的巨大油画，"没错，就是那幅画的重量。本来还觉得无所谓，直到我想起了另一件事……"

"油画的重量？哦，那幅画，"哈德利吼道，"我几乎把它给忘了。这和葛里莫的阴谋有什么联系？他想用它干什么？"

"哼哼，哈哈，问得好。我也纳闷了很久。"

"可是，那幅画的重量，老天！它可没多重。你自己用一只手就能把它举起来翻个个儿。"

菲尔博士激动地直起身子："一点没错，说到点子上了。我一只手就能举起来、转一转……那么，为何当初动用了两名壮汉——出租车司机和另外一个人——才把它抬上楼？"

"什么？"

"你想想，这个问题出现了两次。葛里莫从伯纳比的画室把画买走时，仅凭一己之力就轻轻松松把它拎下楼。但傍晚他带着同一幅画回来时，却请两个人帮忙才抬上楼。这幅画为什么突然沉重了许多？他也没把画裱进玻璃框呀——一看便知。从早上买画，到下午把画带回家，这期间葛里莫在什么地方？如此一尊庞然大物，不可能随身携带、只为玩玩而已。还有，葛里莫为何非要把画裹得严严实实？

"所以，我们有充分的理由推断，葛里莫让别人帮忙抬上楼的还有其他东西，这幅画只是被利用做幌子。包装纸内另有奥妙。那东西非常大……七呎长，四呎宽……嗯……"

"里面不可能有其他东西，"哈德利反驳，"否则我们总该在这间书房里找到吧？就算有，那东西的形状也得极其扁平才行，不然光凭油画的包装纸是藏不住的。长达七呎，宽达四呎，薄得能藏进包装纸避人耳目，体积还和油画一样庞大，又能随心所欲变得无影无踪，这究竟是什么宝贝？"

"一面镜子。"菲尔博士答道。

哈德利顿时被这个答案震得哑口无言，半晌才缓缓从椅中起身。菲尔博士则继续意兴阑珊地说道："要让它消失也不难，只需顺着烟道，将它往上塞进宽阔的烟囱里——我们之前也曾把拳头伸进去过——然后放置于烟囱内拐角处的凸出部分即可。用不着魔法，只需强健有力的胳膊和肩膀就能办到。"

"难不成你想说，"哈德利惊呼，"那是该死的舞台障眼法——"

"一种全新的障眼法，"菲尔博士说，"只要敢于尝试，必能收到奇效。现在请看看这间书房的全貌。看见房门了吗？正对房门的那堵墙上是什么？"

"什么也没有。"哈德利答道，"葛里莫把书架搬开了，腾出一大片空间。除了墙上的壁板，什么也没有。"

"不错，那么从门口到那堵墙之间，能看见任何家具吗？"

"没有家具，一览无余。"

"所以，如果从外面的廊厅往书房里看，只能看见黑色的地毯，没有任何家具，然后就是一面镶着橡木壁板、空荡荡的墙？"

"是的。"

"那么，泰德，请打开门看看廊厅，"菲尔博士说，"廊厅里的墙和地毯是什么模样？"

兰波岂能不知，但还是佯装看了看："一模一样，"他说，"铺着厚厚的地毯，和书房里的一样，壁板也一样。"

"没错！对了，哈德利，"菲尔博士依旧漫不经心地说，"有劳你把那边书架后面的镜子拉出来，从昨天下午开始它就躲在书架后头了。是德瑞曼费了九牛二虎之力才从烟囱里拿出来的，所以他才突然中风。我们来做个小实验，家里其他人应该不会来搅局，就算有人上来，也得拦回去。哈德利，请把镜子搬出来，放在房门内侧——开门时（从走廊进来的话，房门是朝内侧右方推开的）。门框最外沿要和镜子留出几吋的空间。"

警长颇费了些工夫才把书架后的东西推出来。它比裁缝店里的回旋式穿衣镜还大，实际上和房门相比还更高、更宽几吋。镜子的底部稳稳当当立在地毯上，右侧（面对镜子时）有一沉甸甸的回旋式底座，笔直地将其支撑起来。哈德利好奇地端详着。

"放在房门内侧？"

"对，待会儿只需把门推开一点点，最多两呎的缝隙

309

就行了……试试看！"

"我知道，不过这么一来——唔，坐在走廊对面的米尔斯恰好能看见自己的镜像。"

"看不见。在那个角度——角度再小一点，听我的没错——在我设想的那个角度，看不见。很快就见分晓了。你们两位请到米尔斯的位置，我再调整一下。我没发出指示之前先别往这边看。"

哈德利虽然满口嘀咕着"蠢得无可救药"，但却兴致不减地跟在兰波身后离开。两人将视线挪开，直到听见博士的招呼才转过身来。

幽暗的廊厅穹顶高耸，脚底漆黑的地毯延至紧闭的书房门口。菲尔博士站在门外，俨然一位大腹便便、即将主持雕像揭幕典礼的大人物。他站在门口偏右侧，背靠墙壁，伸出一只手握住门把。

"她要行动啦！"他边吆喝边迅速推开门——稍一停顿——又把门关上。"怎么样？看见什么了？"

"看见了房间内部，"哈德利答道，"最起码我觉得看见房间内部的景象了。有地毯，还有后面那堵墙，感觉房里空间很大。"

"大错特错，"菲尔博士说，"其实你所看见的，是你身边那扇门往右侧的墙壁、地毯在镜中的影像。所以房间才显得十分空阔，因为镜像使得你眼中的空间延展至实际跨度的两倍。这面镜子比房门的面积还大，房门朝内侧右方推开，所以你看不到房门本身的影像。仔细观察的话，可以发现房门上方有一行状似阴影的线条，因为镜子比门高约一吋，所以不可避免地映出了房门内侧的上沿。但观察者的注意力基本只集中在门前的人身上……能看见我吗？"

"看不见，你站得太偏。只能看见你的手握着门把，人却闪在一旁。"

"不错，和杜蒙当时的位置一样。解说全部手法之前，再做一个小实验。泰德，你坐到书桌后那张椅子上——也就是米尔斯当时所处的位置。你比他高很多，但无碍于演示效果。然后我走出来，推开门，注视自己在镜中的影像。我的辨识度比别人高，正面和背面你都不至于认错。只要原原本本告诉我你眼中所见即可。"

鬼魅般的朦胧光线中，房门微启，诡谲的气氛令人毛骨悚然。一位菲尔博士出现在门内，与站在门口的另一位菲尔博士四目相对——纹丝不动，神色骇然。

"请看，我没碰到房门，"一个低沉的声音传来。由蠕动的嘴唇判断，兰波几乎百分之百肯定说话的是门里那位菲尔博士。镜子犹如回音壁，将声音反射回来。"有人主动帮我开门、关门——此人就站在我右侧。我没碰到房门，否则我的影像也会如法炮制。快，你们注意到什么了？"

"咦——其中一个你显得特别高。"兰波审视着对面的

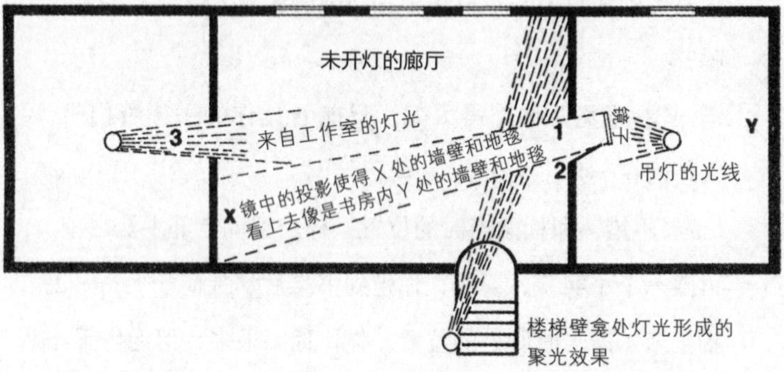

未开灯的廊厅

3　来自工作室的灯光　　　　　　　　1　　　Y

X 镜中的投影使得 X 处的墙壁和地毯　　2　吊灯的光线
看上去像是书房内 Y 处的墙壁和地毯

楼梯壁龛处灯光形成的
聚光效果

1. 站在此处者的镜像会落在监视者眼中，但其本人比镜像看上去高三
吋，因为监视者身处三十呎开外，所坐的观察位置也较低。

2. 负责开门和关门的同伙。

3. 监视者

　　制造此幻觉必须注意一个要点：光线不可垂直照在镜子上，否则
炫目的反光会令镜子的机关暴露。来自楼梯壁龛的光线与书房门前反
射的光线交汇，但不至于产生反射。廊厅里不可亮灯，工作室的灯光
射程有限。书房中的光源来自高悬于天花板的吊灯，几乎垂直从镜面
上沿射下，因此廊厅里基本上看不到镜子的投影；站在书房门口的人
的身影也有助于抵消镜子的投影。

图 2　幻觉产生过程的图示说明

景象。

"哪一个？"

"就是你自己，走廊上的这一个。"

"非常正确。首先是因为你我之间距离较远的缘故，但最最重要的原因是你坐在椅子上。在身材矮小的米尔斯眼中，我简直是个巨人了，嘿？嗯嗯，哈哈。很好。现在，如果我迅速闪身进门（暂时假定我有这般身手），与此同时右侧的同伙也趁乱迅速把门关上，那么在这令人眼花缭乱的一瞬间，门里那个人的动作就像是——"

"像是要上前阻拦。"

"正确。如果哈德利也领会了，请过来查看证据。"

他们又回到书房，哈德利把斜放着的镜子移开，菲尔博士一屁股陷进椅子里，喘着气叹道：

"抱歉，二位，从米尔斯先生那字斟句酌、有条不紊、精确无误的证词中，我早该看清真相才对。现在我试着回想一下他的原话。哈德利，记得帮忙提醒。嗯。"他板着脸，用指关节轻叩脑袋。"是这样：

> 她（指杜蒙）正要敲门时，我震惊地发现那高个男人也径直尾随她上楼来了。她一扭头看到他，顿时厉声说了几句话……那高个男人置之不理。他走向门口，不慌不忙地翻下大衣衣领，摘下帽子塞进大衣口袋……

"发现了吗，二位？这是不可或缺的一步，因为镜中的影像可不能戴着帽子、衣领竖起，书房里的葛里莫必须以身穿睡袍的形象示人。但我想不通，他显然没摘下面具，但之前这一连串动作又为何如此从容不迫——"

"对啊，面具呢？米尔斯说他没有——"

"米尔斯没看到他摘下面具。答案很快揭晓，先继续回顾米尔斯的证词：

> 杜蒙太太叫嚷着什么，畏缩着靠到墙上，随后匆忙把门打开。葛里莫教授在门口现身——

"现身！非常准确。我们这位条理分明的证人说得分毫不差，真是可怕。但杜蒙呢？这就是第一处破绽。面对如此面目狰狞的家伙，一个惊慌失措的女人非但没有冲到门口、向门里那个本可挺身护佑她的男人求援，反而退缩到墙边。继续看米尔斯的证词。他说葛里莫没戴眼镜（戴着面具，自然不便再加一副眼镜）。可当时在房里的人先把眼镜戴好才合情合理。葛里莫——按照米尔斯所言——在这段时间里一直呆若木鸡地站着，和陌生人一样，双手都插在口袋里。现在来看最具说服力的部分。米尔斯说：'在我印象中，虽然杜蒙太太靠在墙边颤抖不已，那陌生人进屋后，她却把门关上了。我还记得她的手就放在球形门把上。'这一动作同样极不自然！杜蒙矢口否认——但米尔斯说得没错。"菲尔博士挥了挥手。

"多说无益，就此打住。令我颇感棘手的难点在于：倘若葛里莫演完镜子魔术，独自一人进入书房，那么他的衣物到哪里去了？那件黑色长大衣，那顶棕色鸭舌帽，还有假面具，该如何处理？它们都不在书房里。然后，我想起厄内丝汀·杜蒙曾为剧院和芭蕾舞团制作戏服，又联想到欧洛克的一番话，便豁然开朗——"

"嗯？"

"都被葛里莫一把火烧了。"菲尔博士说，"因为这些东西都是纸做的，原理参照欧洛克描述的'消失的骑士'中那套戏服。在壁炉里焚烧真正的衣物费时费力，他冒不起这个险，时间不等人，'衣服'务必即撕即烧、不留痕迹。他之所以烧了那么多空白信纸——完全空白——就是要掩盖其他有颜色的纸片。什么重要文件啊！我的天，错得如此离谱，我不如一头撞死算了！"他挥着拳头，"重要文件都藏在书桌抽屉里，倘若他中弹后勉力去取，怎可能一路上没有滴落任何血迹！焚烧白纸还有一个目的——用来掩盖制造'枪声'的东西。"

"枪声？"

"可别忘了，大家都以为这间书房里发生过枪击事件。证人们听到的，实际上是燃放大爆竹的声音。德瑞曼为筹备'盖伊·福克斯之夜'储藏了不少东西，葛里莫就顺手牵羊了。德瑞曼发现了丢失的鞭炮的真正下落，所以才恍

315

然大悟，难怪他一直念叨着'烟火'。唔，鞭炮炸开后的碎片都很厚实，不易焚烧，但又不得不扔进壁炉烧掉，最起码也得混在那些纸屑里。我果然找到了一小部分。其实我们早该想到没人在书房里开过枪。现今的弹药筒——就像那支柯尔特左轮手枪的配置一样——都使用无烟火药，硝烟能闻到，却看不见。但是，案发后尽管窗户敞开，书房中却仍留有少许轻烟，那就是鞭炮的功劳。

"啊，好吧，重构一遍案情！葛里莫身穿皱纹纸做成的黑色大衣——颜色和长度都很像睡袍；正面衣领翻下后闪闪发亮，也令自己的镜像看上去好似穿着睡袍。鸭舌帽也是纸糊的，假面具和帽子系在一起——所以只要摘帽的动作够利索，便可将面具一同摘下叠好、塞进衣袋。（对了，葛里莫外出前已在书房内备妥真正的睡袍。）这件黑色的'制服'于当晚早些时候被挂进楼下的衣柜，此举多少有些轻率。

"不巧，曼根偏偏瞧见了大衣。机警的杜蒙见机行事，曼根前脚刚走，她后脚就忙不迭将纸大衣移往安全的地方藏匿起来。可想而知，她压根没看见衣柜里有什么黄色软呢大衣——葛里莫当时正穿着那件大衣，蓄势待发呢。但既然昨天下午黄色大衣被人发现挂在衣柜里，杜蒙也别无选择，只得一口咬定从一开始它就挂在那儿。这就是变色龙大衣的奥秘。

"现在便不难重建葛里莫于星期六晚上杀害弗雷、自己也身负枪伤逃回家中之后的行动了。魔术才刚刚揭幕，他和同伙的处境就岌岌可危。葛里莫迟到了，他本该赶在九点三十分回家，却拖到九点四十五分。耽搁的时间越长，他告诉曼根客人将要来访的那个时间也就越迫近，想必曼根早已做好监视来客的准备了。局势危如累卵，即便冷静如葛里莫者也近乎失控。他进入地下室与等候多时的同伙会合，将那件内衬沾有血迹的软呢大衣挂进玄关的衣柜，准备事后再处理——但再也没有机会，因为他死了。杜蒙悄悄开门，伸手出去按响门铃，然后前来'应门'；葛里莫则争分夺秒完成变装。

"但他们毕竟拖延太久，曼根终于出声询问。葛里莫一时穷于应付，手足无措，仓皇之际为求自保，反而弄巧成拙。他苦心设计的戏码，岂能毁在这爱管闲事的穷小子手里？所以他自称佩蒂斯，并将曼根和萝赛特锁在客厅里。（你们注意到了吗，唯有佩蒂斯的嗓音才和葛里莫一样低沉？）是的，这是情急之下所犯的错误，但他当时就像即将触地得分的橄榄球员，恨不能腾挪闪避、躲开对方伸来拦阻的胳膊，哪里还顾得上那么多。

"魔术圆满谢幕后，书房里仅有他一人独处。上衣很可能血迹斑斑，已经交给杜蒙处理；他脱下那套戏服，解开衬衫，用绷带包裹伤口。现在只要锁上门，换好真正的睡袍，烧毁纸做的戏服，把镜子向上推进烟囱……

"我再说一次，他的征途到此画上了句号。鲜血再度喷涌而出。负伤之人不可能承受得住这一连串重压。他并非死于弗雷射出的子弹；当他奋力——以超人般的神力，他果真成功地——将镜子推进烟囱之后，他的肺脏犹如一只支离破碎的橡皮套，被他自己生生撕裂了。他顿时意识到大限将至，口中鲜血狂喷，仿佛大动脉被割断一般；他挣扎着推倒沙发、撞翻椅子，用尽最后一丝气力艰难地点燃爆竹。毕生的恩怨纠葛、奔逃辗转、机关算尽，都在眼前缓缓落幕，世界渐渐遁入暗无天日的永夜。他想放声高喊，却已无能为力，喉咙已被热血浸透。彼时彼刻，查尔斯·葛里莫突然大彻大悟，对于艰险人生中最后，也是最石破天惊的这场镜子魔术，其实他从未笃信自己能够功成身退……"

"怎么说？"

"他明白自己正走向死神，"菲尔博士说，"而且奇怪的是，他反倒释然了。"

雪，悄然飘落。凝滞的灯光愈显黯淡。冰冷的书房中，菲尔博士的声音听来尤显怪异。房门开了，一个女人的身影立于门口，神色甚是骇人。她一身黑衣，肩上却仍围着那条追忆爱侣的红黄两色披肩。

"他坦白了一切，"菲尔博士维持着低沉单调的语气，"他想将真相对我们和盘托出：他杀了弗雷，弗雷又杀了他。但我们一厢情愿地误解了他的真意；直至捕捉到时钟的玄机、看破卡廖斯特罗街一案的真正面目时，我才明白了他的那些话。天哪，你们还没想通？回顾一下他弥留之际的最后遗言：

> '是我兄弟干的。万万没料到他会开枪。天知道他是怎么离开那个房间的——'

"所以这个'房间'其实是指弗雷在卡廖斯特罗街的寓所？他抛下弗雷、任其等死的那个房间？"哈德利追问。

"不错。后来葛里莫拉开门、沐浴在街灯的光芒中时，恐慌与惊骇毫无征兆地突然袭击了他。请对照：

> '前一秒他还在，下一瞬就不见了……我要告诉你我兄弟是谁，免得你们认为我在说胡话……'

"这句话是顺理成章的，他认为没人知道弗雷的存在。以此为基础，重新检视那些混乱、晦涩、令人如堕五里雾中的词语碎片——当时他也听见医生宣告自己生还无望——他想向我们解说整个谜团。

"他首先想告诉我们霍华思兄弟和盐矿，随即就跳到弗雷之死，以及弗雷如何对他下手。'不是自杀'——他看见弗雷在街上，所以将弗雷之死伪装成自杀的计谋就以失败告终。'他没法用绳子'——葛里莫已经把那条绳子扔了，所以弗雷不可能再用绳子从现场逃脱。'屋顶'——

葛里莫指的不是自家屋顶，而是他逃离弗雷的寓所时途经的屋顶。'雪'——雪一停，也就令他的计划功败垂成。'光线太亮'——这句话非常关键，哈德利！当他朝街道上张望时，由于街灯的光线太亮，弗雷发现了他，随即开枪。'有枪'——当时弗雷手中当然有枪。'狐狸'也就是'福克斯'——代表盖伊·福克斯假面具。最后，'别怪罪可怜的'——不是德瑞曼，他指的不是德瑞曼；我想，这是他为情急时不得已而为之的谎言而忏悔：'别怪罪可怜的佩蒂斯，我无意连累他。'"

众人相对无言，时间仿佛静止了。

"的确，"哈德利悻悻地同意，"分毫不差。只剩一个问题：油画上的刀痕是怎么回事？那把刀的去向呢？"

"我猜那些刀痕无非是想让这场魔术的效果更为逼真罢了，想必动手割画的是葛里莫——纯属个人猜测。至于那把刀，坦白说，我也不清楚。有可能葛里莫把它也藏进烟囱，和镜子收在一处，令人以为'空幻之人'身怀刀、枪两件武器。可现在烟囱里也没有刀，多半是昨天德瑞曼找到之后就拿走了——"

"唯有这一点，"一个声音响起，"你却失算了。"

厄内丝汀·杜蒙驻足于门口，双手交叠于胸前的披肩上。她竟满面笑容。

"你说的每个字我都听得清清楚楚。"她说，"也许你可以把我送上绞架，也许不行，这都不重要了。我知道，经历这么多年风风雨雨，查尔斯一走，我已生无可恋……刀是我拿走的，朋友，我另有他用。"

她笑意未减，眼中更绽放自豪的神采。兰波终于发现她双手中藏着什么东西。只见她猛一踉跄，兰波没来得及搀扶，眼睁睁看着她向前扑倒。菲尔博士缓缓从椅中起身，呆呆地望着她，和她一样面无血色。

"我又平添一桩罪孽，哈德利，"他说，"我又一次猜对了真相。"

THE THREE COFFINS: © The Estate of Clarice M Carr 1935
Simplified Chinese edition copyright: 2024 New Star Press Co., Ltd.
All rights reserved.
著作版权合同登记号：01-2018-7355

图书在版编目（CIP）数据

三口棺材：精装纪念版 /（美）约翰·迪克森·卡
尔著；辛可加译. — 北京：新星出版社，
2024.7. — ISBN 978-7-5133-5664-0

Ⅰ. I712.45

中国国家版本馆 CIP 数据核字第 2024DD1978 号

三口棺材

[美] 约翰·迪克森·卡尔 著；辛可加 译

责任编辑 刘 琦
责任校对 刘 义
责任印制 李珊珊
装帧设计 人马艺术设计·储平

出 版 人 马汝军
出版发行 新星出版社
　　　　　　（北京市西城区车公庄大街丙 3 号楼 8001　100044）
网　　址 www.newstarpress.com
法律顾问 北京市岳成律师事务所
印　　刷 北京天恒嘉业印刷有限公司
开　　本 910mm×1230mm　1/32
印　　张 10.5
字　　数 146 千字
版　　次 2024 年 7 月第 1 版　　2024 年 7 月第 1 次印刷
书　　号 ISBN 978-7-5133-5664-0
定　　价 69.00 元

版权专有，侵权必究。如有印装错误，请与出版社联系。
总机：010-88310888　　传真：010-65270449　　销售中心：010-88310811